Sonngard Böhlke – Mondtochter

Sonngard Böhlke

Mondtochter

aare

Für Edgar M.

1. Auflage 1992

Schrift: Stone informal 11p/14p (pm/ju/ue)

ISBN 3-7250-0378-9

1

Der alte Indianer gab mir einen kleinen Lederbeutel mit Trockenfleisch und eine Wasserflasche. Ich befestigte beides am Gürtel meiner Jeans.
„Geh sparsam mit dem Wasser um“, ermahnte er mich. „Du hast einen langen Weg vor dir.“
Ich nickte und ließ meinen Blick über die Ebene schweifen, die in der Morgendämmerung wie ein bleigrauer See unter uns lag. Die Schatten der Nacht hingen noch zwischen den Felsen, aber im Osten war schon ein Streifen Licht zu sehen. Ich fröstelte.
„Bis zum Abend sind wir noch in unserem Lager“, sagte der Alte. „Wenn du es dir unterwegs doch anders überlegen solltest.“ Er zwinkerte mir aufmunternd zu. „Aber du wirst es schaffen, Lilli.“
Ich schaute in sein dunkles Gesicht. Seine Augen lächelten.
Ich umarmte ihn, dankte ihm für alles, was er für mich getan hatte, wandte mich um und kletterte den steilen Geröllhang hinunter. Unten angekommen, winkte ich dem Alten zum Abschied. Er winkte zurück.
Ich lief zwischen den Felsen weiter, wo gestern ... Die Angst packte mich wieder ... „Nicht daran denken!“ befahl ich mir selbst. Ich rannte ein Stück, bis ich eine Stelle erreichte, von der aus ich den Alten

sehen konnte, wenn er ..., ja, er stand noch da und hob seine Hand. Ich winkte zurück. Langsam ging ich weiter. Nach einer Weile drehte ich mich noch einmal um: der Alte war verschwunden.

Nun war ich allein auf mich gestellt. „Los jetzt!" gab ich mir einen Ruck und lief in die Wüste hinaus.

Eigentlich hatte ich keinen Grund, mich zu fürchten. In ein paar Stunden würde ich die Siedlung erreichen. Der Alte hatte mir gezeigt, in welche Richtung ich zu gehen hatte, und mir genau erklärt, wie ich mich am Stand der Sonne orientieren konnte. Was die Zeit betraf, mußte ich mich allerdings auf mein Gefühl verlassen, da ich meine Uhr verloren hatte.

Ich blinzelte in die ersten Strahlen der Morgensonne. „Du bist stark", sprach ich mir selber Mut zu. „Und du wirst es schaffen, wie der Alte gesagt hat." Ich fühlte mich gut, war ausgeruht, die Wunde an meiner Schulter schmerzte kaum noch. Genügend Wasser hatte ich auch dabei. Es reichte ganz bestimmt, wenn ich mich nicht ...

Nein, ich würde mich nicht verlaufen! Ich mußte aufhören, überhaupt an so etwas zu denken! Es war wirklich alles in Ordnung, und dieser Marsch schien eine Kleinigkeit, verglichen damit, was ich vorher durchgestanden hatte.

Die Sonne stieg höher, allmählich wurde es heiß. Ich zog meinen Pullover aus und knotete ihn mir um die Taille.

„Wenn du vorsichtiger gewesen wärest, säßest du bereits im Flugzeug auf der Heimreise, statt hier in

der Wüste herumzulaufen", schalt ich mich selbst. Ich war in eine Sache hineingeraten, die mich beinah des Leben gekostet hätte, wäre nicht der alte Indianer gewesen.
Während ich weiterlief, wanderten meine Gedanken zurück, und ich erlebte alles noch einmal – wie in einem Traum ...

Ich war müde von der Fahrt und den vielen Eindrücken der Reise. Wir hatten eine Menge gesehen. Und jetzt wollte ich nichts mehr sehen, und ich konnte nicht mehr sitzen. Es gab keine Stellung, in der mir nicht jeder Muskel weh tat. Zum Glück war der Greyhound nur halb besetzt. Der Platz neben mir war frei, und so konnte ich wenigstens ab und zu die Beine hochlegen.
Allmählich veränderte sich das Bild der Landschaft, die draußen an den Fenstern vorüberzog. Einen Tag lang hatten wir nichts als Wüste gesehen, Sand und Felsen im gleißenden Sonnenlicht, manchmal ein paar Kakteen. Jetzt wuchsen dürre Grasbüschel und Sträucher zwischen den Steinen. Am Horizont zeichnete sich schemenhaft ein gewaltiges Gebirge ab.
Ich dachte an zu Hause, und eine heiße Welle von Sehnsucht stieg in mir hoch. Ich freute mich auf das Wiedersehen mit meinen Freunden und mit meinen Eltern. Und vor allem freute ich mich auf die Arbeit im Ballettensemble, die nach diesen Ferien für mich beginnen würde. Mein erstes Engage-

ment! Ich war sehr zuversichtlich, was meine Karriere als Tänzerin betraf. Ich würde meinen Weg machen.
Der Greyhound verlangsamte seine Geschwindigkeit und blieb mit einem Ruck stehen. Fauchend öffneten sich die Türen.
Heiße Wüstenluft wehte herein. Die Reisenden erhoben sich von ihren Sitzen und stiegen aus. Ich blickte durchs Fenster. Ein paar Indianer hatten am Straßenrand eine Snackbude aufgebaut und verkauften Getränke, frische Früchte und Souvenirs. Neben der Bude standen ein alter Lieferwagen mit Plane und ein Auto, das ziemlich schrottreif aussah. George, ein junger Amerikaner, der zusammen mit seiner Freundin Laura unterwegs war, klopfte von außen gegen die Fensterscheibe und winkte mir, herauszukommen. Ich hatte die beiden auf dieser Reise kennengelernt.
Obwohl ich keine Lust auf eine Pause hatte, stieg ich aus, um mir die Beine ein bißchen zu vertreten. Draußen wehte mir der Wind eine Ladung Sandkörnchen ins Gesicht. Ich rieb mir die Augen. George tänzelte auf mich zu und bot mir seine Sonnenbrille an. Ich lehnte dankend ab und begann, hin und her zu hüpfen, um meinen Kreislauf in Gang zu bringen. Jemand stellte ein Transistorradio auf volle Lautstärke: fetzige Discomusik mitten in der Wüste! George und ich tanzten. Übermütig und mit wilden Verrenkungen sprangen wir um den Bus herum wie zwei aufgedrehte Kinder.
„He, ich glaub', ich hab' 'n Wüstenkoller!“ brüllte George.

„Ich auch! Man wird völlig verrückt, wenn man so lange stillsitzen muß!“ schrie ich zurück.
Die anderen hatten sich nach uns umgedreht und lachten. Nach einer Weile stiegen wir wieder in den Bus. Ich ließ mich erschöpft in meinen Sitz fallen. Mir war schwindlig. Der Bus fuhr los, und die Snackbude mit den Indianern blieb, in eine stinkige schwarze Dieselwolke gehüllt, hinter uns zurück.
Ich bemerkte, daß ein neuer Fahrgast zugestiegen war. Ein Mann, etwa Mitte dreißig, mit einem Drei-Tage-Bart im braungebrannten Gesicht und sehr kurzen, dunklen Haaren. Er trug Jeans, ein kariertes Hemd und Westernstiefel. Langsam schritt er durch den Gang in den hinteren Teil des Busses, wo ich saß. Dabei grüßte er lässig nach rechts und links.
Ich dachte gerade, der wird sich doch hoffentlich nicht ausgerechnet neben mich setzen wollen, da blieb er vor mir stehen. Freundlich grinsend fragte er, ob der Platz frei sei. Ich nickte, und er setzte sich hin.
„Wie war die Reise bis jetzt?“ fragte er höflich.
„Gut“, antwortete ich knapp und drehte meinen Kopf zum Fenster. Ich war nicht in Stimmung, mich auf ein Gespräch einzulassen. Mir wär's lieber gewesen, wenn ich meine Beine weiterhin auf den Sitz neben mir hätte legen können.
„Sie sind sicher keine Amerikanerin“, fuhr er unbeirrt fort. „Darf ich fragen, wo Sie herkommen?“
„Aus Europa. Schweden, um genau zu sein.“
„Oh!“ rief er, „daher die faszinierende Haarfarbe.“

„Nicht alle Schweden sind blond“, entgegnete ich kurz.
„Bleiben Sie längere Zeit in den Staaten?“ wollte er wissen.
„In zwei Tagen fliege ich wieder nach Hause.“
„Haben Sie hier Urlaub gemacht?“
„Ich habe einen Tanz-Workshop in Los Angeles besucht, und jetzt mache ich diese Reise mit dem Greyhound, um den Südwesten ein bißchen kennenzulernen“, antwortete ich zurückhaltend. Ich mochte es nicht, wenn man mich ausfragte. Außerdem mußte er doch langsam merken, daß ich mich nicht mit ihm unterhalten wollte.
„Interessant ...“, murmelte er. „Sind Sie Tänzerin?“
Ich nickte.
Er lehnte sich zurück und sah mich lächelnd von der Seite an. „Blondes Haar und meergrüne Augen. Wirklich sehr außergewöhnlich.“
Jetzt war ich mir sicher, daß er mit mir anbändeln wollte, und daran hatte ich nun wirklich kein Interesse. Ich wandte mich demonstrativ von ihm ab und drückte meine Stirn an die Fensterscheibe.
„Gefällt Ihnen diese Gegend?“ fragte er nach einer Weile.
Ich konnte ein Lächeln in seiner Stimme hören, die durchaus nicht unsympathisch klang.
„Ich finde die Wüste sehr beeindruckend“, gab ich zur Antwort und sah ihn dabei kurz an.
Ich bemerkte, daß er mich mit forschenden und zugleich belustigt aufblitzenden Augen beobachtete. Irgendwie erinnerte er mich an die Cowboys

aus alten Wildwestfilmen. Ich zog es vor, mich wieder der Landschaft zuzuwenden.
„Tja, ich hab' Pech gehabt mit dem Auto", fing er plötzlich zu erzählen an. „Die Lichtmaschine. Das alte Leiden. Glücklicherweise kam gerade euer Greyhound vorbei. Im nächsten Kaff werde ich versuchen, ein Ersatzteil zu beschaffen."
Ich bedachte seine Ausführungen mit einem beiläufigen Kopfnicken und fing dabei den Blick von George auf, der mit hochgezogenen Augenbrauen zu uns herübersah.
„Ich glaube, ich vergaß, mich Ihnen vorzustellen", meinte der Cowboy. „Daniel Jackson. Rechtsanwalt." Er zog einen imaginären Hut und verbeugte sich in meine Richtung, wobei er mich frech von unten her angrinste.
Ich hätte beinah laut aufgelacht: Dieser ungehobelte Mensch konnte mir doch nicht weismachen, daß er Anwalt sei.
Er schien meinen ungläubigen Blick bemerkt zu haben, denn er sagte: „Ich trage heute ausnahmsweise nicht meinen guten Anzug, und auch das schwarze Aktenköfferchen ist zu Hause geblieben. Aber ich bin tatsächlich Anwalt. Ich vertrete die Interessen der Ureinwohner Amerikas vor Gericht ... Keine leichte Aufgabe", setzte er nach einer kleinen Pause hinzu.
„Das kann ich mir vorstellen", bemerkte ich trokken.
„Ach ... Sie wissen um die Probleme der Indianer mit der Regierung?" fragte er erstaunt. Und bevor ich etwas entgegnen konnte, sagte er: „Sie wissen

also, daß man den Indianern noch heute ihre Rechte streitig macht? Daß man sie zwangsumsiedelt, sobald auf ihrem Land irgend etwas entdeckt wird, was für die Weißen von Wert ist: Kohle, Uran, Öl oder sonstwas. Man vertreibt die Indianer und siedelt sie in Gegenden mit immer minderwertigerem Land an, wo sie weder hingehören noch hinwollen. Dann geht man daran, die Bodenschätze auszubeuten, ungeachtet der verheerenden Folgen für Natur und Mensch. Vielleicht wissen Sie auch, daß ganze Wälder auf Indianerland gerodet werden, nur um für ein paar Jahre Weideflächen für die großen Viehherden der reichen weißen Rancher zu gewinnen. Beim Roden werden Methoden angewandt, die nicht nur die Bäume, sondern das gesamte Bodenleben vernichten. Pflanzen und Heilkräuter werden ausgerottet. Natürlich verschwindet auch das Wild."

Ich schaute dem Mann unwillkürlich in die Augen, verwundert über den Ernst und die Anteilnahme, mit denen er von den Indianern und der Natur sprach.

Er fuhr fort: „Durch die weiße Zivilisation wurde das Stammesleben der indianischen Völker zerstört. Und damit sind sie weitgehend ihrer Kultur, ihrer natürlichen Lebensweise, ihrer alten Traditionen und ihres Selbstwertgefühls beraubt worden. Verelendung, Arbeitslosigkeit, eine hohe Selbstmordrate, Alkoholismus und Drogensucht sind das Resultat dieser Entwurzelung und des brutalen Vorgehens der Regierungen gegen die Ureinwohner Amerikas."

Ich mußte ihn wohl ziemlich verblüfft angeschaut haben, und er schien sich über meine Verwirrung zu amüsieren.
Ein wenig verlegen sagte ich: „Nein, das wußte ich bisher allerdings nicht."
„Es ist übrigens nicht nur in den USA so", redete er weiter. „In Kanada, zum Beispiel, hat die Regierung ein riesiges Gebiet auf der Halbinsel Labrador zur militärischen Tiefflug- und Bombenabwurfübungszone erklärt. Angeblich ist dieses Gebiet menschenleer. In Wirklichkeit aber leben dort etwa zehntausend Innu, die Ureinwohner Labradors, eines der letzten Jägervölker dieser Erde. Die Militärjets donnern Tag und Nacht in oft nur dreißig Metern Flughöhe über die Dörfer und Jagdgebiete der Innu hinweg. Ich brauche Ihnen wohl nicht zu beschreiben, was das für Auswirkungen auf Menschen, Tiere und die gesamte Natur hat. Die Indianer sind verzweifelt. Sie wehren sich, aber ihre Bemühungen und Protestaktionen blieben bisher meist erfolglos. Man stempelt sie zu Alkoholikern, entmündigt sie und behauptet, sie seien zu störrisch oder zu kaputt, um sich der weißen Gesellschaft anzupassen. Wenn sie sich gegen Ungerechtigkeit, Unterdrükkung und Bevormundung oder den Diebstahl ihres Landes wehren, erklärt man sie zu Kriminellen und sperrt sie in Gefängnisse. Sie haben kaum eine Chance auf eine faire Gerichtsverhandlung. Meistens verweigert man ihnen ihre eigenen Anwälte und läßt ihre Zeugen nicht zu. Manche dürfen ihre Angehörigen monatelang

nicht sehen. Es sitzen viele politische indianische Häftlinge in den Gefängnissen Amerikas. Die Regierungen geben sich nach außen hin freiheitlich und demokratisch. Sie sind sehr bemüht, die Wahrheit nicht publik werden zu lassen, denn dann würde ihr Ansehen ein paar häßliche Kratzer bekommen.“ Er schwieg und sah mich an.
Ich war mir nicht sicher, ob er erwartete, daß ich etwas dazu sagen würde. „Hören Sie“, begann ich, „wenn das alles stimmt, was Sie mir da erzählen ...“
„... viele Indianer besinnen sich heute zurück auf ihre Wurzeln“, fiel er mir ins Wort. „Es gibt eine starke Indianerbewegung. Und immer mehr Weiße begreifen, daß die Lebens- und Denkweise der Indianer und das Wissen ihrer Schamanen von unschätzbarem Wert für alle sind. Einige Weiße unterstützen sie im Kampf um Selbstbestimmung und für ihre Rechte, für die Erhaltung ihrer Kultur und den Schutz der Natur. Die traditionellen Indianer verstehen sich als Hüter ihres Landes, nicht als dessen Besitzer. Aber nicht alle Indianer sind Traditionalisten. Das Problem ist ...“
„... warum erzählen Sie mir das alles?“ unterbrach ich ihn.
„Habe ich Sie damit überfordert?“ gab er zurück.
„Nun ja, überfordert nicht, aber überfallen.“
Er setzte sein Cowboylächeln auf und beugte sich zu mir herüber. „Darf ich Sie gleich nochmal überfallen? Mit einer Einladung zum Essen heute abend.“
Oha, dachte ich, so leicht gehe ich dir nicht auf den Leim. Zuerst machst du plumpe Annäherungs-

versuche. Wenn du damit nicht landest, versuchst du, mit einem gewaltigen Vortrag Eindruck zu schinden, und zu guter Letzt bietest du deinen ganzen männlichen Charme auf, um mich zum Essen einzuladen.

„Wissen Sie“, sagte ich kühl, „ich bin sehr müde und werde ganz sicher nicht mit Ihnen essen gehen.“

„Schade“, sagte er leise und lehnte sich wieder zurück.

Ich sah aus dem Fenster. Das Gebirge schien ein ganzes Stück nähergerückt zu sein. In einiger Entfernung von der Straße standen vereinzelt Hütten in der Landschaft. Wir näherten uns dem heutigen Ziel, einem kleinen Ort am Rande der Wüste.

Ich drückte mir die Kopfhörer meines Walkman auf die Ohren und legte eine Kassette mit melancholischer Bluesmusik ein. Langsam fiel ich wieder in den Dämmerzustand, der die Fahrt erträglich machte.

Der Ort bestand aus Wohnhäusern mit flachen Dächern, einigen Wellblechschuppen, einer Tankstelle, einem Supermarkt und dem trostlos anmutenden Hotel, in dem wir abstiegen. Ich brachte mein Gepäck aufs Zimmer und nahm als erstes eine kalte Dusche.

Später traf ich mich mit George und Laura zu einem Imbiß in der verräucherten Bar des Hotels. Nach und nach trudelten dort auch die anderen Touristen ein. Die Männer vergnügten sich an den Billiardtischen, und aus der Musicbox dudelten

unentwegt Schlager. Schließlich wurde es mir zu laut und zu stickig in der Bar. Ich verabschiedete mich von George und Laura, um draußen noch ein bißchen frische Luft schnappen zu gehen. Da die Abende ziemlich kühl werden konnten, nahm ich einen warmen Pullover mit.
Inzwischen war es dunkel geworden. Die Straßen waren von trüben Neonlampen beleuchtet. Mir kam die Idee, daß ich mir noch eine Flasche Mineralwasser kaufen könne, falls ich in der Nacht Durst bekommen sollte. Der Supermarkt hatte bereits geschlossen, aber die Tankstelle war wohl noch offen, dort sah ich Licht. Ich schlenderte in ihre Richtung.
Außer mir schien niemand mehr unterwegs zu sein. Doch als ich mich der Bushaltestelle näherte, erkannte ich plötzlich, daß da jemand am Haltestellenschild lehnte. Es war der Cowboy aus dem Greyhound.
„So spät noch unterwegs?“ sprach er mich an.
„Ich will mir nur an der Tankstelle drüben was zu trinken holen“, erklärte ich und wollte an ihm vorbei, um die Straße zu überqueren.
„Warten Sie einen Moment“, sagte er und spähte angestrengt zur Tankstelle hinüber.
Widerwillig blieb ich stehen. „Was ist?“
„Ich hab' das Gefühl, daß da irgendwas nicht stimmt.“ Er schaute weiter mit zusammengekniffenen Augen in die Richtung.
„Wo ..., an der Tankstelle?“
„Ja.“
„Was soll da nicht stimmen?“

Ich wollte weitergehen, da ergriff er meinen Arm und hielt mich zurück.
„Bitte gehen Sie jetzt nicht dort rüber", sagte er eindringlich. „Ich habe gerade beobachtet, wie jemand ..."
„... lassen Sie mich los!" fuhr ich ihn an und entzog ihm meinen Arm. Ich war ärgerlich, weil ich glaubte, daß er sich nur aufspielen wolle.
„Entschuldigung", stammelte er verdattert, „aber ich ... Also gut, wenn Sie unbedingt hingehen wollen, werde ich Sie begleiten."
„Nein!" Ich funkelte ihn wütend an. „Ich brauche keinen Beschützer, um mir an der Tankstelle eine Flasche Wasser zu kaufen. Außerdem glaube ich Ihnen kein Wort. Und jetzt lassen Sie mich bitte in Ruhe!" Damit ließ ich ihn stehen, überquerte schnell die Straße und den Platz, wo die Zapfsäulen standen, stieß die Tür zum Verkaufsraum auf und marschierte hinein.
Im selben Moment packte mich jemand, riß mich brutal nach hinten, drückte mir die Kehle zu und erstickte meinen entsetzten Schrei. Dann spürte ich die Mündung eines Revolverlaufes an meiner Schläfe.
Ich starrte in die weit aufgerissenen Augen des Tankwarts. Er stand mit erhobenen Händen hinter der Ladentheke. Die Kasse stand offen und war leer. Ich begriff schlagartig, was hier geschehen war: Der Kerl, der mich von hinten im Würgegriff hielt, hatte die Tankstelle überfallen und das Geld geraubt. Und ich war ihm gerade recht gekommen.

Er drohte dem Tankwart, er werde mich umbringen, falls jemand die Polizei hinter ihm herhetze. Mir sagte er, daß ich nicht schreien dürfe und alles machen müsse, was er von mir verlange, sonst werde er sofort abdrücken. Er ließ mich los. Ich schnappte nach Luft, drehte mich um und blickte in das feiste Gesicht eines großen, dicken Mannes. Der Ausdruck seiner Augen ließ keinen Zweifel daran, daß er seine schrecklichen Drohungen wahr machen würde.

Er zwang mich, in sein Auto zu steigen. Verzweifelt hielt ich nach dem Cowboy Ausschau, aber die Straße lag verlassen.

Während der Gangster den Motor startete und losfuhr, hielt er den Revolver mit einer Hand auf mich gerichtet. Er lenkte den Wagen über Nebenstraßen aus dem Ort hinaus. Dann rasten wir durch die Nacht, auf einer holprigen, sandverwehten Piste.

Mir war sterbenselend vor Angst, meine Nerven flatterten wie aufgeschreckte Vögel. Fieberhaft überlegte ich, was ich tun sollte. Ich versuchte, den Gangster in ein Gespräch zu verwickeln, aber er reagierte nicht, sagte kein Wort. Ich fragte ihn, was er mit mir vorhabe, flehte ihn an, mich freizulassen. Schließlich begann ich zu weinen. Er stellte das Autoradio laut. Die Musik dröhnte in meinem Kopf. Ich glaubte, daß ich mich erbrechen müsse, kämpfte gegen die Übelkeit an. Dann wurde ich auf einmal merkwürdig ruhig. Das alles ist nur ein Alptraum, sagte ich mir. Ich müßte es nur schaffen, aufzuwachen, dann wäre es vorbei ...

Die Fahrt war mörderisch, der Gangster fuhr viel zu schnell auf der schlechten Piste. Die Nacht dehnte sich zu einer Ewigkeit. Irgendwann mußte ich vor Erschöpfung eingeschlafen sein oder die Besinnung verloren haben. Als ich wieder zu mir kam, schlingerte der Wagen über Sand und Steine.
Offensichtlich waren wir vom Weg abgekommen. Der Motor heulte auf, die Räder gruben sich immer tiefer in den Sand, dann saßen wir fest. Der Gangster fluchte, stieg aus, guckte sich die Bescherung an, stieg wieder ein, versuchte, den Wagen frei zu bekommen, aber es war nichts zu machen.
Wir mußten zu Fuß weiter. Er gab die Richtung an, und ich ging los, froh darüber, wenigstens aus dem Auto heraus zu sein. Er lief in der Dunkelheit hinter mir her. Ich wußte, daß er den Revolver auf meinen Rücken gerichtet hatte.
Nachdem wir etwa zwei Stunden gegangen waren, bemerkte ich, daß das Gelände felsig wurde und leicht anstieg. Der Gangster befahl mir einige Male, die Richtung zu ändern.
Langsam bekam ich den Verdacht, daß er sich nicht sicher war, wohin wir gehen mußten.
Als der Morgen dämmerte, bestätigte sich meine Vermutung: Wir hatten uns verirrt. Von der Piste war nichts mehr zu sehen, wir befanden uns mitten in der Wüste. In der Ferne erhob sich das Gebirge. Der Kerl stand da, guckte sich um und machte ein ratloses Gesicht.
Ich war völlig erschöpft und hatte Durst. Als ich ihn fragte, ob er etwas zu trinken dabei habe, wurde er wütend und beschimpfte mich. Ich versuchte,

ruhig zu bleiben und ihn weder ängstlich noch provozierend anzugucken.
Nach einer Weile beruhigte er sich wieder, und wir liefen weiter. Die Sonne ging auf. Bald machten Hitze, Durst und Müdigkeit jeden Schritt zur Qual. Ich hörte den Gangster hinter mir keuchen und mußte deutlich langsamer gehen, damit er nicht zurückblieb. Immer häufiger strauchelte er und stolperte über Steine. Er war am Ende seiner Kräfte. Mir gab die Hoffnung, daß ich ihm vielleicht bald würde entkommen können, ungeahnte Energie. Ich lauerte auf meine Chance, und sie kam schneller, als ich gedacht hatte.
„Bleib stehen!“ befahl er.
Ich drehte mich um.
Er schwankte und stierte mich aus blutunterlaufenen Augen an. Sein Atem ging pfeifend, in seinen Mundwinkeln klebte zäher Speichel. „Ich kann nicht mehr“, röchelte er. Dann brach er plötzlich zusammen.
Ich starrte auf den wehrlos gewordenen Mann, der vor mir auf dem Boden lag. Den Revolver hatte er unter seinem massigen Körper begraben. Eine Sekunde lang überlegte ich, ob ich versuchen sollte, an die Waffe heranzukommen, aber dann würde der Kerl womöglich aus seiner Ohnmacht erwachen ...
Schon rannte ich los, rannte um mein Leben, immer hinter großen Steinen Deckung suchend. Auf allen vieren kletterte ich einen steilen Geröllhang hoch. Oben waren Felsen, dort würde ich mich verstecken können!

Ich hatte es beinah geschafft, da krachte ein Schuß. Fast im selben Moment fühlte ich einen sengenden Schmerz in meiner Schulter. Ich achtete nicht darauf, hastete weiter, erreichte die Felsen, taumelte, stürzte. Nicht aufgeben, nicht aufgeben, hämmerte es in meinem Kopf. Ein zweiter Schuß gellte. Ich zwang mich aufzustehen. Schwarze Pünktchen tanzten vor meinen Augen. Ich schleppte mich weiter und prallte gegen etwas ..., gegen etwas Weiches ..., gegen einen Körper ... Jemand hielt mich fest, eine Hand legte sich über meinen Mund ...

„Still!"

Ich blickte in das dunkle Gesicht eines alten Indianers.

„Still, ich helfe dir."

Langes graues Haar fiel strähnig über seine Schultern. Er sah mich forschend an, dann nahm er seine Hand von meinem Mund und ließ mich los.

„Schnell!" Er drehte sich um und lief.

Ohne zu zögern, folgte ich ihm.

Bald darauf hockten wir in einer tiefen, schattigen Sandmulde zwischen zwei dicht beieinanderliegenden Felsen.

Ich versuchte, zu Atem zu kommen, zitterte vor Angst und lauschte, ob der Gangster uns womöglich verfolgen würde.

Der Alte musterte mich. Sein Blick blieb an meiner Schulter haften. „Du bist verletzt."

Ich sah hin. Mein T-Shirt war voll Blut. Vorsichtig zog er den kurzen Ärmel hoch und betrachtete die

Wunde an meiner Schulter. Jetzt erst fühlte ich, daß sie sehr schmerzte. Ich stöhnte leise.
„Ein Streifschuß", stellte der Alte fest. „Du hast Glück gehabt." Er überlegte einen Moment, dann zog er seine Jacke aus, streifte sein weißes Unterhemd über den Kopf, legte es der Länge nach zusammen und machte mir damit einen dicken Verband. Sorgfältig steckte er die Enden fest und zog seine Jacke wieder an.
Ich entdeckte die Wasserflasche, die an seinem Gürtel hing und spürte, daß meine Kehle vor Durst wie Feuer brannte. Ich schluckte schwer. Er bemerkte es, nahm die Flasche, schraubte den Verschluß ab und reichte sie mir. Mit zitternden Händen hob ich sie an meine Lippen.
„Trink langsam", sagte er. „Nimm kleine Schlucke und behalte das Wasser zuerst etwas im Mund. Ja, so ist gut. Langsam, langsam ..."
Ich hätte wohl die Flasche leergetrunken, aber er nahm sie mir aus der Hand, als ich sie absetzte, um Luft zu holen.
„Nicht zuviel auf einmal. Warte einen Moment."
Nach einer Weile gab er mir die Flasche wieder, und ich trank abermals.
„Gut, das reicht", lächelte er. „Den Rest heben wir für später auf."
Ich schaute ihn dankbar an. Ich konnte nicht sprechen, brachte kein Wort heraus, fühlte mich nur unsagbar schwach.
„Bleib hier und ruhe dich aus. Ich bin bald zurück." Die Stimme des Alten klang sanft und warm.

Sie flößte mir Vertrauen und Ruhe ein. Mit einem Mal fühlte ich mich in Sicherheit.
Er erhob sich und blickte auf mich herunter. Ich nickte ihm zu: alles in Ordnung. Ich wollte nur schlafen, schlafen ...
Er zog sich an den Felsen nach oben und verschwand. Ich legte mich auf die Seite und schloß die Augen.

Als ich erwachte, kauerte der alte Indianer wieder an meiner Seite. Ich brauchte eine Zeitlang, bis ich völlig zu mir kam. Mit der Erinnerung an das, was passiert war, kehrte die Angst zurück. „Wo ist der Mann?“
„Er ist fort.“ Der Alte gab mir die Wasserflasche.
Mühsam setzte ich mich auf und trank einige Schlucke. Danach fühlte ich mich besser.
Ich lehnte mich an den Felsen und betrachtete den alten Indianer, der mich gerettet hatte. Er trug einen Arbeitsanzug aus blauem Drillich. Über der Brusttasche seiner Jacke war eine Nummer aufgenäht. Ich schaute in seine Augen. Ihre leuchtende Bernsteinfarbe stand in seltsamem Kontrast zu der dunklen Haut seines runzligen Gesichts.
„Wer bist du?“ fragte ich ihn.
Er lächelte, ließ sich Zeit mit der Antwort. „Du kannst mich Cochise nennen“, sagte er schließlich.
Cochise, dachte ich, merkwürdig ...
Er fragte mich nach meinem Namen.
„Lilli.“

Plötzlich rieselte Sand in die Mulde, und ich vernahm ein leises Geräusch. Voller Entsetzen fuhr ich herum und starrte nach oben. Am Rand der Mulde stand ein Mann! Ich schrie auf.
Im gleichen Moment legte mir der Alte beruhigend seine Hand auf den Arm. „Keine Angst."
Der Mann, der oben stand, starrte mich ebenso fassungslos an wie ich ihn. Seine dunklen Augen schienen mich durchbohren zu wollen. Dem Aussehen nach mußte er ein junger Indianer sein. Langes, schwarzes Haar umrahmte sein Gesicht. Er war außergewöhnlich groß und schlank, und er trug den gleichen Drillichanzug wie der Alte. Mit einem geschmeidigen Sprung landete er in der Sandmulde.
Er wandte sich an den Alten und sagte etwas in einer fremden Sprache. Der Alte antwortete, schien ihm zu erklären, was vorgefallen war. Das Gesicht des jungen Indianers verfinsterte sich. Offensichtlich war er mit irgend etwas nicht einverstanden.
Ich blickte von einem zum anderen und versuchte zu begreifen, was vor sich ging. Schließlich schwiegen beide.
„Was ist?" fragte ich den Alten.
„Wir bringen dich jetzt zu unserem Lagerplatz. Deine Wunde muß versorgt werden."

Ich konnte erstaunlich gut gehen, obwohl ich mich immer noch sehr schwach fühlte.
Der Alte gönnte mir ab und zu eine kleine Rast und gab mir zu trinken. „Die junge Frau ist sehr stark", sagte er einmal und lächelte.

„Und sehr durstig“, setzte der andere hinzu, ohne zu lächeln.
Ich erschrak. Mir wurde plötzlich bewußt, daß ich die ganze Wasserflasche geleert hatte. Ich hatte nicht daran gedacht, daß die beiden Männer sicher selbst jeden Tropfen brauchten.
Vielleicht war das der Grund, weshalb es dem jüngeren nicht zu behagen schien, daß sie mich mitnahmen. Von jetzt an würde ich nur noch trinken, wenn es unbedingt nötig war.
Ihr Lager war nicht mehr als ein kleiner, geschützter Platz unter einem vorspringenden Felsen. Es sah nicht so aus, als hätten die Männer hier längere Zeit verbracht. Zwei Rucksäcke lagen im Sand. Darin befand sich offenbar ihre gesamte Ausrüstung. Der Alte breitete eine Decke auf dem Boden aus. Ich setzte mich darauf und lehnte mich an einen der Rucksäcke.
„Du mußt etwas essen“, sagte er. „Hier, das ist Trokkenfleisch, eine Spezialität der Eingeborenen. Es ist nicht besonders schmackhaft, aber es stillt den Hunger und gibt Kraft.“
Obwohl ich lange nichts gegessen hatte, verspürte ich keinen Hunger. Mein Magen war immer noch in Aufruhr. Widerstrebend schob ich mir das Trokkenfleisch in den Mund und kaute darauf herum. Es war zäh und schmeckte nach salzigem Leder, aber ich merkte, wie gut es tat, etwas in den Magen zu bekommen. Der Alte gab mir mehr davon und reichte mir dazu eine Wasserflasche. Ich wollte ablehnen, aber er bestand darauf, daß ich aß und trank. Zuletzt reichte er mir ein Stück Würfelzucker.

„Zum Nachtisch etwas Süßes“, lächelte er. Es schien ihm Spaß zu machen, mich zu füttern wie ein kleines Kind.

Ich zerbiß den Zucker und lutschte ihn auf. Nach dieser Mahlzeit fühlte ich mich auf wunderbare Weise gestärkt und erfrischt. Nur meine Schulter schmerzte heftiger.

Der Alte besah sich die Wunde. Dabei wiegte er nachdenklich den Kopf hin und her. Schließlich legte er den Verband wieder an und erhob sich. „Ich werde Medizin holen.“

Der andere blickte ihn fragend an.

„Ich gehe allein“, erklärte der Alte und verließ das Lager.

Ich legte mich auf die Decke und versuchte, mich trotz der Schmerzen zu entspannen. Aber meine Gedanken kamen nicht zur Ruhe. Immer wieder hatte ich die schrecklichen Bilder der vergangenen Stunden vor Augen, bis sie mir zur Qual wurden. Ich wollte die ausgestandene Angst abschütteln, wollte schlafen. Dann wieder überlegte ich, wie es weitergehen würde. Ob die Polizei schon nach mir suchte? Und was mußte in den Menschen vorgehen, die zu Hause auf mich warteten, wenn sie erfuhren, was passiert war? Meine Eltern, meine Freunde – ob man sie schon benachrichtigt hatte? Sie würden furchtbare Angst um mich haben.

Während ich dalag und diese Überlegungen in meinem Kopf kreisten, hatte ich den jungen Indianer nicht aus den Augen gelassen. Er saß an einen Felsen gelehnt, kehrte mir halb den Rücken zu und schenkte mir keinerlei Beachtung. Ich wurde das

Gefühl nicht los, daß er wirklich etwas gegen meine Anwesenheit hatte. Sein Schweigen und seine abweisende Haltung beunruhigten mich, bis ich es nicht mehr aushielt und ihn ansprach: „Es tut mir leid, daß ich euch zur Last falle."

Er drehte sich zu mir um. Seine Miene war undurchdringlich.

Ich setzte mich auf. „Ich glaube, daß ich morgen wieder soweit in Ordnung bin, um ... Ich werde versuchen ..." Ich verstummte. Es war klar, daß ich auch morgen noch auf die Hilfe der beiden Männer angewiesen sein würde. Allein konnte ich den Weg zurück zur Straße oder zum nächstliegenden Ort nicht finden. Und ich hatte kein Wasser.

„Vielleicht könnt ihr mich bis zur Straße führen", sagte ich unsicher.

Er wandte sich ab und drehte mir wieder den Rükken zu.

Verdammt! Was sollte ich denn machen? Ich befand mich in einer verzweifelten Lage, aber es war doch nicht meine Schuld, daß ich hier saß, ihnen zur Last fiel und ihr Wasser trinken mußte. „Ich bin euch sehr dankbar, daß ihr mir helft. Wenn Cochise nicht gewesen wäre ..." Alles, was ich sagte, klang so unbeholfen. Und es schien am Rücken dieses Mannes abzuprallen. Schließlich nahm ich meinen ganzen Mut zusammen und bat ihn: „Sag mir deinen Namen."

Er warf mir einen kurzen Blick zu, in dem ein Ausdruck von Erstaunen lag. So leise, daß ich es kaum hören konnte, antwortete er: „Joseph."

„Joseph", wiederholte ich. „Mein Name ist Lilli. Lillian Bergström. Ich komme aus Schweden." Mein Gott, was redete ich da! Er wollte doch gar nichts von mir wissen. Lillian Bergström aus Schweden. Lillian Bergström – wie unwirklich dieser Name in der Wüste klang.
Ich spürte, daß mir Tränen in die Augen stiegen. Nein, ich wollte nicht weinen, ich wollte nicht schwach sein. Ein Schluchzen kam aus meiner Kehle. Ich drehte mich auf die Seite, zog die Decke fest um meinen Körper und verbarg mein Gesicht.

Gegen Abend, bald nachdem ich aus einem tiefen, traumlosen Schlaf erwacht war, kehrte der Alte ins Lager zurück. In einer Hand hielt er ein Büschel saftiggrüner Kräuter.
Überrascht schaute ich zu ihm hoch. „Wo hast du das gefunden? Hier in der Wüste?"
Er lächelte und hockte sich neben mich auf den Boden. „Wenn du etwas wirklich brauchst, dann findest du es auch. Sogar frische Kräuter in der Wüste oder Sommerblumen im Schnee."
Ich starrte immer noch ungläubig auf das grüne Büschel in seiner Hand. Der Alte zog einen Rucksack zu sich heran und holte ein sauberes, weißes Baumwollhemd heraus. Davon riß er einen langen Streifen und ein kleines Stück Stoff ab.
Er löste den Verband von meiner Schulter, tränkte den kleinen Lappen mit Wasser und säuberte damit vorsichtig meine Wunde. Ich biß die Zähne zusammen, um nicht zu schreien vor Schmerz. Er legte die Kräuter auf die Wunde und verband mei-

ne Schulter mit dem langen Stoffstreifen. Sofort empfand ich die kühlende, wohltuende Wirkung der Kräuter. Ich ergriff die Hand des Alten und dankte ihm.
Später standen die beiden Männer einige Schritte abseits vom Lagerplatz und sprachen miteinander. Ich erhob mich langsam und näherte mich ihnen. Als sie mich bemerkten, verstummten sie. Der Alte schien sich zu freuen, mich auf den Beinen zu sehen. „Geht es dir schon besser?"
Ich nickte. Mir fielen wieder diese unförmigen, blauen Drillichanzüge auf, die sie trugen. „Was sind das für Uniformen?" fragte ich neugierig.
„Oh!" Verblüfft schaute der Alte erst an sich selbst, dann an Joseph herunter.
Er machte ein so komisches Gesicht, daß ich lachen mußte.
„He, das sieht ja aus wie Sträflingskleidung!" rief er.
Ich starrte auf die aufgedruckten Nummern an den Brusttaschen ihrer Jacken, dann wandte ich mich ab und schaute lange versunken über die weite Landschaft, die im Licht der Abendsonne lag. Der glutrote Ball ließ die Felsen in wunderschönen Farben leuchten, vom dunklen Purpur über Violett bis zum flammenden Orange.
„Ihr seid aus einem Gefängnis ausgebrochen." Meine Stimme klang tonlos.
„Nun, es war Zeit für uns, das Gefängnis zu verlassen", erwiderte der Alte.
Ich mußte mich auf einen Stein setzen. „Und jetzt? Was habt ihr jetzt vor?"

„Eigentlich wollten wir unsere Flucht heute nacht fortsetzen. Aber nun werden wir noch einen Tag warten."
Ich hob den Kopf und sah ihm in die Augen. „Und ich? Was wird aus mir?"
„Ich bringe dich morgen früh zu der Stelle, wo wir uns heute begegnet sind. Von dort aus brauchst du etwa einen halben Tag, bis du die nächste Ortschaft erreichst. Ich werde dir die Richtung zeigen, in die du laufen mußt, und dir erklären, wie du dich orientieren kannst. Wir überlassen dir eine Flasche Wasser und etwas Trockenfleisch. Mehr können wir nicht für dich tun. Wir dürfen nicht riskieren, über die Ebene zu laufen, weil wir dort jederzeit entdeckt werden können. Außerdem führt unser Weg in eine andere Richtung, und unser Wasservorrat ist begrenzt."
Die Sonne war hinter den Bergrücken im Westen verschwunden.
Es wurde dunkel. Joseph ging an mir vorbei und schlenderte zum Lagerplatz hinüber.
Ich hockte wie benommen auf dem Stein, unfähig, mich zu rühren, obwohl ich fror. „Ich hab' Angst", sagte ich leise. „Ich hab' Angst, allein durch die Wüste zu laufen."
Der Alte trat zu mir, kauerte sich vor mich hin und schaute mich an. Im Halbdunkel sah ich das Weiß seiner Augen schimmern.
„Es gibt noch eine andere Möglichkeit", begann er. „Du kannst mit uns kommen."
„Wohin?"
„Wir sind unterwegs zu einem Ort, an dem wir uns

eine Zeitlang versteckt halten werden. Aber du mußt wissen: Wenn du dich mit uns auf den Weg dorthin machst, gibt es kein Zurück mehr. Erst, wenn wir das Versteck wieder verlassen können, bist du frei zu gehen, wohin du willst."
Ich brauchte einen Moment, um zu begreifen, was der Alte gemeint hatte. Dann fragte ich: „Wie lange werdet ihr in dem Versteck bleiben?"
„Bis man uns vergessen hat."

Nach einer kleinen Mahlzeit, die aus Trockenfleisch und Wasser bestanden hatte, saßen wir zu dritt auf dem Platz unter dem vorspringenden Felsen. Es war kalt, ich hatte meinen warmen Pullover angezogen und mich fest in die Wolldecke gehüllt. Ich blickte hinaus in die Nacht. Ein Stern nach dem anderen ging auf, bis der Himmel übersät war mit funkelnden Lichtern. Dieser Anblick erinnerte mich an ein riesiges Bühnenbild, das ich bei einer Theatervorstellung in Stockholm gesehen hatte. Als der Vorhang für die Szene, die in der Nacht spielte, aufgegangen war, hatten die Zuschauer „Ah" und „Oh" gerufen, so schön war das Bild mit dem leuchtenden Sternenhimmel gewesen. Der wirkliche Sternenhimmel hier war aber noch viel schöner.
Jetzt ging der Mond auf und übergoß die Landschaft mit seinem silbrigen Licht. Im fahlen Schein der Gestirne erkannte ich die Gestalten der beiden Männer an meiner Seite nur schemenhaft. „Warum wart ihr im Gefängnis?" fragte ich in die Stille hinein.

Der Alte räusperte sich und sagte: „Ich bin wegen meiner politischen Ansichten und Aktivitäten eingesperrt worden. Weil ich für meinen Glauben an die Freiheit gekämpft habe und für das Recht der Indianer, ein würdiges und selbstbestimmtes Leben zu führen."
„Und du, Joseph?" fragte ich, als der Alte nicht weitersprach.
Joseph antwortete nicht, und der Alte meinte: „Das ist eine lange Geschichte. Er wird sie dir ein andermal erzählen."
„Ein andermal wird es nicht geben", entgegnete ich. „Also werde ich seine Geschichte nie erfahren." Ich war entschlossen, morgen in aller Frühe aufzubrechen. Ich hatte keine andere Wahl, ich mußte und wollte zurück, nach Hause, zu meiner Familie, zu meinen Freunden, zu meiner Arbeit. Etwas anderes war völlig undenkbar. Natürlich hatte ich Angst vor dem Marsch allein durch die Wüste, aber ich würde es schaffen. „Woher habt ihr eigentlich eure Ausrüstung, die Rucksäcke, das Wasser und das Trockenfleisch?" wollte ich wissen.
„Unsere Flucht ist gut vorbereitet. Es gibt Freunde, die uns helfen."
Joseph stand auf und entfernte sich vom Lagerplatz. Ich bat den Alten, mir zu erzählen, wie ihnen die Flucht aus dem Gefängnis gelungen sei. Bevor er zu sprechen anfing, griff er nach seinem Rucksack, holte einen Beutel Tabak heraus und rollte sich eine Zigarette. Er zündete sie an, nahm einen tiefen Zug, blies den Rauch langsam aus und begann:

„Vor zwei Tagen wurde im Gefängnis plötzlich Alarm gegeben. Ein Tornado war gesichtet worden. Die gewaltige Sandsäule bewegte sich genau auf das Gefängnis zu. Einige Sträflinge befanden sich gerade beim nachmittäglichen Spaziergang im Innenhof, darunter auch Joseph und ich. Als der Alarm gegeben wurde, flüchteten Gefangene und Wärter Hals über Kopf in die Gebäude. Es war ein unglaubliches Durcheinander, alles schrie und rannte. Joseph und ich nutzten die Gelegenheit, uns unbemerkt in einen Winkel des Hofes zu drücken. Niemand achtete auf uns. Wir hatten diesen Tornado erwartet. Wir wußten, daß er kommen würde."
Er nahm wieder einen Zug aus seiner Zigarette und fuhr fort:
„Der Tornado hob zuerst das schwere, eiserne Gefängnistor aus den Angeln, schleuderte es in die Luft und zerschmetterte es am Boden. Dann zerfetzte er zwei hohe Sicherheitszäune und riß einen Wachturm um. Schließlich brach er ein riesiges Loch in die Mauer, die den Innenhof umgab. Joseph und ich verschwanden im Schutz des wehenden Sandes, wie in dichten Nebel gehüllt."
Eine Zeitlang saßen wir schweigend.
Was der Alte da erzählt hatte, klang mir sehr unglaubwürdig, und ich fragte: „Wie war es möglich, daß der Tornado euch nichts anhaben konnte?"
„Dieser Tornado war kein Zufall", antwortete der Alte. „Er verschwand im Nichts, aus dem er gekommen war."
Eine merkwürdige Geschichte, dachte ich.

Nach einer Weile erkundigte ich mich, wie lange sie im Gefängnis gesessen hatten.
„Ich war keine zwei Jahre dort. Aber Joseph hat zehn Jahre seines Lebens in verschiedenen Zuchthäusern verbracht."
Ich konnte mir nicht vorstellen, was es für einen Menschen bedeutete, zehn Jahre lang im Gefängnis zu sitzen. Und Joseph mußte noch so jung gewesen sein, als man ihn eingesperrt hatte. Ich hätte zu gerne die Gründe dafür erfahren, aber der Alte schien nicht weiter darüber sprechen zu wollen. Er stand auf und gab mir seinen warmen Daunenschlafsack mit der Bemerkung, ich sei jetzt sicher sehr müde und wolle schlafen. Er hatte recht.
Ich war wirklich sehr müde, und ich hatte einen anstrengenden nächsten Tag vor mir. Also kroch ich in den Schlafsack und legte mich hin. Aber dann fiel mir eine Frage ein, die ich dem Alten unbedingt noch stellen wollte: „Warum hast du mir geholfen, wenn ihr auf der Flucht seid und selbst in großen Schwierigkeiten steckt?"
„Nun, ich hatte beobachtet, in welcher Lage du dich befandest, und ..."
Ich hörte, daß er lächelte.
„... als ich dich wiedererkannte, wußte ich, daß unsere Begegnung kein Zufall sein konnte."
„Als du mich wiedererkanntest?"
„Ja."
Ich überlegte einen Moment und sagte: „Ich glaube nicht, daß wir uns je zuvor begegnet sind."

„Ich habe dich tanzen sehen.“
Mit einem Ruck richtete ich mich auf. Wo wollte der Alte mich tanzen gesehen haben? Und woher konnte er überhaupt wissen, daß ich Tänzerin war?
„Ich habe dich tanzen sehen. Bei einer Snackbude an der Wüstenstraße.“
Er mußte die Snackbude meinen, an der unser Bus Halt gemacht hatte! Indianer hatten dort ihre Waren verkauft. Jemand hatte ein Radio angestellt, und George und ich waren völlig aufgedreht herumgehüpft. Ich versuchte, mich genau an die Gesichter der Indianer zu erinnern. Aber ich war mir ganz sicher, daß weder der Alte noch Joseph dabei gewesen waren. Die beiden wären mir aufgefallen, und ich hätte sie bestimmt wiedererkannt.
„Wir hockten in dem alten Lieferwagen unter der Plane“, erklärte er. „Durch ein Loch in der Plane habe ich hinausgespäht und dich tanzen sehen. Und ich sah, daß du den Geist einer Kriegerin besitzt.“
„Daß ich ... Was?“
„Ich sah, daß du den Geist einer Kriegerin besitzt.“
Mir fiel auf, daß er eine besondere Betonung auf das Wort „sehen“ legte. „Was meinst du mit ‚Geist einer Kriegerin‘?“ fragte ich verwirrt.
Der Alte schwieg. Schließlich sagte er: „Es hätte keinen Sinn, wenn ich jetzt versuchen würde, dir das zu erklären. Du könntest es nicht verstehen.“

Mir war auf einmal ganz seltsam zumute. So, als wäre das, was ich gerade erlebte, nicht wirklich. Ich fühlte, wie ich zu zittern begann, obwohl mir gar nicht kalt war. „Was habt ihr in dem Planwagen gemacht?“ fragte ich weiter.
„Er diente uns vorübergehend als Versteck. Die Snackbude war nur für ein paar Stunden an dieser Straße aufgebaut worden. Sie steht sonst nie dort.“ Er lachte leise in sich hinein. „So weit entfernt von der Stadt, gibt es gewöhnlich zu wenig Kundschaft. Ein Freund übergab uns dort die Ausrüstung und den Proviant für die Flucht.“
Plötzlich fiel mir der Cowboy ein, und ich erinnerte mich daran, was er mir über die Indianer erzählt hatte.
„An dieser Snackbude ist ein Mann in den Greyhound gestiegen, ein Weißer“, sagte ich. „Er ...“
„... tatsächlich?“ Der Alte erhob sich. „Das ist schon möglich.“ Er entfernte sich ein paar Schritte, lehnte sich an einen Felsen und schien in die Nacht hinauszulauschen.
Meine Gedanken überschlugen sich, ich konnte sie nicht mehr ordnen. Ich war vollkommen verwirrt durch das, was der Alte erzählt hatte, und ich war todmüde.
Das Beste wird sein, wenn du jetzt schläfst, sagte ich mir, kroch tiefer in den warmen Schlafsack hinein und schloß die Augen.

Der Alte weckte mich am nächsten Morgen in aller Frühe, versorgte meine Wunde, legte frische Kräuter auf und machte einen neuen Verband. Als er

damit fertig war, trat ich auf Joseph zu, um mich von ihm zu verabschieden.
„Ich bin euch sehr dankbar, daß ihr mir geholfen habt. Möge eure Flucht gelingen. Meine guten Gedanken werden euch begleiten."
Er sah mich an und sagte kein Wort. Sein kantiges Gesicht wirkte wie aus Stein gemeißelt, verschlossen und düster. Nur die dunklen Augen blickten lebendig. Einen Moment lang glaubte ich, einen tief verborgenen Schmerz in ihnen zu sehen.
Ich wandte mich ab, und der Alte und ich machten uns auf den Weg ...

Ich erwachte aus meinem Tagtraum und blieb stehen. Siedendheiß wurde mir bewußt, daß ich nicht mehr abschätzen konnte, wieviel Zeit vergangen war. Mein Blick streifte über die Wüste, die sich vor mir bis zum Horizont ausdehnte. Nichts als Sand und Steine.
Ich drehte mich um. Das Gebirge schien schon weit weggerückt zu sein. Aber in der Wüste konnte man sich mit Entfernungen leicht verschätzen, das wußte ich. Die Sonne hatte ihren höchsten Stand noch nicht erreicht. Trotzdem war es bereits unerträglich heiß. Meine Füße in den Turnschuhen waren geschwollen und taten weh. Und meine Beine waren schon so müde. Ich hatte Durst, aber ich wollte jetzt nicht trinken. Später, wenn es noch heißer geworden war, würde ich das Wasser nötiger brauchen.

Ob die Polizei schon nach mir suchte? Vielleicht tauchten plötzlich ... Es waren ja sicher nicht nur Gangster und entflohene Sträflinge in dieser Wüste unterwegs.
Ich orientierte mich: Dort ist das Gebirge, und da steht die Sonne. Dann zwang ich mich, weiterzugehen. Denk an was Schönes. Denk an zu Hause, sagte ich mir.
Zu Hause würde ich ein Fest feiern, ein großes Fest. Ich würde tanzen, eine ganze Nacht hindurch würde ich tanzen, aus Freude, daß ich noch am Leben war. Und ich würde essen. Ungeheure Mengen würde ich essen, lauter leckere Sachen: gebratenen Fisch, frischen Salat und Sahnetorten. Und trinken würde ich ... Nicht ans Trinken denken!
Ich dachte an meine Freunde, stellte mir unser Wiedersehen vor ...
Plötzlich stand ich im Ballettsaal an der Stange, beobachtete kritisch meine Bewegungen im großen Spiegel an der Stirnseite des Raumes. Die Stimme meiner Lehrerin übertönte die getragene Klaviermusik: „Arabesque – Relevé – Rücken halten!“ Sie war für ihre Strenge berühmt und gefürchtet. Jetzt trat sie zu mir und korrigierte die Haltung meiner Arme.
Ich sah wieder in den Spiegel. Meine Mähne war in einem ordentlichen Knoten nach hinten gebunden, mein schwarzes Trikot war naßgeschwitzt.
Ich drehte einige Pirouetten in der Mitte des Ballettsaales. Die anderen Schülerinnen standen, an die Stangen gelehnt, und guckten mir zu. Ohne zu

wackeln, landete ich in der vierten Position Demie plié, streckte die Beine und führte die Arme.
„Fünfte Position sauber schließen! – Danke." Jetzt kam die Nächste dran ...
Verwirrt schaute ich mich um.
„Hör auf zu träumen!" befahl ich mir laut. „Konzentriere dich darauf, die Richtung beizubehalten, achte auf die Sonne und darauf, wieviel Zeit vergeht!" Ich brauchte doch meine ganze Aufmerksamkeit und Kraft, um diesen Marsch durchzuhalten. Die Luft über der Ebene flimmerte. Für einen Moment verschwamm alles vor meinen Augen ...
Vögel zwitscherten. Ich lag auf meinem Bett und schmökerte in einer Illustrierten. Die weiße Gardine vor dem geöffneten Fenster bauschte sich im Luftzug. Draußen tummelte sich eine Horde Spatzen im Kirschbaum.
Ich blickte auf, betrachtete lange das Gemälde an der Wand über meinem Schreibtisch: Eine schwedische Sommerlandschaft, mit einer Blumenwiese im Vordergrund und einem kleinen blauen See, an dessen Ufer rote Holzhäuschen standen.
Überall im Zimmer lagen meine Sachen verstreut: Kleidungsstücke, Ballettschuhe, Schallplatten, Bücher, Briefe. Ich mußte dringend mal wieder aufräumen. Das Telefon klingelte ...
Ich blieb stehen und schüttelte den Kopf, um zu mir zu kommen. Was war los mit mir? Ich durfte mich nicht so gehenlassen! Noch drei, vier Stunden vielleicht, dann würden schon die Häuser der Siedlung in der Ferne auftauchen.
Ich nahm mir vor, niemandem etwas von den bei-

den Indianern zu erzählen. Sie waren auf der Flucht vor der Polizei, und ich würde sie nicht verraten, nach allem, was der Alte für mich getan hatte. Ich würde einfach behaupten, daß ich mich allein durchgeschlagen hätte. Sobald die Siedlung in Sicht käme, würde ich den Verband mit den Kräutern abnehmen und ihn zusammen mit dem Lederbeutel und der Wasserflasche im Sand vergraben.
Während ich weiterlief, dachte ich über den alten Indianer nach – Cochise. Er war eine faszinierende Persönlichkeit. Ich kannte keinen Menschen, mit dem ich ihn hätte vergleichen können. Seine Sanftheit und seine ruhige Ausstrahlung hatten mich tief beeindruckt. Hinter allem, was er gesagt und getan hatte, hatte ich eine große Kraft gespürt. Mir wurde bewußt, daß ich das Gefühl hatte, ihn schon lange zu kennen. Dabei waren wir nur wenige Stunden zusammengewesen. Ich konnte mir nicht vorstellen, weshalb er im Gefängnis gesessen hatte. Was konnte ein Mensch wie er verbrochen haben? Seine bernsteinfarbenen Augen schauten mich an ...
Ich blinzelte, und die Erscheinung verschwand.
Ich mußte versuchen, einen klaren Kopf zu behalten! Ich durfte an nichts anderes mehr denken als an mein Ziel. Im Gehen nahm ich einen Schluck aus der Wasserflasche.
Plötzlich sah ich in einiger Entfernung etwas am Boden liegen. Erschrocken hielt ich an. Der dunkle Haufen, der da lag, sah aus wie ein zusammengekrümmter Mensch. Angst kroch in mir hoch.

Zögernd setzte ich einen Fuß vor den anderen, wobei ich das, was da lag, nicht aus den Augen ließ. Es war nur noch wenige Meter entfernt. Hatte es sich gerade bewegt? Ich blieb wieder stehen. Wenn es der Gangster wäre ...? Vielleicht hatte er sich bis hierhin geschleppt, vielleicht lag er da und wartete nur darauf, daß ich näherkam. Es rührte sich nicht. Noch war Zeit wegzulaufen.

Es konnte auch ein seltsam geformter Stein sein, einer, der etwas größer war, als die anderen. Ich ging weiter, bezähmte meine Furcht, kam immer näher ... Es war ein Stein! Ich stieß ihn mit dem Fuß an, halb zornig darüber, daß er mich so in Angst versetzt hatte, halb lachend über mich selbst.

Im gleichen Moment kroch blitzschnell etwas unter dem Stein hervor und verschwand schlängelnd im Sand. Ich machte einen wilden Satz rückwärts. Mein Herzschlag ließ meinen ganzen Körper erzittern. Er war wie eine Trommel, die einen Rhythmus in mir schlug, einen, der viel zu schnell war und zu laut.

Allmählich wurde ich wieder ruhiger. Wie konnte man nur so erschrecken über eine kleine Schlange oder Echse. Wie dumm von mir! Reiß dich zusammen, sonst wirst du noch verrückt, mahnte eine innere Stimme.

Verrückt? Wieder mußte ich an den alten Indianer denken. Vieles, was er gesagt hatte, hatte für mich verrückt geklungen: „Wenn du etwas wirklich brauchst, dann findest du es auch. Sogar frische Kräuter in der Wüste oder Sommerblumen im

Schnee." Verrückt, ja, aber die Kräuter lagen auf meiner Wunde, sie nahmen den Schmerz und verhinderten eine Entzündung.
Mir war auf einmal schwindlig. Ich mußte mich einen Moment ausruhen. Doch wohin sollte ich mich setzen? Unter jedem Stein und überall im Sand konnten Schlangen lauern. Sollte ich mich auf diesen Stein setzen? Oder lieber dorthin? Unschlüssig blieb ich stehen.
„Du mußt etwas essen." Ich vernahm die Stimme des Alten dicht an meinem Ohr.
Er hatte recht. Jetzt erst merkte ich, wie schwach ich mich fühlte. Mit zitternden Fingern öffnete ich den kleinen Lederbeutel und entnahm ihm etwas Trockenfleisch.
„Es ist nicht besonders schmackhaft, aber es stillt den Hunger und gibt Kraft", hörte ich die Stimme des Alten. Ich schob mir das Trockenfleisch in den Mund. Sofort wurde mir übel. Saures Wasser zog sich in meinem Mund zusammen. Ich spuckte das Fleisch in den Sand. Ich mußte mich irgendwo hinsetzen, bevor ...
Ein paar Schritte wankte ich noch weiter, scharrte an einer Stelle mit dem Fuß über den Sand, um giftiges Getier zu vertreiben, und ließ mich auf dem Boden nieder. Ich tastete nach der Wasserflasche, löste sie vom Gürtel, nahm einen Schluck und spülte mir den Mund aus.
Die Sonne brannte erbarmungslos auf mich herab. Ich blinzelte in die gleißende Helligkeit des Himmels. In welche Richtung hatte ich zu gehen? Ich konnte nicht lange schauen und schloß geblendet

die Augen. Ich mußte unbedingt aufstehen und weiterlaufen.
Langsam erhob ich mich, damit mir nicht wieder schwindlig wurde. Es ist nur der Kreislauf, versuchte ich mir einzureden, du mußt dich nur zusammenreißen, dann schaffst du es! Mühsam schleppte ich mich weiter Schritt vor Schritt durch den heißen Sand.
„Ich sah, daß du den Geist einer Kriegerin besitzt." Cochises Worte hallten in mir wider. Ich verstand ihre Bedeutung nicht.
Verzweifelt schaute ich mich um. Die Weite der Wüste machte mich klein, ich war nur ein winziges Pünktchen in dieser Einsamkeit. Ich lief weiter, immer weiter. Das Gefühl absoluter Verlassenheit überwältigte mich. Tränen rannen mir übers Gesicht und den Hals hinunter. Ich hörte mein eigenes Schluchzen.
„Cochise!"
Ich blickte in sein dunkles, von unzähligen kleinen Falten durchzogenes Gesicht. Seine Augen, riesengroß – zwei strahlende Sonnen.
„Hilf mir!"
Durch die Tränen verschwommen, sah ich, wie sich in der Ferne ein feiner Sandschleier erhob und durch die Luft wirbelte.
Heißer Wind schlug mir entgegen und raubte mir den Atem. War es möglich, daß plötzlich Sturm aufkam? Ein gewaltiger Tornado, der mich mit sich fortriß, mich einfach vom Erdboden wegfegte?
Wie kleine Nadelstiche spürte ich die feinen Sandkörnchen im Gesicht und auf meinen nackten Ar-

men. Sie gerieten in meine Augen, meine Nase, meinen Mund, knirschten zwischen den Zähnen. Ich drehte mich um und rannte, den Wind in meinem Rücken. Ich rannte in die Richtung, aus der ich gekommen war, auf das Gebirge zu. Der Wind trieb mich vor sich her, drückte, schob mich, mahnte zur Eile.

Als ich, atemlos und vollkommen am Ende meiner Kräfte, das Lager der beiden Indianer erreichte, saß der Alte mit gekreuzten Beinen auf dem Platz unter dem Felsvorsprung und lächelte mir entgegen.
„Da bist du ja“, war alles, was er sagte. Als hätte er gewußt, daß ich zurückkommen würde.
Niedergeschmettert stand ich da und starrte auf den Boden.
Joseph trat hinter den Felsen hervor. Ich hob den Kopf, unsere Blicke trafen sich. In seinen Augen las ich Feindseligkeit. Ich taumelte in den Schatten und ließ mich fallen. Tiefe Dunkelheit senkte sich auf mich herab, umfing mich wie ein schützender Mantel.

2

Kurz nach Sonnenuntergang weckte mich der Alte. Wir aßen und tranken, dann brachen wir auf. Er ging voraus, ich folgte ihm, Joseph lief hinter mir. Wir gingen schnell, fast im Laufschritt. Die Nachtluft war angenehm kühl und frisch. Ich fühlte mich noch nicht besonders kräftig, aber nachdem ich einen gleichmäßigen Schritt- und Atemrhythmus gefunden hatte, hielt ich das Tempo gut durch. Zu Anfang drehte sich Cochise ein paarmal nach mir um und vergewisserte sich, daß ich ihm folgen konnte. Ich wunderte mich, wie er es in seinem Alter schaffte, so schnell zu gehen; er geriet dabei noch nicht einmal außer Atem. Seine Bewegungen waren sicher und geschmeidig. Offenbar kannte er die Gegend genau. Mir war nur rätselhaft, wie er sich in der Dunkelheit orientierte. Das Gelände war felsig und unwegsam. Ich heftete meinen Blick fest auf die Schuhe des Alten, um nicht fehlzutreten.

Einmal sah ich hoch in den weiten Sternenhimmel; da wäre ich beinah auf Cochise aufgelaufen, der unvermittelt stehengeblieben war.

Er lauschte. „Ein Hubschrauber", sagte er.

Erst jetzt vernahm auch ich das leise Knattern der Maschine. In weiter Ferne entdeckte ich ihre Positionslichter.

„Sie haben einen Suchscheinwerfer", sagte Cochise.
„Vielleicht suchen sie nach mir!" rief ich aufgeregt.
„Vielleicht. Es ist aber ebensogut möglich, daß sie Joseph und mich suchen."
Er wandte sich wieder um, und wir setzten unseren Weg durch die Nacht fort.
Als der Morgen dämmerte, sprach ich in Gedanken mit den Menschen, die ich am meisten liebte auf dieser Welt. Ich werde zurückkehren, versprach ich ihnen. Ich bin am Leben, und eines Tages werden wir uns wiedersehen.
Den verblassenden Sternen am Himmel gab ich den Auftrag, meine Botschaft weiterzusenden.

Die Sonne ging auf, und ich erkannte, daß die Berge vor uns in fast greifbare Nähe gerückt waren. Wir hatten schon beträchtlich an Höhe gewonnen. Bald stieg die Hitze aus der Wüste wie aus einem Backofen empor. Cochise hielt Ausschau nach einem Lagerplatz. Er fand eine geeignete Stelle, und wir ließen uns erschöpft im Schatten zwischen einigen Felsen und dürrem Strauchwerk nieder.
Der Alte untersuchte meine Verletzung. Sie sah gut aus, es hatte sich bereits Schorf gebildet. Er entfernte die Kräuter, streute aus einem Döschen, das er im Rucksack dabei hatte, ein feines, gelbliches Puder auf die Wunde und legte den Verband wieder an.
Joseph hatte sich auf dem Boden ausgestreckt und schien zu schlafen. Cochise breitete die Decke aus und forderte mich auf, mich hinzulegen. Er selbst

setzte sich etwas abseits und übernahm die erste Wache.
Gegen Mittag weckte mich die Hitze. Ich sah, daß der Alte, tief schlafend, auf der Erde lag und Joseph Wache hielt. Er beobachtete argwöhnisch, wie ich aufstand und einen kleinen Schluck Wasser trank. Der Durst quälte mich. Ich hatte das Gefühl, daß ich ihn nie wieder würde stillen können, ganz gleich, wieviel ich trinken würde. In meinem Kopf pochte ein dumpfer Schmerz. Ich legte mich wieder hin.
Bereits am frühen Nachmittag setzten wir den Marsch fort. Unser Wasservorrat ging zur Neige. In meiner Flasche befand sich nur noch ein schaler Rest, und die beiden Männer hatten zusammen nur noch eine volle Flasche.
Das Gehen fiel mir von Stunde zu Stunde schwerer. Immer häufiger mußte ich Cochise um eine kleine Pause und einen Schluck Wasser bitten. Ich fühlte mich, als hätte ich hohes Fieber. Manchmal schien es mir, als wäre nicht ich das, die sich mühsam vorwärtsschleppte, sondern nur noch meine leere, ausgetrocknete Hülle. Der Abstand zwischen dem Alten, der vorausging, und mir wurde immer größer.
„Lauf schneller!“ hörte ich Joseph plötzlich hinter mir.
„Ich kann nicht ...“, erwiderte ich schwach.
„Ich hab'gesagt, du sollst schneller laufen!“ Um seinen Worten Nachdruck zu verleihen, versetzte er mir einen Stoß in den Rücken. Ich stolperte und schlug der Länge nach hin.

„Steh auf!" befahl er.
Ich rührte mich nicht. Mir war auf einmal alles gleichgültig. Ich wollte einfach liegenbleiben und einschlafen, nichts mehr denken, nichts mehr spüren, gar nichts mehr.
Er stieß mich mit seinem Fuß an. „Steh auf!"
„Ich ... kann ... nicht mehr."
Er packte mich, riß mich brutal hoch.
Ich starrte in sein wutverzerrtes Gesicht.
„Du kannst!" herrschte er mich an. „Und du wirst jetzt weiterlaufen!"
Ich hatte Angst vor ihm! Hilfesuchend schaute ich mich nach dem Alten um. Er war nicht mehr zu sehen, er war weitergegangen und hinter den Felsen verschwunden.
Joseph stieß mich von sich weg. Ich taumelte einige Schritte, blieb mit dem Fuß an einem Stein hängen und stürzte. Schon war er über mir, wollte mich wieder packen.
Ich fühlte Sand zwischen meinen Fingern. Blitzschnell schleuderte ich ihm den Sand ins Gesicht. Mit einem Aufschrei wich er zurück und preßte sich die Hände auf die Augen.
Ich sprang auf, rannte hinter Cochise her und holte ihn ein.
Er drehte sich erstaunt nach mir um. Ich warf mich in seine Arme und barg mein Gesicht an seiner Schulter. Als ich Joseph herannahen hörte, klammerte ich mich fester an den Alten.
„Was ist passiert?" rief er.
„Sie wollte nicht weitergehen", stieß Joseph aufgebracht hervor. „Wir haben wegen ihr einen ganzen

Tag verloren. Wir müssen wegen ihr viel zu viele Pausen machen. Wegen ihr kommen wir nicht schnell genug voran. Das Wasser ist fast aufgebraucht, und wir haben noch einen weiten Weg vor uns. Ständig will sie trinken! Und jetzt hat sie gesagt, daß sie nicht mehr laufen kann."

Der Alte lachte. „Soviel ich gesehen habe, ist sie gerade ziemlich schnell gelaufen." Die Sache schien ihn zu amüsieren. Ich klammerte mich immer noch an ihm fest und spürte, wie sein Bauch wackelte und sein ganzer Körper vor Lachen bebte.

Als er sich endlich beruhigt hatte, sagte er ernst: „Joseph, du läßt dich gehen wie ein kleiner Junge. Wovor hast du Angst?"

Joseph antwortete nicht.

„Lilli wird jetzt trinken", sagte Cochise bestimmt. „Sie trinkt meine Ration Wasser, weil sie es nötiger braucht als ich." Behutsam befreite er sich aus meiner Umklammerung, dann reichte er mir seine Wasserflasche.

Ich nahm sie und funkelte Joseph zornig an. „Warum haßt du mich?"

Unsere Blicke verbohrten sich ineinander. Seine dunklen Augen loderten wild. Es war ein sekundenlanger, stummer Kampf. Dann bemerkte ich, daß die Explosionen in Josephs Pupillen erloschen und seine Augen ruhig wurden. Ich spürte, wie ich mich entspannte.

Ich gab Cochise die Wasserflasche zurück und sagte: „Ich werde erst dann wieder etwas trinken, wenn ihr auch trinkt."

Wir liefen weiter. Cochise schlug jetzt ein langsameres Gehtempo an. Ich fühlte mich plötzlich wach und stark, als hätte die Auseinandersetzung meine Energien aufgerüttelt.
Es wurde Abend. Die Luft kühlte ab. Wir gelangten immer weiter ins Gebirge hinein. Manchmal stiegen wir steil bergauf, überquerten schlüpfrige Geröllhänge, kletterten zwischen Felsen. Kurz bevor es dunkel wurde, legten wir eine Pause ein. Wieder aßen wir Trockenfleisch, tranken Wasser dazu, der Alte gab jedem ein Stück Würfelzucker. Joseph und ich vermieden es, uns anzuschauen. Cochise wirkte heiter und gelöst, er schien sich um nichts Sorgen zu machen.
„Wie lange müssen wir noch gehen?“ fragte ich ihn.
„Wir werden unser Ziel in zwei Tagen erreichen.“
„Und was ist unser Ziel?“
Er lehnte sich zu mir herüber, riß die Augen auf und flüsterte, als wolle er mir ein Geheimnis anvertrauen: „Es ist eine wunderschöne, große Höhle mit fließendem Wasser und allem Komfort. Hoch oben wie der Adler im Horst werden wir leben, in frischer Gebirgsluft, mit einer erhabenen Aussicht über die herrlichen Berge. Und es gibt jede Menge zu essen da, lauter köstliche Sachen.“
Ich lachte. Der Alte war ein Clown, und außerdem erzählte er Märchen. Ich glaubte ihm kein Wort.

In der folgenden Nacht machten wir nur einmal eine längere Rast. Ich wickelte mich in die Wolldek-

ke und legte mich auf den steinigen Boden. Kurz darauf war ich fest eingeschlafen.
Als Cochise mich weckte, hatten sich Wolken vor den Mond geschoben. Müde und schlaftrunken erhob ich mich, und wir gingen weiter. Es gab nichts anderes mehr als dieses ewige Gehen. Vor uns ragte die Silhouette des Gebirges in den nachtschwarzen Himmel auf.
Am Morgen überquerten wir eine weite, mit dürrem Gras bewachsene Hochebene. Der Alte sah erschöpft aus. Sein Gesicht wirkte noch runzliger als zuvor, und um seine Augen lagen dunkle Schatten.
Wir fanden einen geschützten Platz zwischen einigen Büschen und schliefen ein paar Stunden. Mittags leerten wir gemeinsam die letzte Flasche Wasser.
Cochise sagte, daß er nach einer Quelle suchen werde. „Ich fürchte nur, daß sie um diese Jahreszeit versiegt ist. Aber vielleicht haben wir ja Glück."
Mit zwei Flaschen machte er sich auf den Weg.
Joseph und ich blieben zurück. Ich legte mich wieder hin, schloß die Augen und versuchte weiterzuschlafen. Da vernahm ich das leise, entfernte Brummen eines Flugzeugmotors.
Joseph und ich sprangen gleichzeitig auf. Ich wirbelte herum und rannte aus Leibeskräften auf die Hochebene hinaus. Doch ich kam nicht weit. Ich hörte Joseph hinter mir herkeuchen, und nach wenigen Metern hatte er mich eingeholt. Er warf sich von hinten auf mich und riß mich zu Boden. In eine Staubwolke gehüllt, kugelten wir überein-

ander. Er zerrte mich auf die Füße und schleifte mich hinter sich her, zurück zu dem Platz, wo wir gelagert hatten. Ich schlug und trat nach ihm, biß, kratzte und schrie. Ich wehrte mich wie ein Teufel mit meiner ganzen Kraft, aber er ließ nicht locker und schleppte mich weg.

Das Motorengeräusch kam stetig näher. Ich holte aus und schlug Joseph mit einem wütenden Schrei meine Faust ins Gesicht. Er schlug zurück. Ich spürte, wie meine Lippe aufplatzte, und schmeckte Blut. Ich gab auf. Während Joseph mich festhielt, beförderte er Rucksäcke und Wasserflaschen mit Fußtritten unter die Büsche. Dann zwängte er sich mit mir zwischen einen Strauch und einen Felsen und drückte mich zu Boden. Dornen zerkratzten mir Gesicht und Arme. Ich heulte vor Schmerz und Wut.

Das Flugzeug war eine kleine, einmotorige Propellermaschine. Durch die Zweige hindurch beobachtete ich, wie es in einiger Entfernung vorüberflog.

Joseph und ich krochen unter dem Strauch hervor. Ich klopfte mir den Staub von den Kleidern und befühlte meine aufgeplatzte Lippe.

Wie aus dem Boden gewachsen, stand plötzlich der Alte vor uns. Mit offenem Mund schaute er abwechselnd auf Joseph und auf mich. Mißbilligend schüttelte er den Kopf. „Euch kann man wirklich keine Minute alleinlassen."

„Sie ist weggerannt, als ein Flugzeug kam", erklärte Joseph. „Ich mußte sie zurückholen, sonst hätte man uns entdeckt."

„Du hast sie geschlagen."

„Sie hat sich gewehrt wie eine Wildkatze“, verteidigte er sich. „Und sie ist stärker, als man glaubt.“
„Das sehe ich“, bemerkte Cochise trocken und musterte Josephs glühende, angeschwollene Wange und den zerrissenen Ärmel seiner Jacke. Dann wandte er sich an mich: „Warum wolltest du weglaufen, was ist los mit dir?“
„Ich wollte ... Ich dachte, sie suchen mich.“
„Ich habe dir angeboten, daß du mit uns gehen kannst unter der Bedingung, daß du mit uns zusammenbleibst, bis wir das Versteck, zu dem wir unterwegs sind, eines Tages verlassen werden. Als du zurückgekommen bist, nahm ich an, du wärest mit dieser Bedingung einverstanden.“
Ich schluckte und senkte den Blick.
„Du bringst Joseph und mich in Lebensgefahr, wenn du etwas tust, wodurch wir entdeckt werden“, fuhr er fort. „Ich versichere dir, unsere Verfolger würden nicht eine Sekunde zögern, uns umzubringen. In diesem Land ist das Leben eines Indianers nicht viel wert, und niemand würde sich darum scheren, wenn zwei entlaufene Sträflinge auf der Flucht erschossen werden. Ich habe das Flugzeug gesehen. Die Leute, die darin saßen, waren weder auf der Suche nach dir noch nach uns. Aber wenn sie dich entdeckt hätten, hätten wir bald ein ganzes Heer von Polizisten auf den Fersen gehabt. Bis jetzt ahnt niemand, wo wir uns befinden. Man vermutet uns mit Sicherheit woanders, und genau das ist unsere Chance.“
„Es tut mir leid“, murmelte ich.
„Warum bist du zu uns zurückgekommen?“

„Ich hab's nicht geschafft."
„Warum nicht?"
„Ich hatte Angst."
„Nun, als du dich entschieden hattest, allein durch die Wüste zu gehen, wußtest du, daß die Angst kommen würde. Aber du glaubtest, daß du es schaffen würdest. Und ich sage dir: Du hättest die Angst besiegen können, wenn du wirklich gewollt hättest. Du bist aus einem anderen Grund umgekehrt."
„Ich weiß es nicht."
„Dann solltest du versuchen, darüber Klarheit zu bekommen."
Ich setzte mich hin und lehnte mich an einen Stein. Joseph ging an mir vorbei und setzte sich so weit wie möglich von mir entfernt. Ich sah zu ihm hinüber, unsere Blicke trafen sich, ich schaute weg.
„Ihr beiden müßt aufhören, euch in Zweikämpfen zu verausgaben", sagte der Alte. „Ihr braucht eure ganze Kraft für das, was uns noch bevorsteht. Unsere Lage ist kritisch. Wir haben keinen Tropfen Wasser mehr. Die Quelle ist versiegt, wie ich befürchtet hatte. Wir müssen noch diese Nacht und wahrscheinlich noch einen halben Tag laufen, bis wir die Höhle erreichen. Und es ist ein schwieriger Weg. Wir werden einige Male klettern müssen. Wenn die Hitze vorbei ist, laufen wir weiter. Ruht euch aus. Heute nacht habt ihr keine Gelegenheit dazu."
„Was ist, wenn wir in der Höhle auch kein Wasser vorfinden?" fragte ich.
„Du kannst sicher sein, daß es dort welches gibt."

Er lächelte. „Denk daran, wenn du wieder einmal glaubst,daß du nicht mehr weiterkannst."

Ich weiß nicht, wie oft ich in jener Nacht die Grenzen meiner Kraft überschritten habe. Im nachhinein erscheint es mir als ein Wunder, daß ich die Strapazen durchhalten konnte. Aber ich spürte, daß es ums Überleben ging, und so brachte ich meinen ganzen Willen und meine letzten Energiereserven auf.
Die Dunkelheit erschwerte die Kletterei. Manchmal mußten wir uns Tritt für Tritt einen fußbreiten Absatz an steil aufragenden Felswänden entlangtasten, unter uns gähnende, schwarze Abgründe, deren Tiefe wir nur erahnen konnten.
Meine Hände waren aufgerissen vom Festhalten an scharfkantigem Gestein, alle Muskeln taten mir weh vor Anstrengung. Es ging fast ununterbrochen bergauf. Einmal mußten wir in eine tiefe Schlucht absteigen, um auf der anderen Seite wieder hinaufzuklettern. Alles ging gut. Cochise erwies sich als sicherer, umsichtiger Führer.
Als im Morgengrauen die Landschaft um uns her langsam aus der Dunkelheit auftauchte, schaute ich mich verwundert um. Eine schönere, bizarrere Bergwildnis hatte ich nie zuvor gesehen. Aus den Tälern und Schluchten stiegen Nebel auf, feine Dunstschleier im weichen Licht der Dämmerung. Ich atmete in tiefen Zügen. Die Feuchtigkeit der Luft legte sich wohltuend auf die ausgetrockneten Schleimhäute von Mund und Kehle.
Wir überquerten einen langen Bergrücken. Mir

war, als würden meine Füße den Boden kaum noch berühren. Leicht, fast schwerelos bewegte ich mich. Ich wußte, daß dieser Zustand durch Hunger und Müdigkeit hervorgerufen wurde, aber in diesem Moment konnte ich ihn sehr genießen. Ich spürte weder Erschöpfung noch Schmerzen, nur diese wunderbare Leichtigkeit.
Die Sonne ging über den Bergen auf, und wir blieben stehen. Ein überwältigendes Glücksgefühl durchströmte mich. Wir hatten diese Nacht überstanden, waren unserem Ziel so viel nähergekommen. Auf den müden Gesichtern der beiden Männer erkannte ich das gleiche, helle Leuchten, das mich erfüllte.
Cochise lächelte mich an. Joseph suchte seine innere Bewegung hinter einer undurchdringlichen Miene zu verbergen.
Wir gingen weiter, bis Hitze und Erschöpfung uns zum Rasten zwangen. Als ich mich auf den Boden legte, hatte ich das Gefühl, daß sich die Erde in rasender Geschwindigkeit drehen und zur Seite kippen würde. Ich krallte mich mit beiden Händen an einem Grasbüschel fest. Dann sank ich in tiefen Schlaf.

Cochise weckte mich aus wirren, gespenstischen Träumen. „Ich habe festgestellt, daß wir weiter gekommen sind, als ich dachte. Bald haben wir's geschafft."
Ich wollte lächeln, aber es ging nicht; meine Lippe tat so weh. Wir brachen auf. Ich spürte, daß ich ohne Wasser nicht mehr viel länger durchhalten

würde. In meinem Kopf hämmerte ein einziger Gedanke: Wasser! In meinem Innern formte sich ein gewaltiger, stummer Schrei: Wasser! Wasser! Ich kämpfte im Gehen gegen die Schwäche an und gegen das unwiderstehliche Verlangen, einzuschlafen.

Nach etwa zwei weiteren Stunden Marsch erreichten wir eine fast senkrecht aufragende Felswand.

Der Alte drehte sich zu mir um. „Dort oben ist die Höhle."

Mein Blick wanderte suchend über das schroffe, rissige Gestein, aber ich konnte keine Höhle entdecken. Von hier unten sah es aus, als würde die Wand unendlich hoch in den blauen Himmel aufragen. Ich fragte mich, wie wir da hinaufkommen sollten.

Der Alte ließ mir keine Zeit, darüber nachzudenken. Er begann den Aufstieg. Ich folgte ihm. Tritt für Tritt zeigte er mir, wo ich meine Füße aufstellen und mit den Händen sicheren Halt finden konnte. Joseph hielt sich in einigem Abstand hinter mir.

Die Wand lehnte sich leicht zurück. Überall fanden sich Absätze, Felsnasen und breite Risse; dadurch war das Klettern weniger schwierig, als ich zuerst geglaubt hatte. Aber der Stein war brüchig. Cochise prüfte ihn vor jedem Tritt sorgfältig auf seine Festigkeit.

Dort oben ist die Höhle, dort oben gibt es Wasser, waren meine einzigen Gedanken. Fieberhaft arbeitete ich mich die steile Felswand hinauf. Meter für Meter.

Plötzlich löste sich unter meinen Füßen ein Stein-

brocken, verfehlte um Haaresbreite Josephs Kopf und polterte in die Tiefe. Ich rutschte ein Stück ab, fand neuen Halt mit den Füßen, klammerte mich mit den Händen fest und schaute nach unten in den Abgrund. Schwindel überkam mich.
„Cochise!“ Mein Schrei hallte grausig von den Felswänden wider.
„Nicht nach unten schauen!“ hörte ich den Alten rufen.
Ich schloß die Augen, krallte mich fest, preßte mich an die Wand.
„Mach die Augen auf! Schau nach oben!“ Cochises Stimme erreichte mich wie aus weiter Ferne.
Ich begann zu zittern, meine Zähne schlugen aufeinander. Ich spürte meine Hände und Füße nicht mehr. „Ich kann mich nicht mehr halten!“ schrie ich verzweifelt.
Auf einmal war Joseph an meiner Seite. Er umfaßte mich mit einem Arm. „Laß los, ich halte dich.“
Aber ich konnte meine verkrampften Hände nicht vom Stein lösen. Merkwürdige Laute drangen aus meiner Kehle, meine Kiefer waren wie mit Schraubzwingen aufeinandergepreßt.
Joseph tastete nach meinen Händen, öffnete behutsam meine fühllosen Finger und zog mich zu sich heran. Ich hielt mich an ihm fest.
Allmählich konnte ich mich entspannen. Das Schwindelgefühl ließ nach. Ich hob den Kopf und sah Joseph in die Augen. Er erwiderte ruhig meinen Blick.
Cochises Kopf tauchte über einem Felsvorsprung auf. „Geht es wieder?“ fragte er besorgt.

Ich nickte.
„Kannst du weiter?"
„Ich weiß nicht. Ich glaub' schon."
„Versuchen wir's. Es sind nur noch ein paar Meter bis zur Höhle. Das schaffst du, Lilli."
„Ja."
Der Alte grinste breit. „Ich weiß, daß es dir schwerfällt, Joseph, aber könntest du sie jetzt wieder loslassen?"
Ich mußte lachen. Der Alte war einfach unmöglich! Wie konnte er in dieser Situation noch Witze machen!
Joseph ließ mich vorsichtig aus seinen Armen gleiten, und ich hielt mich wieder am Gestein fest. Wir kletterten weiter. Ich schaute nur nach oben. Den Abgrund unter mir versuchte ich zu vergessen. Sobald ich unsicher wurde und zögerte, war Joseph an meiner Seite und half mir weiter.
Endlich erreichten wir einen weit vorspringenden, sehr breiten Felsüberhang.
Cochise wartete, bis wir neben ihm waren. „Bleibt hier stehen."
Er kletterte nach rechts weiter, hangelte sich unter dem Überhang entlang, bis er eine Stelle fand, wo er den Felsen sicher greifen konnte. Atemlos sah ich zu, wie er sich mit einem Klimmzug hinaufschwang. Im nächsten Moment war er aus unserem Blickfeld verschwunden. Joseph und ich warteten.
Nach einiger Zeit trat der Alte an den Rand des Felsüberhanges und sah zu uns herunter.
„Was ist?" fragte Joseph gespannt.

Der Alte nickte ihm zu. „Alles in Ordnung.“ Er hockte sich hin, spuckte in die Hände und streckte uns beide Arme entgegen. „Joseph, such dir einen sicheren Stand und nimm Lilli auf deine Schultern.“

Joseph half mir, auf seine Schultern zu klettern. Mit einer Hand hielt er sich am Felsen fest, mit der anderen umfaßte er mein rechtes Fußgelenk, um mir Halt zu geben. Vorsichtig richtete ich mich auf, damit er mein Gewicht ausbalancieren konnte. Dann ergriff ich die Hände des Alten. Mit einem kräftigen Ruck zog er mich hoch, und ich landete bäuchlings auf dem Überhang. Ich rollte mich von der Felskante weg und blieb liegen. Wenig später war auch Joseph oben angelangt.

Einen Moment blieben wir liegen oder sitzen, wo wir gerade waren, um zu Atem zu kommen.

Ich richtete mich auf und sah mich um. Wir befanden uns auf einem breiten Felsplateau, das von unten her nicht zu erkennen gewesen war, weil die Bergwand dahinter einige Meter weiter in die Höhe ragte. An zwei Seiten war das Plateau von Felsen eingeschlossen. Nach rechts war es offen, und es schien, als könne man dort über einen schmalen Steig weiter ins Gebirge hinein gelangen. An der Felswand in meinem Rücken wuchs ein Busch mit grünen Blättern. Hinter diesem Busch mußte sich der Eingang zur Höhle verbergen.

Wir erhoben uns und gingen auf den Busch zu. Joseph bog die Zweige zur Seite, und wir schlüpften nacheinander durch einen schmalen, mannshohen Eingang in die Höhle hinein.

Es war stockfinster. Feuchtkalte Luft schlug uns entgegen. Der Alte riß ein Streichholz an. Das flakkernde Licht der kleinen Flamme ließ sein Gesicht unheimlich aufleuchten. Das Streichholz erlosch. Er entzündete ein neues und hielt es an den Docht einer Petroleumlampe, die neben dem Eingang an einem Haken in der Felswand hing. Das Licht flammte hell auf. Cochise schraubte die Flamme etwas kleiner, nahm die Lampe herunter und hielt sie so, daß wir das Innere der Höhle erkennen konnten.

Meine Aufmerksamkeit richtete sich jetzt voll und ganz auf das Geräusch, das ich vernahm, seit wir die Höhle betreten hatten: Es war das leise Plätschern fließenden Wassers, das von irgendwo aus dem hinteren Teil des großen Gewölbes zu uns drang. Joseph nahm seinen Rucksack ab, ließ ihn auf den Boden gleiten und ging voraus.

An den vorderen Raum schloß sich eine kleinere Seitennische an. Und dort fanden wir das Wasser. Es perlte in Rinnsalen aus den Ritzen des Gesteins, floß die Wand herab und verschwand in einer Bodenspalte.

Ich lag schon auf den Knien, hielt meine Hände zu einer Schale geformt und schlürfte das Wasser in langen Zügen. Eiskalt rann es durch meinen Hals, und ich spürte es herabfließen bis in meinen Magen. Viel zu hastig trank ich, verschluckte mich, trank weiter; nie hatte ich köstlicheres Wasser genossen, es schmeckte beinah süß.

Ich erhob mich, trat zur Seite und ließ die beiden Männer ihren Durst löschen. Danach trank ich wieder, wusch mir Gesicht und Arme und trank, bis mir schlecht war und das Wasser in meinem Bauch gluckerte. Cochise brachte einen Eimer, spülte ihn einige Male aus und stellte ihn so unter den Felsen, daß das Wasser hineinfließen konnte.

Ich ging zurück in den großen Teil der Höhle und sah mich staunend um. An einer Wand waren bis unter die Decke Holzscheite und Äste aufgestapelt. Daneben lag ein Haufen Reisig. Joseph kauerte in der Mitte des Raumes und bemühte sich, ein Feuer zu entfachen. Das Holz war feucht und qualmte zuerst stark, aber bald züngelten kleine Flammen zwischen den Scheiten empor, und der Rauch zog durch eine Spalte in der rußgeschwärzten Decke des Gewölbes ab.

Nach einer Weile flammte das Feuer hoch auf und erhellte die Höhle. Auf einem Brett, das über zwei flache Steine gelegt war, standen Kochtöpfe, Teller, Becher, Schüsseln und eine gußeiserne Pfanne. Daneben lagen Besteck und allerlei Kochwerkzeug.

Cochise stand vor einem Haufen Konservenbüchsen, die in einer Ecke aufgestapelt waren, und las laut vor, was auf den Etiketten stand: „‚Huhn mit Reis', ‚Pikanter Bohnentopf', ‚Mais', ‚Rindfleisch' ..."

Das Wasser lief mir im Mund zusammen, und mir wurde flau.

In einer anderen Ecke lagen Kartoffeln und irgendwelche Rüben oder Wurzeln, die ich nicht kannte. Die Kartoffeln hatten bereits zu keimen begonnen, sie mußten also schon längere Zeit hier liegen. Cochise öffnete den Deckel eines kleinen Blechcontainers, den er in einem Winkel entdeckt hatte. Er fand darin Mehl, Salz, Zucker, Trockensuppen in Beuteln, Kaffeepulver, Teekräuter und getrocknete Hülsenfrüchte.

Joseph hatte inzwischen einen stabilen Eisenrost über das Feuer gestellt und Wasser in einem Kessel zum Kochen gebracht. Cochise warf ein paar Teekräuter in eine Kanne und goß das siedende Wasser darüber. Dann öffnete er eine Konservenbüchse „Huhn mit Reis“, leerte sie in einen Topf und stellte ihn aufs Feuer. Er hockte sich daneben und rührte mit einem Löffel um. Wunderbare Düfte zogen durch die Höhle. Ich setzte mich zu den beiden Männern.

„Wer hat das alles hierhergebracht?“ fragte ich den Alten.

„Freunde“, antwortete er unbestimmt.

Joseph goß den Tee ab und reichte mir einen Becher voll. Es tat gut, etwas Warmes zu trinken.

Cochise verteilte das Essen in kleine Schälchen. Obwohl ich so ausgehungert war, brachte ich nicht viel herunter. Ich war zu erschöpft, um zu essen. Der Alte gab mir die Wolldecke, und ich legte mich nahe ans Feuer. Die beiden Männer saßen da, rauchten Zigaretten und unterhielten sich leise in ihrer Sprache. Ich schloß die Augen und lauschte, bis ihre Stimmen sich zu einem eintönigen Gemurmel vermischten und ich sanft in den Schlaf hinüberglitt.

3

Ich erwachte davon, daß irgendwelche Töpfe neben meinem Kopf klapperten, und schlug die Augen auf.
Cochise kauerte am Feuer und hantierte mit der Pfanne. Als er merkte, daß ich mich bewegte, lächelte er mir zu. „Ausgeschlafen?"
Ich richtete mich auf. Ein Schimmer Tageslicht fiel durch den Eingang der Höhle. Nur ganz langsam wurde mir wieder bewußt, wo ich mich befand.
„Wie spät ist es?" fragte ich benommen.
„Früher Nachmittag", antwortete der Alte. „Du hast lange geschlafen. Eine ganze Nacht und den halben Tag."
„Wirklich?"
Er reichte mir einen Becher mit dampfendem Kaffee.
Vorsichtig schlürfte ich das starke, heiße Gebräu.
„Was kochst du da?" wollte ich wissen, weil es in der Höhle so gut roch.
„Ich backe Fladenbrot."
„Hmm ..." Ich schälte mich aus der Wolldecke und streckte meine schmerzenden Glieder. „Als erstes brauch' ich ein heißes Bad."
„Oh!" Cochise blickte von seiner Arbeit auf. „Ich fürchte, damit können wir hier nicht dienen. Aber du kannst dir eine Schüssel heißes Wasser machen

und dich waschen. Seife und ein Tuch zum Abtrocknen liegen bereit." Er deutete mit dem Kopf Richtung Nische.
Ich machte mir nicht eine, sondern drei große Schüsseln heißes Wasser und wusch mich mit wahrer Inbrunst von Kopf bis Fuß. Anschließend warf ich meine verdreckten Kleider in die Seifenlauge. Cochise holte frische Sachen zum Anziehen aus seinem Rucksack, die eigentlich für ihn bestimmt waren; ein Paar Jeans, viel zu lang und zu weit für mich, aber ich schnallte sie mit meinem Gürtel um die Taille fest und krempelte die Hosenbeine hoch. Dazu ein T-Shirt und ein rot-schwarz kariertes Baumwollhemd. Der Alte sah nach meiner Wunde. Sie war bereits so gut verheilt, daß ich keinen Verband mehr brauchte.
Meine Turnschuhe hatten unter dem Marsch schwer gelitten. Ich ging barfuß vor die Höhle. Grelles Sonnenlicht blendete mich. Es dauerte einen Moment, bis sich meine Augen an die Helligkeit gewöhnt hatten. Dann erkannte ich Joseph, der, an die Felswand gelehnt, dasaß. Ich sagte „Hey". Er nickte mir nur kurz zu und schaute weiter in die Ferne. Von diesem Felsplateau hatte man wirklich einen atemberaubenden Ausblick über die Berge.
Ich schüttelte mein nasses Haar aus und versuchte, es mit den Fingern zu ordnen. Aber die wilde Mähne war hoffnungslos verknotet. Ich gab meine Bemühungen auf und wandte mich an Joseph. „Hast du eine Bürste oder so etwas?"
Er zog einen Kamm aus seiner Hosentasche und

reichte ihn mir. Ich sah das kleine, biegsame Ding zweifelnd an und machte mich damit an die Arbeit. Es war eine langwierige und ziemlich schmerzhafte Angelegenheit. Dabei blickte ich ab und zu verstohlen zu Joseph hin. Er sah irgendwie verändert aus. Schließlich erkannte ich, woran das lag: Er hatte sich gewaschen und andere Kleider angezogen. Sein langes, schwarzes Haar glänzte wie Seide und bewegte sich leicht im Wind, und er trug Jeans und ein weißes Hemd. Wäre nicht sein finsteres Gesicht gewesen – er hätte richtig gut ausgesehen.
Cochise kam aus der Höhle und gab jedem ein Stück Fladenbrot. Er setzte sich neben mich auf den Boden, und wir aßen. Das Brot schmeckte köstlich.
„Wie geht es dir?“ fragte er mich.
„Ich weiß nicht“, antwortete ich unsicher. Dann erst begann ich, überhaupt darüber nachzudenken. Mir wurde klar, daß ich mich in einer schlimmen Lage befand. Wenn es nach Cochise und Joseph ging, sollte ich hier für unbestimmte Zeit festsitzen. In dieser Höhle, in diesen Bergen, mit diesen beiden Männern zusammen – das war unmöglich! Einfach unmöglich. Ich mußte nach Hause, und sie hatten kein Recht, mich hier festzuhalten. Ich saß da und starrte auf das Fladenbrot in meiner Hand. Mir war der Appetit vergangen.
„Was ist?“ fragte der Alte.
„Ich muß weg von hier.“
„Warum?“
„Ich habe meine Familie zu Hause, meine Freunde und meinen Beruf. Alle warten auf mich und

leben jetzt in Angst und Sorge. Vielleicht glauben sie, ich sei tot. Cochise, du mußt mich gehen lassen!"

„Es gibt eine Vereinbarung zwischen uns."

„Ich habe dieser Vereinbarung nie zugestimmt."

„Du bist zurückgekommen."

„Das hab' ich längst bereut."

„Das ist deine Sache. Unsere Vereinbarung gilt trotzdem."

Ich saß verdammt in der Klemme. Von seinem Standpunkt aus hatte der Alte vielleicht recht. Er befürchtete, daß die Polizei durch mein Auftauchen herausfinden könne, wo die beiden sich versteckt hielten. Ich mußte den Alten davon überzeugen, daß ich sie nicht verraten würde.

„Cochise, bitte glaub mir: Ich werde niemandem erzählen, daß ich mit euch zusammengetroffen bin. Ich schwöre dir, kein Mensch auf dieser Welt wird je davon erfahren."

„Und wie willst du der Polizei erklären, daß du in der Wüste verschwunden warst, ohne Wasser und ohne Nahrung, und nach etlichen Tagen wohlbehalten in einer völlig anderen Gegend wieder auftauchst?"

„Ich sage, ich hätte andere Leute getroffen, die mir geholfen hätten."

„Welche Leute?"

„Irgendwelche. Ist doch egal."

„Damit wird sich die Polizei nicht zufriedengeben. Sie werden genau wissen wollen, wer dir geholfen hat und wo du gewesen bist. Und sie haben ihre Methoden, aus Menschen herauszubekommen, was sie wissen wollen. Vergiß nicht: wir werden gesucht. Nein, Lilli, wir können dich nicht gehen lassen. Es war deine Entscheidung, zu uns zurückzukommen. Niemand hat dich dazu gezwungen. Und jetzt mußt du zu deiner Entscheidung stehen."

„Es war nicht meine Entscheidung!"

„Was war es dann? Da du die Kraft aufgebracht hast, zurückzugehen, hättest du auch die Kraft gehabt, deinen Weg fortzusetzen."

„Aber ich hab' dir doch schon gesagt: Ich hatte Angst! Ich weiß nicht, was es war. Irgend etwas hat mich gezwungen, umzukehren. Ich war so verwirrt ..." Ich fing an zu weinen. „Cochise, bitte versteh mich doch!"

Er sah mich ruhig an. „Ich verstehe dich."

„Dann hilf mir!"

„Ich habe dir geholfen."

„Ja, du hast mich beschützt, du hast mir vielleicht sogar das Leben gerettet, aber jetzt ..."

„... wieviel ist dir dein Leben wert?" unterbrach er mich.

Ich zuckte die Schultern. „Alles."

„Laß uns einen Handel schließen." Der Alte lächelte verschlagen: „Wenn du glaubst, daß ich dir das Leben gerettet habe, dann schenke mir dafür ein paar Wochen deiner Zeit."

„Das kann ich nicht!"

„Eines Tages, wenn die Polizei die Suche nach uns aufgegeben hat, werden Joseph und ich dieses Versteck verlassen, um über die Grenze zu fliehen. Das wird der Tag sein, an dem du frei bist, zu ge-

hen, wohin du willst.“ Damit erhob er sich und verschwand in der Höhle.
Ich wandte mich verzweifelt an Joseph, der immer noch dasaß und in die Ferne schaute, als würde ihn das alles nichts angehen. „Kannst du mir nicht helfen?“
Er sah mich an. Sein Gesicht war abweisend wie eine Mauer.
„Joseph, bitte!“
Er sagte kein Wort, und ich fand nichts in seinen Augen, was mir Hoffnung gemacht hätte.
Ich stand auf und ging in die Höhle. Ich mußte irgend etwas tun, um mich zu beruhigen. Also machte ich mich daran, meine Kleider, die in der Seifenlauge lagen, auszuwaschen. Als ich damit fertig war, brachte ich die Wäsche nach draußen, breitete sie über einen flachen Felsen in der Sonne zum Trocknen aus und beschwerte sie mit einigen Steinen, damit der Wind sie nicht fortwehen konnte. Danach stand ich eine Weile unschlüssig herum und überlegte, was ich noch tun könne. Plötzlich kam mir die Idee, eine Nachricht an meine Eltern zu schreiben! Ich rannte zurück in die Höhle. „Cochise! Hast du Papier und Schreibstift?“
Erstaunt blickte er auf. „Ich weiß nicht.“ Er kramte in seinem Rucksack, fand tatsächlich einen Notizblock und einen Kugelschreiber und reichte mir beides. „Was hast du vor?“
„Ich will einen Brief nach Hause schreiben“, sagte ich aufgeregt. „Eine Nachricht, daß ich am Leben bin und zurückkehren werde.“

Der Alte lächelte mich mitleidig an. „Es gibt keinen Postkasten hier, weißt du?“
„Aber es muß doch eine Möglichkeit geben, den Brief …“
„… nein.“
Niedergeschlagen senkte ich den Kopf. Was war los mit mir, wie hatte ich so dumm sein können? Etwas in mir wollte sich einfach nicht mit der Tatsache abfinden, daß ich hier festsaß, ohne eine Chance, wegzukommen, und daß es keine Möglichkeit gab, meine Angehörigen zu benachrichtigen.
Der Alte klopfte mir freundschaftlich auf die Schulter. „Du kannst das Schreibzeug behalten, ich brauch's nicht.“ Damit ließ er mich stehen und ging aus der Höhle.
Ich schrieb den Brief trotzdem, obwohl ich wußte, daß ich ihn nie würde abschicken können. Es wurde ein Tagebuch daraus. Ich begann mit dem Abend, an dem ich an der Tankstelle in dem kleinen Ort eine Flasche Wasser hatte kaufen wollen. Das war schon so lange her. Ich hatte das Gefühl, als wären mehrere Wochen seitdem vergangen, dabei waren es wirklich erst ein paar Tage.
Ich lag bäuchlings auf dem Boden am Feuer in der Höhle, schrieb im trüben Licht der Petroleumlampe und vergaß alles um mich her. Ich schilderte so genau wie möglich, was passiert war; auch was gesprochen worden war und was ich gedacht und empfunden hatte.
Nach einiger Zeit konnte ich nicht mehr auf dem Bauch liegen, stand auf und schleppte den Blechcontainer, in dem sich die Vorräte befanden, ans

Feuer. Ich setzte mich darauf und schrieb weiter, den Notizblock auf den Knien haltend.
Meine einzige Sorge war, daß die Seiten nicht ausreichen würden, um alles aufzuschreiben. Deshalb kritzelte ich winzigkleine Buchstaben aufs Papier, reihte sie dicht aneinander, obwohl ich sonst eine große, weit ausladende Schrift hatte.
Die beiden Männer kümmerten sich nicht um mich. Der Alte bereitete eine warme Mahlzeit zu und schob mir wortlos meine gefüllte Schüssel hin. Ich aß, während ich wie besessen weiterschrieb. Einmal mußte ich vor die Höhle gehen und stellte erstaunt fest, daß es draußen schon dunkel geworden war.
Cochise und Joseph schliefen längst, als ich Kugelschreiber und Notizblock zur Seite legte und mich todmüde in die Decke wickelte.

4

„Was werden wir hier die ganze Zeit machen?“ fragte ich Cochise ungeduldig und ließ mich neben ihm auf den Boden vor der Höhle nieder.
Es war noch früh am Tag, aber die Sonne brannte bereits heiß vom wolkenlosen Himmel. Seit ich am Morgen aufgewacht war, hatte ich das Gefühl, daß ich jeden Moment vor Wut platzen würde, und ich wußte nicht, weshalb. Die beiden Männer hatten sich nach dem Frühstück draußen hingesetzt und starrten andauernd in die Ferne, als gäbe es dort etwas Besonderes zu entdecken. Und vielleicht würden sie wochenlang damit weitermachen, während ich vor Sorge, Ungeduld und Langeweile wahnsinnig würde.
„Wir können tun, was immer du willst“, antwortete Cochise und schenkte mir sein gewinnendes Lächeln.
„Ich will weg von hier, das ist alles, was ich will“, fuhr ich ihn zornig an.
„Nun, das ist wohl das einzige, das nicht möglich ist“, entgegnete er ruhig.
Seine Ruhe machte mich rasend. Ich schnappte über. „Ich will weg! Ich will weg! Verdammt nochmal, ich will weg hier!“ schrie ich und schlug dabei mit den Fäusten auf den Boden. Ja, ich legte es darauf an, ihnen so lange auf die Nerven zu

fallen, bis sie mich bitten würden, zu gehen. Joseph warf mir einen giftigen Blick zu.
Glotz du nur, dachte ich. Bis du schielst, du Holzkopf!
„Wie fühlst du dich?" fragte Cochise vorsichtig und musterte mich dabei mit gespielt besorgtem Gesichtsausdruck, wie ein Arzt seinen ausgerasteten Patienten auf der Couch.
„Her – vor – ra – gend!" brüllte ich ihm ins Gesicht, daß er erschrocken zurückwich. Dann sackte ich in mir zusammen und seufzte tief. Mir war elend zumute. „Schlecht geht's mir", sagte ich leise.
„Warum?" fragte Cochise.
Ich zuckte die Schultern.
„Du scheinst dir tatsächlich fest vorgenommen zu haben, es dir schlecht gehen zu lassen und die Zeit hier zu keiner guten Zeit für dich zu machen", sagte er.
„Wie könnte diese Zeit jemals gut für mich sein", erwiderte ich heftig. „Du vergißt, daß ich nicht freiwillig hier bin."
„Dann hör zu, was ich dir zu sagen habe." Cochise wandte sich ganz zu mir hin und schaute mir in die Augen. „Jede Zeit ist eine gute Zeit. Einfach deshalb, weil du am Leben bist und Erfahrungen machst."
„Dies hier ist eine schlechte Erfahrung."
„Was ist schlecht an diesem herrlichen Morgen?" Er machte mit beiden Armen eine weitausladende Geste, die uns und die Berglandschaft mit einschloß, die Felsen, Hänge und Gipfel, die im strahlenden Licht der Sonne lagen. Dann fuhr er

fort: „Die Wahrheit ist, daß du jeden Augenblick deines Lebens genießen kannst. Das ganze Leben ist ein einziger großer Genuß, wenn du es so sein läßt. Sieh mich an: Ich bin ein alter Mann, und du kannst mir glauben, daß ich manchmal schwere Zeiten gehabt habe. Sie waren schwer, aber niemals wirklich schlecht. Jeder Augenblick meines Daseins in dieser wunderbaren und geheimnisvollen Welt ist für mich ein vollkommener Genuß, weil ich lebendig bin und atme.“ Er lehnte sich an den Felsen zurück. „Was dich daran hindert, das hier zu genießen, ist deine Vorstellung, daß du jetzt eigentlich woanders sein und etwas anderes tun müßtest.“

Damit hatte er allerdings recht: Ich hätte längst ganz woanders sein und etwas anderes tun müssen.

Der Alte schloß die Augen und summte leise vor sich hin. Er schien nichts mehr sagen zu wollen.

Die Sonne brannte auf das Felsplateau, und die Hitze trieb mir den Schweiß aus allen Poren. Ich sah zu Joseph hinüber, der etwas abseits saß. Er hielt ein paar Steinchen in seiner Hand und war damit beschäftigt, sie einzeln an einen großen Felsen zu werfen, der in einiger Entfernung stand. Er zielte und traf jedesmal genau die gleiche Stelle. Jedesmal machte es „klick“, und dann kullerte das Steinchen auf den Boden.

Ich wurde ganz nervös davon, stand auf und begann, hin- und herzugehen. Dabei kreuzte ich absichtlich Josephs Schußlinie, aber er wartete jedesmal bis ich vorbei war, bevor er das nächste Steinchen warf.

Ich trat an den Rand des Felsplateaus und blickte in die Tiefe. Unter mir sah ich die schroffe Wand, an der wir zwei Tage zuvor hinaufgeklettert waren. Mir schwindelte, und ich trat einen Schritt zurück. Dann hob ich den Kopf und schaute in den Himmel. Hoch oben zog ein großer Raubvogel seine Kreise. Ich beobachtete ihn eine Zeitlang, dann wandte ich mich um und schlenderte Richtung Höhle. Im Halbschatten des Busches, der vor dem Eingang wuchs, lehnte ich mich an die Felswand. Ich brach einen kleinen Zweig ab und beschäftigte mich damit, ein paar von den grünen Blättern des Busches darauf aufzufädeln. Dabei dachte ich darüber nach, was der Alte mir gesagt hatte. Es hatte gut und wahr geklungen, aber ich kam zu dem Schluß, daß das alles nicht auf mich und meine Lage zuträfe.

Cochise summte weiter zufrieden vor sich hin, und Joseph warf unermüdlich kleine Steinchen. Ich begann wieder, auf und ab zu tigern. Haarscharf sauste ein Steinchen an meinem linken Ohr vorbei. Ich fuhr herum und starrte Joseph wutentbrannt an, bereit, mich auf ihn zu stürzen.

Er lachte: „Hast du Ameisen in der Hose?“ Fröhlich und aus vollem Halse lachte er mich aus, und ich kam mir plötzlich so ungeheuer blöd vor mit meinen geballten Fäusten und meiner ganzen furchtbaren Wut im Bauch.

„Du scheinst ausgesprochen anfällig zu sein für Gewitterstimmung“, bemerkte Cochise und grinste mich an.

Ich drehte mich von Joseph weg, froh darüber, daß

ich einen Grund dazu hatte, und ließ meinen Blick über den Himmel schweifen. Kein einziges Wölkchen war zu sehen.
„Glaubst du wirklich, daß es ein Gewitter gibt?“ fragte ich den Alten.
„Und was für eins“, nickte er. Dann stand er auf, streckte sich, daß seine Gelenke laut krachten, und sagte: „Laß uns einen kleinen Ausflug machen. Ich möchte dir einen besonderen Ort zeigen.“
Ohne sich umzusehen, ging er auf den schmalen Steig zu, und ich folgte ihm. Joseph kam nicht mit. Der Alte lief gemächlichen Schrittes. Er schien tief in Gedanken versunken. Ab und zu blieb er stehen und schaute über die Berge, manchmal berührte er mit den Händen einen Felsen oder einen Strauch.
„Du kennst diese Gegend wohl sehr gut?“ fragte ich ihn.
„Ja, ich habe früher viel Zeit hier verbracht.“
Wir erklommen einen steilen Hang und umwanderten eine Bergkuppe. Auf der anderen Seite dieser Kuppe standen wir plötzlich vor dem schmalen Eingang einer Schlucht. Wir gingen hinein. Die Schlucht wurde von allen Seiten durch hochaufragende Felswände umschlossen. Hier drinnen war es angenehm schattig und kühl. Der Boden war spärlich mit Gras bewachsen. In der Mitte erweiterte sich die Schlucht und lief hinten, am anderen Ende, wieder schmal zusammen. Auf dem Platz in der Mitte lagen einige gewaltige Felsblöcke. Als wir näher kamen, erkannte ich, daß diese Felsen – wie von Menschenhand angeordnet – einen großen Kreis bildeten.

Cochise trat in den Kreis hinein und ließ sich mit gekreuzten Beinen auf dem Boden nieder. Mit einer Geste bedeutete er mir, daß ich mich ihm gegenüber hinsetzen solle. Ich setzte mich und blickte ihn erwartungsvoll an. Ich dachte, daß er mit mir sprechen wolle. Er sagte aber nichts, sondern saß reglos da, die Augen halb geschlossen, und schien auf etwas zu lauschen. Unwillkürlich begann auch ich, meine Aufmerksamkeit auf Geräusche zu richten. Aber ich hörte nichts. Nichts – absolute Stille. Eine seltsame Stimmung ging von diesem Ort aus. Eine Art Konzentration oder Kraft. Ich spürte, wie ich mich entspannte, wie ich allmählich zur Ruhe kam.

Der Alte schien meine Anwesenheit völlig vergessen zu haben. Ich dachte schon, er wäre eingeschlafen, als er die Augen öffnete und sagte:

„Dies ist ein uralter heiliger Ort der Indianer. Hier werden bestimmte Feste gefeiert, und unsere Schamanen kommen hierher, um heilige Rituale vorzunehmen." Er schwieg, fuhr aber fort, mich mit seinen wachen Augen aufmerksam anzuschauen.

Ich war verwirrt. Erwartete er, daß ich etwas sagte oder fragte? Sein eindringlicher Blick wurde mir unangenehm. Ich stellte mir plötzlich vor, daß ich aufspringen und wegrennen würde. Und dann spann sich diese Phantasie in meinem Kopf weiter: Ich würde laufen, laufen, Tag und Nacht, immer in eine Richtung. Ich würde mich an der Sonne und an den Sternen orientieren. Und dann mußte ich schließlich an einen Ort gelangen, wo andere Menschen waren ...

„Es hätte keinen Sinn, wenn du versuchen würdest wegzulaufen." Cochise lächelte. Er hatte meine Gedanken erraten. „In diesen Bergen wohnt die Kraft. Und die nächste Ansiedlung liegt mehrere Tagesmärsche entfernt, zu weit für jemanden, der den Weg nicht weiß und die Gefahren nicht kennt. Das Gebirge ist größer und gewaltiger, als du ahnst, und überall lauern hungrige Berglöwen."
In diesem Augenblick vernahm ich ein grauenerregendes Geräusch. Als würde eine Bestie von der Größe eines Mammuts wütend fauchen und grollen. Die Erde zitterte, und dieses Grollen schien aus der Mitte des Berges aufzusteigen.
Ich spürte, wie sich mir vor Entsetzen sämtliche Haare sträubten. Nur mit Mühe konnte ich den Impuls unterdrücken, jäh aufzuspringen und zu schreien. Ich starrte wie gebannt in Cochises Augen. Der Alte saß vollkommen gelassen da und beobachtete mich. Das Fauchen und Grollen verlor sich in der Ferne.
„Was war das?" flüsterte ich angstschlotternd.
„Ich sagte dir doch, daß in diesen Bergen die Kraft wohnt."
Wir erhoben uns, verließen die Schlucht und wanderten weiter. Mir zitterten vom Schrecken immer noch die Beine. Cochise machte sich darüber lustig, ahmte meinen wackligen Gang nach und verausgabte sich im Lachen über mich.
Es war bereits Nachmittag, als wir zur Höhle zurückkehrten. Vor der Sonne hing ein milchiger Dunstschleier, und in der Ferne ballten sich schwe-

re, weiße Wolken über den Bergen zusammen. Es war unerträglich schwül geworden.
Joseph erwartete uns mit einer warmen Mahlzeit, die er zubereitet hatte. Nach dem Essen legte ich mich hin und schlief sofort ein.

Lautes Krachen riß mich aus dem Schlaf. Erschrocken fuhr ich hoch. Sekundenlang erhellte ein grelles Licht den Eingang der Höhle.
„Da haben wir das herrliche Gewitter", sagte Cochise, der am Feuer saß. „Laß uns hinausgehen und das Schauspiel bewundern."
Ich folgte dem Alten vor die Höhle. Joseph kauerte draußen, dicht an die Felswand geduckt, neben dem Eingang. Cochise und ich hockten uns zu ihm. Es war schon fast dunkel geworden. Schwarze Wolkenberge türmten sich auf. Die Landschaft wirkte auf einmal völlig verändert – bedrohlich und düster. Blitze zuckten über den Himmel, gefolgt von den lautesten Donnerschlägen, die ich je vernommen hatte. Eine Sturmböe fegte über das Felsplateau und wirbelte Sand, Blätter und kleine Äste durch die Luft. Wieder zuckte ein Blitz, ließ die Berge für einen Augenblick in gespenstischem Licht erscheinen. Dann dröhnte der Donner, rollte heran und endete mit metallischem Krachen. Ich fuhr erschrocken zusammen und rückte näher an Cochise. Plötzlich heulte ein eiskalter Wind um die Felsen, packte uns, zerrte an Haaren und Kleidern und raubte mir den Atem. Cochise lachte und schrie irgend etwas, aber ich konnte nichts verstehen, der Wind riß seine Worte mit sich fort. Auf

einmal kippte der Alte zur Seite und rollte, Arme und Beine fest an den Körper gezogen, wie eine Kugel über das Felsplateau. Er rollte einen weiten Kreis und landete genau vor mir, hielt kurz inne und blickte mich an, als wolle er sich vergewissern, daß ich ihm zugeschaut hatte. Dann kugelte er wieder los, diesmal noch schneller als zuvor. Atemlos verfolgte ich seine verrückte Vorstellung. Wieder landete er vor mir und sah mir ins Gesicht. Seine Augen glühten wie die Augen einer Katze. Dann rollte er einen dritten Kreis, aber diesmal in so ungeheurer Geschwindigkeit, daß ich ihn nur noch als wirbelndes Bündel wahrnehmen konnte. Ich schnappte nach Luft und drückte mich an die Felswand. In diesem Augenblick prasselte ein Hagelschauer los, und wir flüchteten in die Höhle.
Cochises kuriose Vorstellung hatte mich in einen chaotischen Zustand versetzt. Mein Magen war heftig in Aufruhr geraten, und bei jedem Donnerschlag zuckte ich nervös zusammen. Draußen rauschte inzwischen der Regen herunter. Joseph bereitete Tee zu und gab mir einen Becher voll. Nachdem ich getrunken hatte, ging es mir wieder besser.
Allmählich ließ das Gewitter nach. Der Sturm legte sich, es hörte auf zu blitzen, und das Grollen des Donners verlor sich in der Ferne. Nur der Regen rauschte mit unverminderter Kraft vom Himmel herab.
„Dies ist die einmalige Gelegenheit, eine Dusche zu nehmen“, sprach der Alte, stand auf, entledigte sich seiner Kleider und verließ die Höhle.

Joseph räumte das Geschirr zusammen, stellte es in eine Blechschüssel, nahm einen Kessel voll heißem Wasser von der Feuerstelle und verschwand damit hinten in der Nische. Ich hörte ihn dort mit Tellern und Bechern klappern; anscheinend erledigte er den Abwasch.

Ich überlegte nicht lange, schlüpfte aus meinen Kleidern und rannte nach draußen. Stockfinster war es, und der kalte Regen traf mich wie ein Schock. Er prasselte tatsächlich so stark herab wie aus einer Duschbrause. Cochise prustete und lachte; er schien großen Spaß zu haben.

Nach einer Weile fühlte sich der Regen gar nicht mehr so kalt an. Ich streckte die Arme hoch und drehte mich nach allen Seiten. Das Wasser prikkelte auf der Haut, als wäre jeder Tropfen mit Energie aufgeladen. Ich legte den Kopf in den Nacken und genoß es, mir den Regen übers Gesicht laufen zu lassen. Schließlich hatte ich genug, ging zurück in die Höhle, trocknete mich ab und zog mich an. Bald darauf kam auch der Alte wieder.

Schweigend saßen wir um das Feuer. Ich schaute in die Flammen, bis sie in sich zusammensanken und nur noch ein Haufen rote Glut übrigblieb. Ich versuchte zu begreifen, was ich erlebt hatte. Aber es gelang mir nicht.

5

Am nächsten Morgen rüsteten sich die beiden Männer in aller Frühe für eine Wanderung. Sie forderten mich nicht auf, sie zu begleiten, und ich war froh, eine Zeitlang allein sein zu können.
Das nächtliche Gewitter hatte die Luft abgekühlt und gereinigt, und der Regen hatte bewirkt, daß überall frisches Grün aus dem Boden sproß. Auf den Hängen waren sogar einige gelbe und blaue Blumen aufgeblüht. Aber in kurzer Zeit schon würde die Sonne alles wieder verdorren lassen.
Ich nahm Notizblock und Kugelschreiber und setzte mich in den Halbschatten des Busches vor dem Höhleneingang. Fünf Seiten waren mir noch geblieben, um aufzuschreiben, was ich erlebt hatte. Ich nutzte auch den Pappdeckel an der Rückseite des Blockes für meine Aufzeichnungen.
An diesem Morgen faßte ich den Entschluß, die Flucht durch das Gebirge zu wagen. Ich wollte mich nicht einschüchtern und entmutigen lassen durch das Gerede des Alten über geheimnisvolle Kräfte und hungrige Berglöwen. Bei meinen Überlegungen wurde mir allerdings klar, daß ich die Flucht sehr gut vorbereiten mußte. Ich konnte nicht einfach davonlaufen. Ich brauchte einen Vorrat an Nahrung und Wasser, und ich nahm mir vor, mit Cochise noch einige Male durch das

Gebirge zu wandern, um möglichst viel über die Gefahren und das richtige Verhalten in der Wildnis zu lernen. Ich mußte also noch eine Weile Geduld aufbringen. Aber die Vorstellung, daß ich bald unterwegs sein würde, gab mir neue Hoffnung.
Ich nutzte die Abwesenheit der Männer, um gleich mit den Vorbereitungen für meine Flucht zu beginnen. Zuerst suchte ich mir einen verborgenen Platz zwischen einigen Felsen unweit der Höhle, wo ich Proviant verstecken konnte. Dann stahl ich zwei Konservenbüchsen und einen der beiden Dosenöffner aus der Höhle und nahm auch ein Stück Fladenbrot mit, das vom Frühstück übriggeblieben war. Nachdem ich diese Sachen in meinem Versteck untergebracht hatte, fühlte ich mich fast euphorisch.
Am Nachmittag kehrten Cochise und Joseph von ihrer Wanderung zurück. Sie brachten ein Kaninchen mit, das sie erlegt hatten. Auf meine Frage, wie ihnen das gelungen sei, antwortete der Alte, das Kaninchen habe in den Bergen auf sie „gewartet“. Damals hielt ich das für eine von Cochises scherzhaften Antworten. Heute weiß ich mehr über diese Dinge.
Joseph zog dem Tier das Fell ab, nahm es aus und briet es über dem Feuer in der Höhle. Ich aß nichts davon. Ich war bis dahin nur sauber verpacktes Fleisch aus dem Supermarkt gewohnt, dem man seine Herkunft nicht mehr ansehen konnte. Beim Gedanken, daß das arme Kaninchen vor wenigen Stunden noch munter in den Bergen herumgehop-

pelt war, verging mir der Appetit. Aber diese Einstellung sollte sich bald ändern.
Am Abend saßen wir vor der Höhle und beobachteten den Sonnenuntergang. Der Himmel leuchtete in herrlichen Farben, die sich ständig veränderten und an denen ich mich nicht sattsehen konnte. Dennoch befand ich mich in einer niedergeschlagenen Stimmung.
„Was ist los mit dir?“ wollte Cochise wissen, der meinen Zustand wohl bemerkt hatte.
„Das weißt du doch“, antwortete ich.
„Und woran denkst du gerade?“ fragte er weiter.
Ich überlegte einen Moment und seufzte. „Gerade eben habe ich ans Tanzen gedacht. Das fehlt mir sehr.“
Der Alte blickte mich erstaunt an. „Du kannst doch tanzen, wenn du willst! Niemand wird dich davon abhalten! Hier auf dem Felsplateau kannst du ganz wunderbar tanzen, und wenn dir dieser Platz nicht ausreicht, dann tanze über die Berge!“
Ich lächelte müde und erwiderte: „Zum Tanzen braucht man aber auch Musik.“
„Musik?“ rief Cochise. „Hast du denn nicht genug Musik in dir selbst? Also gut: Ich werde für dich singen!“
Und dann begann er, aus voller Brust, mit dramatischen Gebärden und grotesker Mimik, einen schmalzigen Schlager zu schmettern. Ich bog mich vor Lachen. Der Alte war nicht nur ein Clown, er war auch ein umwerfender Schauspieler! Sogar auf Josephs versteinertem Gesicht zeigte sich die Andeutung eines Lächelns.

Nachdem Cochise eine Weile so gesungen hatte, begann er, mit den Händen einen Rhythmus auf seine Schenkel zu schlagen. Und plötzlich verwandelte sich sein ganzer Ausdruck. Er sang jetzt ein indianisches Lied. Es klang sehr einfach und schön, und es berührte mich tief. Der Alte sang es aus seiner Seele.
Als er geendet hatte, saßen wir schweigend, bis es dunkel geworden war.

Am folgenden Tag lud Cochise mich zu einem Ausflug in die Berge ein. Joseph und er wollten Kräuter sammeln. Ich begleitete sie gern; es kam meinem Vorhaben sehr entgegen, noch möglichst viel durchs Gebirge zu wandern und über das Verhalten in der Wildnis zu erfahren, bevor ich die Flucht wagen würde. Mit zwei Wasserflaschen und einem kleinen Vorrat an Trockenfleisch machten wir uns auf den Weg.
Wir stiegen hoch ins Gebirge hinauf und durchkletterten eine Region, in der auf den schroffen Felsen überall bizarre, kleine Felsentürmchen standen – als hätte ein Künstler sie in verspielter Laune als Verzierungen oben draufgesetzt. Auf der anderen Seite dieses Bergzuges stiegen wir in ein ausgedehntes Hochtal ab, das mit Gras, uralten Nadelbäumen und niedrigem Buschwerk bewachsen war. Bei dieser Wanderung wurden mir erst richtig die Schönheit und Faszination dieser kargen Bergwildnis bewußt. Wir wanderten ohne Eile, und ich sah mich mit staunenden Augen um.
Als wir im Tal angelangt waren, machten wir

eine längere Rast. Dann begannen Cochise und Joseph mit dem Sammeln der Kräuter. Ich schaute ihnen dabei zu. Sie wählten die einzelnen Pflanzen sorgfältig aus, schnitten sie mit scharfen Messern ab und legten sie in einen Beutel. Mit ruhigen, gelassenen Bewegungen verrichteten sie ihre Arbeit. Mir fiel auf, daß sie immer nur wenige Pflanzen von einer Stelle nahmen. Bevor sie den Platz wechselten, nahm Cochise jedesmal etwas aus einem kleinen Lederbeutel, den er an seinem Gürtel trug, streute es dort, wo sie die Pflanzen geschnitten hatten, auf die Erde und murmelte dabei ein paar Worte. Ich hätte ihn gerne gefragt, was er da mache, aber ich wollte ihn nicht stören.
Es gab eine Menge Fliegen und blutdürstige Mükken in diesem Tal. Ich bemerkte, daß sie die beiden Männer überhaupt nicht belästigten, aber um so mehr schienen sie es auf mich abgesehen zu haben. Ich schlug nach ihnen, wedelte heftig mit den Armen und rannte schließlich verzweifelt immer um einen großen Busch herum.
Cochise sah auf und lächelte. „Wenn du sie nicht beachtest, lassen dich in Ruhe."
Also setzte ich mich auf einen Stein und bemühte mich, die lästigen Viecher zu ignorieren. Das war allerdings leichter gesagt als getan.
Joseph arbeitete in meiner Nähe. Ich beobachtete ihn eine Weile. Er war mit seiner ganzen Aufmerksamkeit bei den Pflanzen. Dabei wirkte er wie verwandelt. Sein Gesicht war ernst, aber entspannt, es war auf einmal Leben darin. Und es

hatte etwas Weiches, Verletzliches. So offen hatte ich Joseph noch nie gesehen. Und je länger ich ihn beobachtete, desto anziehender und schöner fand ich ihn. Diese Erkenntnis brachte mich für einen Moment ziemlich durcheinander.

„Was hast du da auf die Erde gestreut, als ihr die Pflanzen geschnitten habt?“ fragte ich den Alten, als wir auf dem Rückweg waren.
„Das war eine Gabe, unser Dank an die Erde, die die Pflanzen wachsen läßt, und unser Dank an die kleinen Kräuter, die ihr Leben für uns ließen.“ Er blieb stehen, weil wir im Gehen schlecht reden konnten, und sah mich an. „Wenn wir der Erde etwas wegnehmen, müssen wir ihr auch etwas zurückgeben. Ich habe ein wenig Tabak auf den Boden gestreut. Du könntest aber genausogut ein Geldstück hinlegen, ein Büschel von deinem Haar oder ein Stück Brot. Es ist gleichgültig, was es ist. Worauf es ankommt, sind dein Gefühl und die Gedanken, die du dabei hast.“
„Glaubst du wirklich, daß es für die Pflanzen einen Unterschied macht, ob du ihnen etwas gibst oder nicht?“
„Alles, was wir tun und denken, macht einen Unterschied.“
„Ich meine ... Glaubst du, daß sie es tatsächlich spüren?“
Verwundert fragte er zurück: „Glaubst du, daß sie es nicht spüren? Pflanzen sind lebendig. Die ganze Erde ist ein lebendiger Organismus, ein Wesen mit Geist und Gefühl.“

Diese Vorstellung war mir neu und sehr fremd. Cochise ließ mir Zeit, darüber nachzudenken. Er setzte sich hin, rollte sich eine Zigarette und rauchte. Joseph ging inzwischen weiter.

„Glaubst du, daß Pflanzen fühlen wie wir Menschen?“

„Sie empfinden Angst und Schmerz, Freude und Wohlbefinden. Sie empfangen all unsere Gedanken. Wenn du zum Beispiel an eine Pflanze herantrittst mit dem Vorhaben, sie zu verletzen, dann spürt sie das und hat Angst. Sie hat Angst vor dir und Angst vor dem Schmerz, den du ihr zufügen willst.“

„Noch bevor ich sie berührt habe?“

„Ja. Und genauso empfängt sie deine positiven Gefühle, deine guten Gedanken, deine Liebe und Zuwendung, Achtung und Dankbarkeit.“

„Was hast du jedesmal gesagt, wenn du deine Gabe auf die Erde gestreut hast?“ wollte ich weiter wissen.

„Ich habe die Pflanzen um Verzeihung gebeten, daß ich sie nehmen mußte. Und ich habe meinen Dank ausgesprochen.“

Ich dachte daran, wie ich zu Hause manchmal mit meinen Zimmerpflanzen gesprochen hatte, wenn ich ihnen Wasser gegeben hatte. Ich hatte ihnen gesagt, wie hübsch sie blühen würden, oder ihnen irgendwelche belanglosen Dinge erzählt, die mir gerade eingefallen waren. Aber ich hatte das gemacht, ohne zu glauben, daß sie mich „verstehen“ würden.

„Meinst du, daß die Pflanzen, die in Töpfen und

Kästen in meiner Wohnung wachsen, auch spüren, was ich denke und zu ihnen sage?“ fragte ich den Alten.
Er nickte. „Sie sind ebenso lebendig wie alles, was in der Natur wächst. Sie spüren sogar, wenn du jetzt an sie denkst, obwohl du so weit von ihnen entfernt bist. Sie fühlen, ob es dir gut oder schlecht geht. Vielleicht vermissen sie dich gerade.“
Was der Alte sagte, stimmte mich traurig. Ich hatte Heimweh, auch nach meinen Zimmerpflanzen – nach allem hatte ich Heimweh.

Als wir gegen Abend die Höhle erreichten, erwartete uns eine Überraschung. Schon aus einiger Entfernung sahen wir, daß jemand vor dem Eingang hockte. Wir blieben stehen. Cochise und Joseph versuchten zu erkennen, wer es war. Neben der zusammengekauerten Gestalt lag ein Hund. Plötzlich sprang er auf und bellte. Es war ein großer Hund, mit zotteligem, hellbraunem Fell. Der Mensch vor der Höhle erhob sich und schaute in abwartender Haltung zu uns herüber.
Joseph und Cochise wechselten einen Blick. Sie waren wohl unschlüssig, was sie tun sollten.
„Ya-haiii!“ erscholl ein langgezogener Ruf.
„E-ya-haiii!“ antwortete Joseph und rannte los.
Auch der Mensch vor der Höhle begann zu laufen. Sie trafen sich, fielen einander in die Arme. Der Hund tollte aufgeregt um sie herum.
Ich sah Cochise fragend an. Er strahlte übers ganze Gesicht. Offenbar wußte er nun auch, wer der Besucher war. Wir folgten Joseph.

Es war eine junge Frau, die auf uns gewartet hatte, eine Indianerin. Sie war ungewöhnlich groß und hatte einen breitkrempigen, schwarzen Hut auf, in dem eine graubraun gesprenkelte Vogelfeder steckte. Zwei schwarze Zöpfe hingen ihr über den Rükken bis zur Taille herab. Sie trug weite Hosen und ein langes Hemd, das unter der dick gefütterten Männerjacke hervorsah. Trotz ihrer unförmigen Kleidung konnte man erkennen, daß sie sehr schlank war.

Mit einem knappen Befehl brachte sie den Hund zur Ruhe. Sie trat zu mir, streifte mich mit einem seltsamen, unverwandten Blick und berührte meine Hand. Ich wollte ihre Hand ergreifen, aber sie hatte sie schon fortgezogen und drehte sich weg.

Wir gingen in die Höhle hinein. Joseph entfachte das Feuer, Cochise bereitete Tee und eine kleine Mahlzeit zu. Wir aßen und tranken. Der Hund lag neben der Frau und nagte zufrieden an den Knochen, die vom Kaninchen übriggeblieben waren.

Die drei anderen unterhielten sich. Ich hörte aufmerksam zu, obwohl ich kein Wort verstand. Mich faszinierten Klang und Ausdruckskraft der indianischen Sprache. Die Frau erzählte viel, lachte oft und ausgelassen, und ihre dunklen Augen sprühten Funken. Ich sah, wie schön sie war. Ihr schmales, ebenmäßiges Gesicht mit den hohen Wangenknochen schien von innen her zu leuchten.

Zum ersten Mal, seit ich Joseph kannte, erlebte ich ihn glücklich. Er hatte offenbar ein sehr vertrautes Verhältnis zu dieser Frau. Ich fragte mich, wer sie sein mochte. Seit sie hier war, erschien mir die Höhle

warm und hell. Und plötzlich erkannte ich die verblüffende Ähnlichkeit zwischen ihr und Joseph.
„Seid ihr Geschwister?“ unterbrach ich mit meiner Frage ihre Unterhaltung.
Die Frau lächelte. „Wir sind an einem Tag geboren“, sagte sie in gebrochenem Englisch. „Und zur gleichen Stunde.“
Ich begriff: Sie war Josephs Zwillingsschwester.
„Wie heißt du?“ fragte ich sie.
Sie nannte mir ihren Namen in indianischer Sprache. Er war lang und kompliziert, und ich mühte mich vergeblich ab, ihn richtig auszusprechen. Cochise kam mir zu Hilfe, indem er mir erklärte:
„Ihr Name bedeutet: Sie ist eine, die der Spur folgt. Und so kannst du sie auch nennen: Die-der-Spur-folgt.“
Eine Zeitlang herrschte Stille. Nur das Knacken und Knistern des Feures war zu vernehmen. Schließlich erhob sich Josephs Schwester und holte einen großen Beutel ans Feuer. Zuerst überreichte sie Cochise ein Geschenk. Es war in ein weiches Ledertuch gewickelt. Der Alte packte es aus und hielt eine Tabakspfeife in der Hand. Sie hatte einen langen Stiel und einen schmalen, aus Tonerde gefertigten Kopf. Offensichtlich war sie schon sehr alt und oft gebraucht. Cochise strich behutsam mit seinen Fingern über die Pfeife, nickte und lächelte versonnen in sich hinein.
Die-der-Spur-folgt gab Joseph ein zusammengeschnürtes Bündel. Er knotete es auf und rollte es auseinander. Es war eine feingegerbte Tierhaut.

Darin eingeschlagen lagen einige lange Schnüre, vermutlich Sehnen. Was es mit diesem Geschenk auf sich hatte, sollte ich bald erfahren.
Zuletzt entnahm Die-der-Spur-folgt ihrem Beutel ein Paar Mokassins und reichte sie mir. Sie waren handgefertigt, aus weichem, hellem Leder. Die Ränder waren mit weißen Perlen und einer kunstvollen, roten Stickerei verziert. Erstaunt blickte ich Josephs Schwester an. Waren diese Mokassins wirklich für mich gedacht?
Sie bedeutete mir, daß ich sie anprobieren solle. Ich schlüpfte hinein. Sie paßten wie angegossen. Ich stand auf, lief ein paar Schritte hin und her und stellte fest, daß es herrlich war, in ihnen zu gehen.
„Hast du sie selbst gemacht?" fragte ich.
Sie nickte.
„Aber woher wußtest du meine Schuhgröße?"
Sie schüttelte den Kopf. Wahrscheinlich hatte sie mich nicht verstanden. Ich dankte ihr und umarmte sie scheu.
Ich fragte mich, wie es möglich war, daß Die-der-Spur-folgt mir ein Paar Mokassins schenkte, die genau paßten. Und woher konnte sie überhaupt wissen, daß ich mich hier befand?
Ich wickelte mich in meine Decke und legte mich hin. Der Hund trottete zu mir herüber und ließ sich vertrauensvoll an meiner Seite nieder. Dabei vermachte er mir einige seiner Flöhe, wie ich anderntags feststellen mußte.

6

Als ich am Morgen aufwachte, war Die-der-Spur-folgt schon dabei, das Frühstück zuzubereiten. Ich sprang auf, wusch mich schnell mit eiskaltem Wasser und ging zu ihr, um zu helfen. Aber sie gab mir freundlich zu verstehen, daß sie das Essen alleine machen wolle. Ich begriff, daß es für sie etwas Besonderes war, setzte mich hin und sah ihr zu. Sie kochte einen dicken Getreidebrei. Als er fertig war, schnitt sie frisches Obst, das sie mitgebracht hatte, in kleine Stücke und legte sie auf die Schüssel mit dem Brei. Wir aßen gemeinsam draußen in der warmen Morgensonne. Danach packten Joseph und seine Schwester ein paar Sachen in einen Rucksack und machten sich bereit, eine längere Wanderung zu unternehmen. Ich fragte, ob ich sie begleiten dürfe, aber Cochise sagte, sie müßten allein gehen. Nur den Hund nahmen sie mit.

Als sie weg waren, fragte ich den Alten, wohin sie gehen würden und was sie vorhätten.

„Sie gehen zu den Heiligen Quellen. Dort treffen sie Freunde und führen gemeinsam mit ihnen eine Reinigungszeremonie durch."

„Was ist das, eine Reinigungszeremonie?" wollte ich wissen.

„Nun, in der Hauptsache ist es eine Reinigung des Geistes", erklärte der Alte.

Darunter konnte ich mir ebenso wenig vorstellen, aber ich fragte nicht weiter nach.
„Dann werden sie in ein Tal wandern, in dem ganz besondere Bäume wachsen. Einen dieser Bäume hat der letzte Sturm umgerissen. Er war uralt und längst abgestorben. Sonne und Wind haben sein Holz getrocknet. Vom Stamm dieses Baumes wird Joseph ein Stück nehmen, um daraus eine Trommel zu bauen."
„Eine Trommel?" Überrascht blickte ich den Alten an.
Er nickte. „Joseph ist ein Trommler. Als er Kind war, schenkte ihm sein Großvater eine Trommel. Und später lehrte ihn dieser Großvater, der selbst ein berühmter Trommler war, wie man ein gutes Instrument baut. Joseph konnte mit seiner Trommel große Geschichten erzählen. Und er konnte mit ihr die Kraft rufen. Das ist lange her ..." Der Alte starrte plötzlich wie abwesend in die Ferne. Ich sah die Trauer in seinen Augen und erschrak.
„Aber jetzt wird sich Joseph eine neue Trommel bauen und wieder spielen", sagte ich, um ihn auf gute Gedanken zu bringen.
Er zuckte die Schultern. „Wir wissen es nicht. Niemand kann das wissen. Er war sehr krank und ... etwas in ihm ist zerbrochen."
„Durch das Gefängnis?"
„Durch alles, was geschehen ist." Er schwieg eine Weile, bevor er fortfuhr: „Einst besaß Joseph das Herz eines Löwen. Die Gitter, Ketten, Handschellen und ewigen Demütigungen konnten seinen Geist nicht brechen. Er war stolz, ein Indianer zu sein,

und das ließ er die weißen Unterdrücker im Gerichtssaal und im Gefängnis spüren. Er schleuderte ihnen seinen Zorn und seine Verachtung ins Gesicht. Deshalb sorgten sie dafür, daß er besonders hart behandelt und bestraft wurde. Als ich Joseph im Gefängnis begegnete, war er sehr krank. Er hatte keinen Lebenswillen mehr und alle Hoffnung verloren, dem ganzen Elend jemals zu entkommen. Er war bereit zu sterben, voller Bitterkeit und Haß."

„Wie hast du ihm geholfen?" fragte ich den Alten, als er nicht weitersprach.

Er sah mich an und lächelte, blieb mir die Antwort aber schuldig.

Eine Zeitlang saßen wir stumm beieinander. Jeder hing seinen Gedanken nach.

Dann fiel mir ein, daß ich ihn noch etwas fragen wollte. „Woher wußte Die-der-Spur-folgt, daß ich hier bin? Und wie konnte sie wissen, daß mir die Mokassins passen würden?"

Er wandte mir sein Gesicht zu. Seine Augen glitzerten. „Sie wußte es eben."

Ich seufzte und lehnte mich an den Felsen. „Manchmal überleg' ich, warum mir das alles passiert ist", sprach ich meine Gedanken laut aus. „Alles – von Anfang an. Warum bin ich in die Tankstelle gegangen, ausgerechnet in dem Moment, als der Gangster dort die Kasse geleert hatte, genau in dem Augenblick, als er gerade verschwinden wollte. Wäre ich eine halbe Minute später gekommen, wäre er bereits weggewesen. Und das Verrückte ist, daß mich jemand davor gewarnt hatte, zur Tankstelle zu gehen." Ich bemerkte, daß Cochise mir interessiert zuhörte. „Dann fährt der Kerl sein Auto im Sand fest, wir gehen zu Fuß weiter, verirren uns, und diese Verkettung von Zufällen bewirkt, daß ich euch begegne, mitten in der Wüste, daß ich dir buchstäblich in die Arme laufe."

„Es gibt keine Zufälle", sagte der Alte.

„Und warum ist mir das passiert? Warum? Warum bin ich hier?"

„Du bist hier, um zu bezeugen, was geschieht. Das ist alles." Er schaute mich unverwandt an.

Ich sprang auf, lief einige Schritte hin und her und blieb vor dem Alten stehen. „Das verstehe ich nicht!" rief ich. „Ich versteh's einfach nicht, hörst du? Und ich verstehe vieles nicht, was du mir sagst und was ich erlebt habe, seit ich mit euch zusammen bin!"

„Mach dir keine Sorgen deswegen", sagte er beschwichtigend.

„Aber ich hab' das Gefühl, daß ich durchdrehe!"

„Sicher nicht." Er lächelte.

Ich rannte wieder auf und ab, versuchte, mich zu beruhigen, einen klaren Gedanken zu fassen. Dann setzte ich mich neben Cochise, bedeckte mein Gesicht mit den Händen. Nach einer Weile sagte ich leise: „Das Schlimmste ist, daß ich anfange, hier glücklich zu sein."

Der Alte legte seine Hand auf meine Schulter. „Das ist doch großartig."

„Nein! Ist es nicht!" entgegnete ich aufgebracht.

„Ich freue mich, wenn du glücklich bist", sagte er sanft.

Ich blickte in sein dunkles, von unzähligen Fältchen durchzogenes Gesicht. In seinen seltsam hellen Augen erkannte ich, daß er meine Verwirrung und meine Gefühle verstand. Er zog mich behutsam zu sich heran, nahm mich in seine Arme. Ich schmiegte mich an ihn und weinte. Er sagte kein Wort, hielt mich nur und ließ mich gewähren.

In den folgenden Tagen unternahmen wir mehrere Wanderungen. Der Alte erzählte mir viel über Pflanzen und Heilkräuter und zu welchen Zwecken sie die Indianer verwendeten.
Als er einmal am Nachmittag in der Höhle ein Nickerchen machte, stahl ich eine Dose Rindfleisch, ein Messer und eine Schachtel Streichhölzer und brachte die Sachen zu meinem Vorratsversteck. Ich sah, daß das Fladenbrot verschwunden war. Vermutlich hatten es Mäuse gefressen.
Insgeheim wartete ich auf die Rückkehr von Joseph und Die-der-Spur-folgt. Immer wieder streifte mein Blick suchend über die Landschaft, in der Hoffnung, ich könne die beiden irgendwo entdecken.
Meine Gedanken kreisten oft um Joseph. Mich beschäftigte, was der Alte von ihm erzählt hatte, und ich fragte mich, wie Joseph früher gelebt haben mochte, zusammen mit seiner Schwester, mit seiner Familie. Er gab sich hart und verschlossen, aber hinter dieser Mauer aus Unnahbarkeit schien sich ein anderer Mensch zu verbergen. Einer, der gelitten hatte, der zerbrochen worden und verzwei-

felt gewesen war und der es geschafft hatte, wieder gesund zu werden. Ein feinfühlender Mensch, der einst mit seiner Trommel hatte große Geschichten erzählen und die Kraft rufen können, einer, der Pflanzen sammelte. Verwundert stellte ich fest, daß ich seine Nähe vermißte und wünschte, er wäre wieder hier.
Und eines Nachts hatte ich einen Traum ...

Ich stehe am Rande einer tiefen Schlucht, durch die ein gischtsprühender Wildbach tost. Ich weiß, ich muß auf die andere Seite der Schlucht gelangen, denn diesseits gibt es nichts mehr, was mich hält. Aber die einzige Möglichkeit, den Abgrund zu überqueren, ist ein dünnes Seil, das sich von einer Seite zur anderen spannt. Was mich drüben erwartet, kann ich nicht sehen. Aus der Schlucht steigen weiße Nebelschwaden auf, die alles einhüllen.
Vorsichtig setze ich einen Fuß auf das Seil. Es gibt federnd nach, und ich spüre, daß es mich tragen wird. Also beginne ich, über das schwankende Seil zu balancieren.
Und plötzlich sehe ich, daß meine Füße in Tanzschuhen stecken, und ein Umhang aus flirrendem Traumlicht legt sich leicht über meine Schultern. Der Nebel löst sich auf, und da erkenne ich Joseph auf der anderen Seite der Schlucht. Er trägt die dunkelblaue Sträflingskleidung; sie schimmert und funkelt wie eine Rüstung aus Metall. Lächelnd streckt er mir seine Hände entgegen und hilft mir die letzten Schritte hinüber. Kaum bin ich sicher

angelangt, zerfällt das Seil über dem Abgrund lautlos zu Staub.
Joseph schließt mich in seine Arme, und im gleichen Augenblick verwandelt sich seine metallene Rüstung in ein weichfließendes, mit Perlen und Federn geschmücktes Gewand.
Er küßt mich zärtlich und sagt: „Ich habe so lange auf dich gewartet."
„Hier bin ich", antworte ich glücklich.
„Du wirst mich wieder verlassen, Mondtochter ..."
„... um für immer zu dir zurückzukehren."

Eines Abends endlich tauchten die Gestalten von Joseph und seiner Schwester im Dämmerlicht zwischen den Felsen auf. Der zottelige Hund rannte auf mich zu, sprang an mir hoch und leckte mir mit seiner warmen Zunge quer übers Gesicht.
Joseph schleppte ein großes Stück Baumstamm, an zwei Riemen befestigt, auf dem Rücken. Er sah erschöpft aus. Als er die Last vor der Höhle abgesetzt hatte, ließ er sich schwer atmend auf dem Boden nieder.
Die-der-Spur-folgt umarmte Cochise und mich und tauschte mit dem Alten einen langen Blick. Ich begriff, daß es zwischen ihnen keiner Worte bedurfte, um sich über das Wesentliche zu verständigen. Ich starrte die junge Frau an, wie sie da stand, ruhig und stolz, mit leuchtenden Augen. Wieviel Kraft sie ausstrahlte, wieviel Schönheit ... Sie war ein Geschöpf dieser Berge, dieser faszinierenden, kargen Wildnis.

Die-der-Spur-folgt, Cochise und ich gingen in die Höhle. Der Alte hatte Tee und eine kräftige Suppe zubereitet. Joseph aß nicht mit uns. Er blieb draußen sitzen. Seine Schwester brachte ihm einen Krug Wasser, einen Schlafsack und einen warmen Pullover.

Nach Beendigung unserer Mahlzeit wandte sich Cochise an mich: „Joseph wird morgen mit dem Bau seiner Trommel beginnen. Bis die Trommel das erste Mal unter seinen Händen gesprochen hat, wird er weder essen noch reden. Und wir werden ihn nicht ansprechen, ihn nichts fragen und ihn auch nicht mit Blicken belästigen. Alles, was wir tun, ist, Joseph mit unseren guten Gedanken bei der Arbeit zu unterstützen. Auch wir werden schweigen oder nur das Allernötigste untereinander sprechen. Ich bin sicher, es wird sich herausstellen, daß es in dieser Zeit gar nichts zu sagen gibt.“ Er zwinkerte mir zu. „Du kannst bestimmt alle deine Fragen für später aufheben.“

Ich nickte, obwohl mich das, was der Alte gesagt hatte, völlig unvorbereitet traf.

„Morgen werde ich eine lange Wanderung machen“, fuhr er fort. „Wenn du gewillt bist, das Schweigen nicht zu brechen, kannst du mich begleiten.“

„Ich komme mit dir“, sagte ich.

In jenen Tagen erfuhr ich die Kraft des Schweigens. Der Alte behielt recht: Es gab nichts, was man hätte sagen, worüber man hätte sprechen müssen. Auch alle Fragen, die ich vielleicht gehabt hätte, beantworteten sich schließlich von selbst. Mir wurde dabei klar, wieviel überflüssiges, unnützes Zeug oft im „normalen" Leben geredet wurde. In dieser Situation und mit diesen Menschen zusammen empfand ich das Schweigen bald als einen natürlichen Zustand. Es schuf eine Atmosphäre der Konzentration und Kraft.

Die-der-Spur-folgt sorgte für die Mahlzeiten. Sie, der Alte und ich nahmen mehrmals täglich nur ein paar kleine Bissen zu uns. Mein Körper liebte diese Art des Essens; ich fühlte mich sehr wach und leicht.

Die-der-Spur-folgt war es auch, die Joseph zu trinken brachte. Ihre sanfte Heiterkeit umgab uns alle in diesen Tagen wie ein warmes Licht. Wenn sie zu ihrem Bruder trat, schaute sie ihn nie direkt an, sondern sie senkte den Blick und stellte das Gefäß mit Wasser so, daß er es von seinem Platz aus bequem mit der Hand erreichen konnte. Sie blieb immer in seiner Nähe und kam auch nicht mit, wenn Cochise und ich Wanderungen unternahmen. Der Hund lag meistens im Halbschatten des Busches vor dem Höhleneingang und döste vor sich hin.

Von morgens bis abends begleitete uns das Schlagen des Hammers aufs Stemmeisen, mit dem Joseph Stück für Stück das Innere des Baumstammes herausmeißelte. Einige Male ertappte ich mich dabei, daß ich ihn verstohlen beobachtete. Aber ich glaube nicht, daß ich ihn dadurch mit meinen Blicken belästigte, wie Cochise es ausgedrückt hatte.

Das Herausmeißeln des Holzes war schwere Arbeit. Dennoch wirkten Josephs Bewegungen dabei mühelos. Er trug ein rotes Stirnband, das sein langes Haar zurückhielt. Manchmal, wenn er mit den Händen prüfend über das Holz fuhr, sah es aus wie eine zärtliche Liebkosung. Er war vollkommen versunken in seine Arbeit, und es schien so etwas wie eine stille Zwiesprache zu geben zwischen ihm und dem entstehenden Instrument.
Ich weiß nicht, ob ich Joseph bewußt durch meine guten Gedanken bei der Arbeit unterstützt habe. Ich war eher ganz bei mir selbst. Oft saß ich einfach nur da, schaute in die Ferne, beobachtete, wie die Wolken über den Himmel zogen, und war erfüllt von tiefer Ruhe und Frieden. Manchmal verlor ich mich stundenlang in der Betrachtung, wie der Wind die Holzspäne, die überall herumlagen, umherblies. Erstaunt stellte ich fest, daß ich sehr glücklich dabei war, einfach nur dazusein, still und aufmerksam, und nichts zu tun.

7

Eines Abends hatte Joseph den Baumstamm fertig ausgehöhlt. Er spannte nun die nasse Tierhaut, die seine Schwester ihm geschenkt hatte, über eine Öffnung des hölzernen Klangkörpers und befestigte sie mit Hilfe der Sehnen.
Am nächsten Morgen war Joseph verschwunden und mit ihm die Trommel. Ich war gespannt, was nun geschehen würde, aber zunächst ereignete sich nichts Außergewöhnliches. Der Tag verstrich ruhig, und wir schwiegen weiterhin.
Gegen Abend saßen Cochise, Die-der-Spur-folgt und ich vor der Höhle. Eine merkwürdige Nervosität überkam mich, die Hautoberfläche meines ganzen Körpers begann zu kribbeln. Ich spürte, daß bald etwas passieren würde.
Die-der-Spur-folgt saß mit untergeschlagenen Beinen neben mir, sehr aufrecht, die Augen halb geschlossen. Ich bemerkte, daß sie auf eine sonderbare Weise atmete. Leicht schnuppernd sog sie die Luft durch die Nase ein, dann atmete sie lang und weich wieder aus. Unwillkürlich übernahm ich ihren gleichmäßigen Atemrhythmus, und nach einer Weile fühlte ich mich wieder entspannt. Plötzlich erhob sich der Alte und gab das Zeichen zum Aufbruch. Die-der-Spur-folgt befahl ihrem Hund mit einer Geste, zurückzubleiben.

Ergeben dreinblickend, legte er sich vor der Höhle nieder.
Bald erkannte ich, daß wir die Richtung zur Schlucht einschlugen, die Cochise als einen heiligen Ort der Indianer bezeichnet hatte. Wir erklommen den steilen Hang. Oben angekommen, schauten wir uns um. Es war kurz vor Sonnenuntergang. Der Himmel färbte sich dunkelviolett. In diesem Moment tauchte riesengroß und orangeleuchtend der Vollmond hinter den Bergen empor. Für wenige Minuten standen Sonne und Mond einander am Himmel gegenüber und hielten sich in der Schwebe. Dann versank der rote Feuerball im Westen, und der Mond stieg weiter seine Bahn hinauf. Wir setzten unseren Weg in der hereinbrechenden Dunkelheit fort.
Als wir die Bergkuppe umwanderten, nahm ich etwas Seltsames wahr, ein feines Vibrieren der Luft. Ich dämpfte meine Schritte und lauschte. Je näher wir der Schlucht kamen, desto deutlicher vernahm ich ein dumpfes Pochen. Tief und schwer tönte es, wie der Pulsschlag der Erde. Der Wind trug mir den Geruch von Holzfeuer zu. Wir erreichten die Schlucht und traten durch den schmalen Eingang – überrascht blieb ich stehen.
In der Mitte des runden Platzes, der von den Felsblöcken umschlossen war, loderte ein hoher Holzstoß. Außerhalb des Kreises brannten einige kleine Feuer. Der Schein der Flammen tauchte die Gestalten vieler Menschen in geheimnisvolles Licht. Wortfetzen indianischer Sprache drangen an mein Ohr, hier und da leises Lachen. Frauen und Män-

ner saßen an den Feuern, manche hatten sich in buntgewebte Decken gehüllt. Ich sah dunkle Gesichter mit schmal geschnittenen, schimmernden Augen, Federn, ins lange, schwarze Haar gesteckt oder in Zöpfe eingeflochten, Silberschmuck, der im Halblicht der Flammen aufblitzte. Das dumpfe Pochen, das ich von weitem vernommen hatte, war das Schlagen einer großen Trommel. Der alte Mann, der sie spielte, stand am Feuer in der Mitte des Platzes.

Ich beeilte mich, die beiden anderen einzuholen, die weitergegangen waren. Cochise wurde gerade von mehreren Menschen umringt. Die-der-Spur-folgt ließ sich an einem der kleinen Feuer nieder, und ich setzte mich zu ihr. Niemand schenkte uns besondere Beachtung. Flüchtige Blicke streiften mich. Eine junge Indianerin, in Jeans und Windjacke, drückte mir einen Becher voll Kaffee in die Hand. Ein Fleischtopf wurde herumgereicht. Ich aß ein wenig von dem schmackhaften Gericht.

Nach und nach scharten sich immer mehr Indianer um das große Feuer in der Mitte des Platzes. Auch Die-der-Spur-folgt und ich erhoben uns und gingen hinüber. Ich sah Cochise unter den Menschen im Kreis. Meine Augen suchten Joseph, aber ich konnte ihn nirgends entdecken.

Plötzlich blickte ich in das Gesicht eines Mannes, der mich unverholen angrinste. Er stand auf der anderen Seite des Feuers und spähte zu mir herüber. Erschrocken hielt ich die Luft an, mein Herz begann heftig zu klopfen ... Der Cowboy!

Kein Zweifel, es war der Cowboy, der da zu mir her-

übergrinste! Jetzt wiederholte er die Geste, mit der er sich mir damals im Bus vorgestellt hatte: Er zog einen imaginären Hut und machte eine tiefe Verbeugung, wobei er mich nicht aus den Augen ließ.
Ich wandte mich ab und starrte in die Flammen.
„Aiiih!" Ein gellender Schrei flog auf.
Ich zuckte zusammen. War es der Ruf eines Nachtvogels?
„Aiiih!"
Wieder dieser Schrei, diesmal direkt über unseren Köpfen. Ich blickte hoch und meinte, einen davongleitenden Schatten gegen den mondhellen Himmel zu erkennen.
In diesem Augenblick setzte eine zweite Trommel ein, spielte schnelle, leichtläufige Wirbel. Dann noch eine, von irgendwo aus dem Dunkel der Schlucht. Ihre verschiedenen Klänge und Rhythmen woben ineinander und vermischten sich mit dem Echo, das die Felswände zurückwarfen. Ein Indianer begann mit hoher, durchdringender Kopfstimme zu singen. Andere stimmten in seinen monotonen Gesang ein. Einige Männer tanzten mit kurzen, stampfenden Schritten um das Feuer, hellrasselnde Schellenbänder an den Fußgelenken. Der aufpeitschende Rhythmus der Trommeln fuhr mir in die Glieder. Gemeinsam mit den anderen wiegte ich mich im Takt.
Da erblickte ich Joseph. Er war, zusammen mit einigen Tänzern, aus dem Schatten der Felsen in den Lichtkreis getreten. Sie schritten auf das Feuer zu und umkreisten es viermal. Joseph hatte seine Trommel an einem breiten Band befestigt, das

quer über Brust und Rücken lief. Sein Gesicht und der nackte Oberkörper glänzten, wie mit Fett eingerieben, und waren, gleich denen der Tänzer, mit weißen Mustern bemalt. Er trug sein Stirnband, und um die Arme hatte er perlenbestickte Lederstreifen gebunden. Seine Augen verrieten einen weit entrückten Zustand, als lausche er tief in sich hinein. Er trommelte keinen durchgehenden Rhythmus, sondern es war, als übertrügen sich die Impulse, die aus seiner Körpermitte kamen, unmittelbar auf seine Hände und bestimmten die Dynamik seines Spiels. Es wurde zum Ausdruck seiner inneren Bewegung, seines Atems, seiner Träume und Visionen.

Der Gesang schwoll an, erfüllte die Schlucht und strömte weit hinaus in die Nacht. Lied folgte auf Lied, getragen vom pulsierenden Schlagen der Trommeln.

Einige Tänzer sprangen durch die Flammen, zogen Funkengarben hinter sich her wie feurige Schweife. Eine bunte Maske schwankte vorüber, ein federngekrönter Stab, ein zerlumptes Fell, unter dem ein Mensch steckte. Die Einzelheiten verwischten sich: das schwarz-weiße Zickzack einer Bemalung, eine schäbige Bluse aus grellgemustertem Stoff, das Funkeln eines mit Türkisen verzierten Amuletts.

Die Musik hüllte mich ein und trug mich mit sich fort. Bilder von ungeheurer Intensität stiegen aus meiner Seele auf. Bilder wie in Träumen, magische Bilder voll Geheimnis und Schönheit.

Die Bewegungen der anderen verschmolzen mit meinen eigenen, wurden zum leidenschaftlichen, wogenden Tanz. Ich schaute in ernste, versunkene Gesichter und auch in glückliche, gelöste, fing ein Lächeln auf, gab es weiter. Und plötzlich hatte ich das Empfinden, dies alles schon einmal erlebt zu haben in einer längst vergangenen Zeit, an die ich keine bewußte Erinnerung mehr hatte. Ich glaubte, diese Lieder zu kennen, als hätte ich sie selbst gesungen, ich glaubte, die fremde Sprache zu verstehen ...

Wir tanzten an den Trommeln vorbei. Ich sah Joseph an. In seinen Pupillen spiegelten sich die flackernden, roten und gelben Flammen. Ein rascher Blick wechselte zwischen uns. Das Aufblitzen seiner Augen traf mich wie ein Pfeil. Jäh erwachte ich aus der Trance des Tanzes. Die anderen schoben mich weiter, und mit einem Mal fühlte ich mich einsam inmitten all der wirbelnden Lebendigkeit. Wie jemand, der nicht dazugehören darf, der sich heimlich eingeschlichen hat. Ich löste mich aus dem Kreis und stahl mich davon.

Der Vollmond erhellte die Schlucht. Ich lief fort vom Feuer, fort vom Dröhnen der Trommeln und dem brausenden Gesang, fort von der wogenden Menge, in der ich mich verloren hatte. Ich mußte eine Weile allein sein, mich ausruhen und wieder zu mir kommen.

Erschöpft lehnte ich mich an einen Felsen. Meine Stirn und Wangen glühten. Ich schaute lange in den klaren Sternenhimmel, atmete die frische Nachtluft tief in meine Lungen. Cochises Worte kamen mir in den Sinn: „Du bist hier, um zu be-

zeugen, was geschieht." Für einen Augenblick glaubte ich zu begreifen, was er damit gemeint hatte.
Ein Schatten tauchte an meiner Seite auf. Ich wußte, wer es war, bevor ich sein Gesicht im fahlen Mondlicht erkannte.
„Ich bin entzückt, Sie lebendig und munter wiederzusehen", lächelte der Cowboy. „Störe ich Sie?"
Ich schüttelte den Kopf.
Er lehnte sich lässig neben mich an den Felsen. „Dem verdammten Gangster geht es nicht so gut wie Ihnen. Er war beinahe schon tot, als die Polizei ihn in der Wüste auflas. Die paar lumpigen Dollars, mit denen er sich seine Taschen vollgestopft hatte und für die er beinah einen Mord begangen hätte, konnten seinen Durst nicht löschen." Er hielt mir ein Päckchen hin. „Darf ich Ihnen eine Zigarette anbieten?"
Ich schüttelte abermals den Kopf.
Er nahm sich eine Zigarette und zündete sie mit einem Feuerzeug an. Während er langsam den Rauch ausblies, musterte er mich neugierig. „Wie fühlen Sie sich hier?"
„Gut."
Es war das erste Wort, das ich nach dem tagelangen Schweigen gesprochen hatte. Und es stimmte, ich fühlte mich gut hier. Aber da war noch etwas. Etwas, was ich über all den aufregenden Ereignissen beinahe vergessen hätte. Auf einmal überschlugen sich meine Gedanken: Vielleicht konnte der Cowboy mir helfen, von hier wegzukommen. Aber ich mußte vorsichtig sein. Zuerst wollte ich

herausfinden, was er mit der ganzen Geschichte zu tun hatte, welche Rolle er spielte.
„Ich bin Ihnen Dank schuldig“, sagte ich.
„Wofür?“ fragte er erstaunt.
„Sie haben mich davor gewarnt, in die Tankstelle zu gehen, und ich wünschte, ich hätte auf Sie gehört. Es tut mir leid, daß ich so grob zu Ihnen war.“
„Sie brauchen sich nicht zu entschuldigen“, meinte er. „Ich kann verstehen, daß Sie mißtrauisch waren.“
Ich schenkte ihm ein freundliches Lächeln. „Als wir damals zusammen im Bus fuhren, haben Sie mich zum Essen in der Stadt eingeladen. Erinnern Sie sich noch daran?“
„Aber natürlich!“
„Das war sehr nett von Ihnen, wirklich“, plauderte ich weiter, „und ich hab’s mir überlegt: Jetzt würde ich Ihre Einladung gerne annehmen.“
Er lachte. „Ich fühle mich außerordentlich geehrt.“
„Wann gehen wir?“
„Oh! Hm ...“ Er kratzte sich verlegen am Kopf. „Ich fürchte, im Moment läßt sich das nicht so einfach machen.“
„Das wäre aber sehr schade!“
„Nichts wäre mir lieber, als mit Ihnen zusammen essen zu gehen, das müssen Sie mir glauben, Miss...“
„Bergström. Lilli. Sagen Sie einfach Lilli zu mir.“
„Ja ..., Lilli. Ich würde wahrhaftig nichts lieber tun, nur ...“
Er druckste ein bißchen herum, und ich merkte, daß ihm die Sache unangenehm war.

„... wir müssen diese Unternehmung leider auf ein andermal verschieben." Er verstummte und nahm einen Zug aus seiner Zigarette. Nach einer Weile sagte er: „Sie haben sicher mit Jim über alles gesprochen. Ich meine, darüber, daß Sie ..."
„... mit wem?" unterbrach ich ihn.
„Mit Jim. Er hat Ihnen sicher erklärt ..."
„... wer ist Jim?"
„Jim Rainbow."
„Jim Rainbow?"
Wir schauten einander verwirrt an.
„Ich weiß wirklich nicht, von wem Sie reden", sagte ich. „Aber ich nehme an, daß Sie erfahren haben, was passiert ist und in welcher Lage ich mich befinde."
Er nickte.
„Sucht die Polizei nach mir?"
„Sicher. Sie sind vermißt gemeldet."
„Hören Sie!" Ich vergaß alle Vorsicht, ergriff seinen Arm, und die Worte sprudelten nur so aus mir heraus. „Ich brauche dringend Ihre Hilfe! Meine Angehörigen wissen nicht, wo ich stecke und daß ich überhaupt noch am Leben bin. Ich hatte bisher keine Möglichkeit, jemanden zu benachrichtigen. Und ich muß weg hier, ich kann nicht länger in diesen Bergen bleiben! Sie werden das sicher verstehen. Cochise hat mich vor diesem Gangster und vor dem Verdursten in der Wüste gerettet, und dafür bin ich ihm ..."
„... wer hat Sie gerettet?" fiel mir der Cowboy ins Wort.
„Cochise. Der Alte. Ich dachte, Sie wüßten ..."

„Cochise!“ Er lachte laut auf. „Cochise! Das ist ja fantastisch!“
Ich ließ seinen Arm los. „Worüber lachen Sie?“
Der Cowboy schüttelte, immer noch lachend, den Kopf. „Es ist seine Eigenart, gelegentlich den Namen zu wechseln. Aber dieser war mir ganz neu.“
„Wie heißt er denn wirklich?“
„Das weiß er wahrscheinlich selber nicht mehr so genau. In letzter Zeit nannte er sich jedenfalls Jim Rainbow.“
„Warum wechselt er ständig seinen Namen?“
Der Cowboy zuckte die Schultern. „Der Alte sagt, seine Mutter sei die Erde, sein Vater der Nordwind, und es sei völlig gleichgültig, welchen Namen er trage.“
Die Sänger am Feuer stimmten ein neues Lied an. Ich lauschte einen Moment dem Auf und Ab der Melodie und glaubte, Cochises wohlklingende Stimme herauszuhören.
Der Cowboy trat seinen Zigarettenstummel aus und grinste. „Jim Rainbow hat's faustdick hinter den Ohren. Er ist ein alter Fuchs. Nehmen Sie sich vor ihm in acht.“
„Wie meinen Sie das?“
„Nun ja, er hat ein paar saftige Tricks drauf.“
Mir gefiel es nicht, daß er Cochise „Jim Rainbow“ nannte. Und noch weniger gefiel mir, daß er über ihn redete, als wäre er ein gerissener Gauner.
„Manchmal macht es ihm Spaß, andere Menschen in Angst und Schrecken zu versetzen, um ... Man könnte sagen, um ihnen eine Lehre zu erteilen. So besitzt er die bemerkenswerte Fähigkeit, das

Grollen eines riesigen Berglöwen ertönen zu lassen, auch dort, wo es gar keine Berglöwen gibt. Im Gerichtssaal zum Beispiel. Offenbar hat er eine besonders innige Beziehung zu dieser Tiergattung. Deshalb nennt man ihn übrigens auch den ‚Berglöwen'."
Das also war es, was ich erlebt hatte, als ich mit dem Alten allein in dieser Schlucht gewesen war! Die Erinnerung daran jagte mir immer noch kalte Schauer über den Rücken.
„Wie macht er das?" wollte ich wissen.
„Er verfügt wohl über außergewöhnliche Kräfte."
„Kennen Sie ihn schon lange?"
„Ja."
„Und Joseph?"
„Ich bin mit beiden schon viele Jahre befreundet."
„Sie sind auf der Flucht. Wie wird es weitergehen?"
„Ich hoffe, daß sie eines Tages in Freiheit leben können."
Seine Stimme war voller Wärme, als er das sagte. Er nahm eine zweite Zigarette aus dem Päckchen und zündete sie an.
„Rauchen Sie immer eine nach der anderen?" fragte ich ihn.
Er lächelte. „Nur wenn ich nervös bin. Und ich bin gerade ziemlich nervös, weil ich mit Ihnen allein im Dunkeln stehe."
Ich stellte fest, daß ich sein Cowboylächeln und seinen lässigen Charme inzwischen ganz sympathisch fand. Aber da war auch etwas an ihm, das mir überhaupt nicht behagte. Etwas Lauerndes,

Unberechenbares. Außerdem hatte er geschickt von meinem Anliegen abgelenkt. „Werden Sie mir helfen?“ bat ich ihn eindringlich.
„Ich will sehen, was ich für Sie tun kann“, versprach er. „Ich werde mit dem Alten reden.“ Er schaute zum Feuer hinüber. Dann nickte er mir zu. „Wir sehen uns später.“
Damit ließ er mich allein.
Ich lehnte mich wieder an den Felsen zurück und schloß die Augen. Das Gespräch mit dem Cowboy hatte mich aufgewühlt. Vielleicht konnte ich ihn überreden, meiner Familie eine Nachricht zu übermitteln. Möglicherweise würde er mir sogar helfen, von hier wegzukommen. Da er mit Cochise und Joseph befreundet war, wollte er sicher nichts ohne deren Zustimmung unternehmen, aber vielleicht ...
Ich spürte eine Bewegung und öffnete die Augen. Jemand stand vor mir. „Die-der-Spur-folgt?“
Sie trat auf mich zu und berührte sacht meine Hände. Still und ernst schaute sie mich an. Ich hatte das Gefühl, daß sie mir etwas zu verstehen geben wollte.
„Geh nicht fort, Mondtochter.“
Hatte ich die Worte nur erahnt? Oder hatte Die-der-Spur-folgt sie wirklich ausgesprochen?
Ein Lächeln huschte über ihr Gesicht. Sie wandte sich um und verschwand in der Dunkelheit.
Plötzlich empfand ich einen tiefen Schmerz in meinem Innern, fühlte mich zerrissen, zerrissen zwischen zwei Welten. Die eine war meine vertraute Welt zu Hause, nach der ich mich sehnte, in der

ich meinen Platz wußte. Die andere war diese fremde, geheimnisvolle Welt hier, deren Zauber mich bereits gefangen hielt. Und da waren Die-der-Spur-folgt, Joseph und Cochise, die ich immer mehr zu verstehen und zu lieben begann – und die ich eigentlich schon nicht mehr verlassen wollte.

Ich tanzte die ganze Nacht. Ich tanzte mir meinen Schmerz aus der Seele, und ich tanzte, weil ich glücklich war.
Als die Sterne verblaßten und der Morgen dämmerte, ließen die Indianer das Feuer herunterbrennen. Einer nach dem anderen wickelte sich in seine Decke und legte sich zum Schlafen irgendwo auf die Erde. Die Trommeln schwiegen. Cochise gab Die-der-Spur-folgt und mir das Zeichen zum Aufbruch. Wir machten uns ohne Joseph auf den Rückweg zur Höhle.
Ich war müde vom Tanzen. Der Rhythmus der Trommeln pulsierte immer noch in meinem Körper. Vor meinen Augen wirbelten gelbe und rote Funken. Aus den Tälern in der Ferne stiegen Nebelsäulen empor wie Rauch. Der Himmel färbte sich rosa. Die Luft war mild, ein lauer Wind wehte. Ich wankte in die Höhle hinein, trank ein paar Handvoll kalten Wassers und legte mich schlafen.

8

Als ich am späten Nachmittag aufwachte, war Die-der-Spur-folgt nicht mehr da. Sie hatte ihre Sachen und den Hund mitgenommen.
Cochise hockte vor der Höhle. Ich setzte mich zu ihm. „Wird sie wiederkommen?“ fragte ich ihn.
„Sicher.“
„Wann?“
Der Alte zuckte die Schultern. „Das weiß ich nicht. Aber sie wird hier sein, wenn die richtige Zeit ist.“
„Was meinst du damit?“
„Die-der-Spur-folgt ist eine Kriegerin. Und Krieger sind immer zur richtigen Zeit am richtigen Ort.“
Er reichte mir einen Becher mit starkem, gesüßtem Kaffee, den er für sich zubereitet hatte.
Ich trank ein paar Schlucke und gab den Becher zurück. „Was bedeutet es, ein Krieger zu sein?“
„Krieger sind Menschen, die über den Rand des tiefen Canyons gesprungen sind. Sie leben ohne Furcht, denn sie haben nichts mehr zu verlieren.“
Ich erinnerte mich daran, daß Cochise einmal zu mir gesagt hatte, ich besäße den Geist einer Kriegerin. Aber was er mir nun erklärt hatte, machte mir das Ganze auch nicht verständlicher. Es war zu fremd für mich, ich konnte damit nichts anfangen.
„Wo lebt Die-der-Spur-folgt?“ wollte ich wissen.
„In einer Hütte in den Bergen.“

„Und was macht sie dort?“
Der Alte musterte mich verwundert. „Nun, sie lebt da.“
„Hat sie Familie?“
„Ja, sie hat eine Familie. Aber nicht das, was du unter einer Familie verstehst.“
„Keinen Mann und keine Kinder?“
Cochise schüttelte den Kopf.
„Und Joseph? Wann kommt Joseph wieder?“ fragte ich weiter.
Der Alte sah mich an und lächelte verschlagen. „Vermißt du ihn?“
„Vielleicht.“ Ich hielt seinem Blick stand.
Er riß ein Stück von seinem Fladenbrot ab und gab es mir. Ich kaute lustlos darauf herum.
Cochise beobachtete mich dabei. Seine Augen glitzerten voller Schalk. „Wenn du willst, daß er zurückkommt“, sagte er, „dann rufe ihn mit der Kraft deines Herzens.“ Der Alte sah aus, als würde er jeden Moment vor unterdrücktem Lachen platzen.
„Du machst dich lustig über mich“, stellte ich fest.
„Wie könnte ich!“ rief er mit gespielter Entrüstung. Dann flüsterte er einschmeichelnd: „Versuch's doch mal. Schließe deine Augen und rufe ihn mit deinen Gedanken. Was kann schon passieren?“
Ich ließ mich auf das Spiel ein. „Also gut, ich versuch's.“
Ich setzte mich bewußt aufrecht hin, schlug die Beine unter, legte meine Hände auf die Knie, schloß die Augen und konzentrierte mich mit aller

Kraft auf Joseph. Als ich eine ganze Weile so gesessen hatte, hörte ich auf einmal, wie der Alte neben mir kicherte. Ich öffnete die Augen und blickte ihn erstaunt an.
„Du siehst aus, als würdest du versuchen, einen riesigen Haufen zu scheißen!“ prustete er.
„Wieso?!“
„Du strengst dich viel zu sehr an. Du brauchst dich nicht so furchtbar anzustrengen, um Joseph zu rufen. Setz dich mal ganz normal hin.“
Ich folgte seiner Anweisung, knotete meine Beine auseinander und entspannte den Rücken.
„So“, nickte Cochise. „Und jetzt atmest du ganz leicht in deinen Bauch und in dein Herz.“
Ich machte die Augen wieder zu und tat, wie er mir geheißen hatte.
„Du strengst dich immer noch zu sehr an“, bemerkte er nach einer Weile. „Laß deinen Atem einfach fließen und denke an was Schönes. Denk an etwas, worüber du dich freust. Und wenn du mittendrin bist, denkst du: Es wäre schön, wenn Joseph jetzt käme. So einfach ist das.“
Zuerst tauchte der Himmel vor meinen geschlossenen Augen auf, wie ich ihn so oft von diesem Platz aus gesehen hatte. Dann sah ich Sonne und Mond einander am Himmel gegenüberstehen und sich in der Schwebe halten ...
Plötzlich ist es Nacht. Die Trommeln dröhnen, der Gesang erfüllt die Schlucht. Ich tanze um das Feuer. Die-der-Spur-folgt tanzt an meiner Seite, ihre Füße scheinen kaum noch den Boden zu berühren. Ich sehe Joseph, wie er dasteht und die

Trommel schlägt. Seine Gestalt wird immer deutlicher. Ich schaue sein Gesicht an, in seinen Augen spiegeln sich die roten und gelben Flammen ... Die-der-Spur-folgt berührt meine Hand: Geh nicht fort, Mondtochter ...

„Du kannst deine Augen jetzt wieder aufmachen“, hörte ich den Alten neben mir.

Ich zwinkerte ein paarmal und guckte ihn an. Er bedeutete mir, in die andere Richtung zu schauen. Ich wandte den Kopf – Da kam er! Er trug die Trommel an dem breiten Band über der Schulter. Sein langes Haar wehte im Wind. Er war nicht allein. Hinter ihm her stapfte der Cowboy und winkte uns schon von weitem vergnügt zu.

Ich stieß dem Alten meinen Ellenbogen in die Rippen und zischte: „Der Cowboy hat recht: Du bist ein Fuchs, Jim Rainbow, und man muß sich vor dir in acht nehmen. Du hast genau gewußt, daß sie kommen würden!“

Er riß die Augen auf und blähte seine Nasenflügel. „Wovon redest du?“

Wir erhoben uns. Als die beiden Männer das Felsplateau erreicht hatten, stürzte der Cowboy auf mich zu, ergriff mit beiden Händen meine Rechte und schüttelte sie heftig. Er versicherte mir, wie glücklich er sei, mich wiederzusehen. Dabei verdrehte er absichtlich die Worte, nannte mich Miss Starkstrom, statt Bergström, und verhaspelte sich immer mehr, so daß ein unglaublich absurdes Kauderwelsch herauskam. Dann packte er Cochise und drückte ihn so herzlich an seine Brust, daß der Alte keine Luft mehr kriegte und sich, in komischer

Verzweiflung um Atem ringend, mit Gewalt aus der Umarmung befreien mußte. Nach dieser überschwenglichen Begrüßung meinte der Cowboy, es sei wohl am besten, wir kämen gleich zur Sache, und stiefelte schnurstracks in die Höhle hinein. Wir folgten ihm. Er ließ sich am Feuer nieder und lud uns freundlich ein, Platz zu nehmen. Nach einer Weile begann er, mit Cochise und Joseph indianisch zu sprechen. Ich hörte mehrere Male meinen Namen heraus und vermutete, daß sie über mich verhandelten. Es machte mich nervös, daß ich nichts verstehen konnte.

Der Cowboy sprach ernst und eindringlich. Er versuchte wohl, die beiden anderen mit allen möglichen Argumenten zu überzeugen. Joseph sagte kein Wort. Der Alte redete auch nicht viel, aber was er sagte, klang sehr bestimmt. Dann schwiegen sie.

„Was ist?" fragte ich gespannt.

Der Cowboy schüttelte langsam den Kopf. „Es tut mir leid ..., nichts zu machen."

„Bitte, Cochise ...", wollte ich mich an den Alten wenden.

Mit einer abwehrenden Geste brachte er mich zum Schweigen. „... ich habe dir erklärt, weshalb wir dich nicht gehen lassen können. Ich habe alles gesagt, was es dazu zu sagen gibt."

Wie konnte er so hart sein! Eigentlich hatte ich nichts anderes erwartet, aber trotzdem stiegen mir Tränen in die Augen. Mit einem Schlag war mir wieder bewußt geworden, daß ich hier gefangen saß.

Ich bat um die Erlaubnis, wenigstens eine Nachricht an meine Eltern schreiben zu dürfen. Auch darüber verhandelten die Männer längere Zeit. Endlich gab Cochise sein Einverständnis. Er bestand aber darauf, daß ich die Nachricht in englisch schrieb, damit er prüfen konnte, was ich meinen Eltern mitteilte.

Mir fiel ein, daß ich gar kein Schreibpapier mehr hatte. Glücklicherweise trug der Cowboy einen Taschenkalender bei sich. Er riß ein Blatt heraus und gab es mir.

Es war furchtbar für mich, meinen Eltern in einer Fremdsprache zu schreiben. Ich schrieb ihnen, daß es mir gut ging, daß mir kein Leid geschehen würde und sie sich keine Sorgen zu machen brauchten, daß ich hoffte, bald nach Hause zurückkehren zu können und daß ich sie liebte und mit meinen Gedanken bei ihnen war. Es war so wenig, was ich ihnen mitteilen konnte. Meine Tränen tropften aufs Papier, und ich wischte sie immer wieder weg. Der Cowboy reichte mir wortlos ein Taschentuch. Zum Schluß setzte ich das Datum hinzu und schrieb auf die Rückseite des Blattes die Adresse, die er später auf einen Briefumschlag übertragen mußte. Als ich fertig war, nahm Cochise den Zettel und las ihn aufmerksam durch. Dann nickte er und gab ihn an den Cowboy weiter, der ihn zusammenfaltete und in seine Hosentasche schob.

„Ich werde ihn abschicken, sobald ich in der Stadt angekommen bin“, versprach er.

„Ich danke Ihnen sehr“, schluchzte ich.

Joseph und Cochise standen auf und verließen die Höhle.

Nachdem ich mich wieder beruhigt hatte, fragte ich den Cowboy nach seinem Namen. „Sie haben ihn mir schon mal gesagt, damals im Bus, aber ich hab' ihn wieder vergessen."
„Daniel." Er lächelte sein unwiderstehliches Cowboylächeln.
„Daniel, ich wäre glücklich, wenn du mir noch ein paar Blätter von deinem Taschenkalender geben könntest."
„Oh, ja, natürlich." Er strahlte übers ganze Gesicht. Irgend etwas schien ihn sehr zu freuen.
„Ich schreibe Tagebuch und ..."
„... wunderbar, ja ..." Er riß einige leere Seiten aus dem Kalender und gab sie mir. „Es ist nicht viel. So habe ich einen Grund wiederzukommen, um dir mehr zu bringen."
Ich lächelte ein bißchen verlegen, weil mir bewußt wurde, wie vertraut wir auf einmal miteinander redeten. „Ich würde jetzt gerne einen Spaziergang mit dir machen", sagte ich.
Sein Lächeln bekam etwas Verklärtes. „Das ist eine fantastische Idee."
Wir gingen los.
„Wann werden meine Eltern den Brief bekommen?" fragte ich, als wir uns etwas von der Höhle entfernt hatten.
„Vielleicht schon in wenigen Tagen. Ich werde ihn als Eilbrief wegschicken."
„Du paßt gut auf ihn auf, ja?"
„Ich hüte ihn wie meinen Augapfel."
Er grinste, als er meinen skeptischen Blick bemerkte. Dann sagte er ernst: „Du kannst dich auf

mich verlassen. Ich weiß, wie wichtig die Sache ist."

Wir kletterten ein Stück in die Felsen hinein und setzten uns an einen windgeschützten Platz.

Daniel ließ seinen Blick über die Landschaft schweifen. Er lehnte sich zurück und zündete sich eine Zigarette an.

„Als ich vor vielen Jahren in diese Berge kam, war ich einer von diesen ausgeflippten, langhaarigen Hippies", begann er zu erzählen. „Auf der Suche nach einer unbestimmten Freiheit, nach einer anderen Art zu leben. Ich war gerade meinem wohlbehüteten Elternhaus entflohen, hatte meine Mutter in Angst und Sorge und meinen Vater zornig und enttäuscht zurückgelassen. Bei den Indianern hoffte ich zu finden, wonach ich suchte. Aber ich mußte sehr bald feststellen, daß ich mir einen Haufen Illusionen gemacht hatte." Er sah mich an. „Langweile ich dich mit meinen Ausführungen?"

Ich schüttelte den Kopf. „Bitte, erzähl weiter."

„Eines Tages wurde ich sehr krank, und die Indianer brachten mich zu ihrem Medizinmann, der in einer einsamen Hütte hoch oben in den Bergen lebte. Dieser Mann würdigte mich aber keines Blickes, sondern erklärte, er brauche drei Tage Bedenkzeit, um herauszufinden, ob er mich heilen wolle oder nicht. Während dieser drei Tage lag ich vor seiner Hütte auf dem nackten Fels, fieberte und fühlte mich sterbenselend. Nachts konnte ich vor Kälte nicht schlafen, und am Tage wurde ich von der Sonne versengt. Niemand kümmerte sich um mich. Die anderen waren in ihr Dorf zurückgekehrt. Am Abend des dritten Tages flog plötzlich krachend die Tür der Hütte auf, der Medizinmann trat heraus, hob mich hoch, warf mich wie einen Sack über seine Schulter und trug mich in seine dunkle Hütte hinein. Er pflegte mich gesund. Aber obwohl er alles für mich tat, fühlte ich mich in seiner Gegenwart äußerst unwohl. Er sprach kaum ein Wort, machte ein finsteres, mürrisches Gesicht und wirkte immer irgendwie verärgert. Deshalb trachtete ich danach, ihn so schnell als möglich zu verlassen. Ich wollte fort, sobald ich nur einigermaßen wieder auf den Beinen war. Aber er ließ mich nicht gehen."

„Hielt er dich gefangen?"

„Nein, nicht direkt. Aber er drohte mir, wenn ich weglaufen würde, wäre ich schon bald wieder so krank wie zuvor. Diese Aussicht schreckte mich so sehr, daß ich bei ihm blieb. Ich hatte fürchterliche Angst vor ihm. Eines Tages kam ein anderer Mann in die Hütte. Es war der ‚Berglöwe'. Er erschien mir wie das genaue Gegenteil des bärbeißigen Medizinmannes: freundlich, fröhlich, offenherzig und liebenswert. Deshalb zögerte ich keine Sekunde, als er mich einlud, ihn auf einen kleinen Ausflug ins Gebirge zu begleiten. Ich war glücklich, aus der dunklen Hütte herauszukommen und dem Heiler Lebewohl sagen zu können. Wir wanderten zwei Tage kreuz und quer durch die Berge. Als ich dem Alten sagte, daß ich nun genug hätte und wieder ins Dorf zurückwolle, gab er vor, sich verirrt zu haben und den Rückweg nicht mehr zu finden. Drei oder vier Wochen liefen wir durch die Wildnis. Einige Tage verbrachten wir übrigens auch in dieser Höhle. Manchmal glaubte ich, verrückt zu werden. Der Alte erzählte wirres Zeug, und wir erlebten die merkwürdigsten Dinge. Als wir schließlich zurückkehrten, war ich ein anderer geworden."

Daniel schwieg, in Gedanken versunken.

„Und was geschah dann?" ermunterte ich ihn, weiterzusprechen.

„Ich blieb bei dem Alten. Wir lebten in einem Haus, in der Nähe einer Indianersiedlung, zusammen mit einigen anderen Leuten. Ich erfuhr am eigenen Leib, was es heißt, Indianer zu sein, sich verstecken und buckeln zu müssen, verfolgt, weggejagt und hinausgeworfen zu werden. Und manchmal kam nachts die Polizei, durchsuchte die Häuser und armseligen Hütten, holte irgendwelche Männer aus den Betten und führte sie ab, hinterließ das totale Chaos, schreiende Kinder und weinende Frauen, und wir wußten nicht, was los war und wann es wieder passieren würde." Er atmete tief durch und zündete sich eine neue Zigarette an. „Aus diesem Grunde traf ich die Entscheidung, Anwalt zu werden und mich mit meiner ganzen Kraft für die Rechte der Indianer einzusetzen. Zur Freude meiner Eltern kehrte ich nach Hause zurück, ließ mir die Haare kurz schneiden und studierte Rechtswissenschaft."

„Du bist ein konsequenter Mensch", bemerkte ich. Es war Abend geworden. Die Sonne stand tief und blutrot am Himmel.

„Ich muß gehen", sagte Daniel.

„Wohin?"
„Zur Schlucht. Heute nacht brechen wir dort das Lager ab. Aber vorher begleite ich dich noch bis zur Höhle."
Wir erhoben uns und machten uns auf den Weg. Während wir liefen, fragte ich ihn: „Wo lebst du eigentlich?"
„Ich habe mein Büro und eine kleine Wohnung in der Stadt. Doch zu Hause bin ich hier, in diesen Bergen."
Als wir das Felsplateau erreicht hatten, blieben wir stehen.
„Grüß die beiden Gangster von mir", sagte Daniel.
„Mach' ich", versprach ich.
„Und paß gut auf dich auf."
„Ich werde mir Mühe geben. Wann kommst du wieder?"
„Sobald ich kann. Ich weiß, du brauchst dringend Papier." Er faßte mich bei den Schultern und drückte sie leicht. „Ich denk' an dich", flüsterte er und küßte mich auf die Stirn. Dann drehte er sich um und ging weg. Ich lauschte auf seine Schritte, die sich immer weiter entfernten, bis sie nicht mehr zu hören waren.
Als ich in die Höhle trat, überreichte mir Cochise ein Stoffbündel, mit den Worten, Die-der-Spur-folgt habe es ihm für mich gegeben, es sei ein Geschenk. Ich nahm es und legte es sorgsam beiseite. Ich wollte es erst öffnen, wenn ich allein war und richtig Ruhe dafür hatte. Ein Geschenk von Die-der-Spur-folgt ..., es war sicher etwas von besonderer Bedeutung, etwas für mich sehr Kostbares.

Wir aßen, und die beiden Männer legten sich bald hin. Ich wartete geduldig, bis sie schliefen, dann nahm ich das Bündel und eine Petroleumlampe und schlich mich davon. Draußen suchte ich mir einen Platz im hintersten Winkel des Felsplateaus. Dort ließ ich mich nieder, stellte die Lampe so, daß ich gut sehen konnte, und legte das Bündel vor mich auf den Boden. Der Stoff war handgewebt, eine feine, kunstvolle Arbeit mit blauen und roten Mustern. Ich befühlte das Bündel vorsichtig und versuchte zu erraten, was sich darin befand. Es war ganz weich. Ein Geschenk von Die-der-Spur-folgt für mich ... Es konnte ein Kleidungsstück sein, aus Stoff oder weichgegerbtem Leder. Vielleicht war es auch ein Schmuck aus Federn. Oder etwas, was die Indianer als „Medizin" bezeichneten, ein Objekt, dem besondere Kräfte innewohnten.
Langsam knotete ich das Bündel auf und schlug den Stoff auseinander: Monatsbinden lagen darin! Ich mußte lachen. Daran hatte Die-der-Spur-folgt gedacht.

9

Am nächsten Morgen war der Himmel bewölkt, und ein starker Wind wehte. Gleich nach dem Frühstück steckte ich Papier und Kugelschreiber in meine Hosentasche, zog meinen warmen Pullover über und machte mich allein auf den Weg zu dem Platz, an dem ich am Abend zuvor mit Daniel gesessen hatte. Unterwegs stattete ich meinem Vorratsversteck einen Besuch ab.
Als ich davorstand und guckte, fiel mir vor Überraschung die Kinnlade herunter. Das war doch nicht möglich! Aber ich konnte mich nicht irren: Beim ersten Mal hatte ich zwei Konservendosen hierhergebracht. Und später dann noch eine. Drei Konservendosen also. Eine mit Bohnen, eine mit Huhn und eine mit Rindfleisch. Aber jetzt lagen dort vier Dosen! Jemand mußte mein Versteck entdeckt und sich einen Scherz mit mir erlaubt haben. Natürlich konnte ich mir denken, wer es gewesen war. Ich schüttelte lächelnd den Kopf und ging weiter.
Auf dem windgeschützten Platz in den Felsen machte ich es mir bequem. Ein Zigarettenstummel von Daniel lag noch herum. Ich hob ihn auf, schnupperte daran und schob ihn unter einen Stein. Dann fing ich an zu schreiben. Ich blieb mehrere Stunden dort sitzen, füllte Seite um Seite mit kleinen, sauberen Schriftzeichen, bis alle

Blätter voll waren. Dann steckte ich sie weg und blickte auf.
Windzerfetzte Wolken flogen eilig über den grauen Himmel. Es war kalt. Ich fröstelte und zog die Beine an den Körper. Eine Weile beobachtete ich zwei Vögel, die mit kräftigen Flügelschlägen gegen den Wind ankämpften und dabei kaum von der Stelle kamen. In der Ferne ging Regen nieder. Wie ein grauer Vorhang zerteilte die Regenfront die Landschaft. Dahinter schien der Himmel heller. Ich erhob mich und machte mich auf den Rückweg.

Warm und hell war es in der Höhle, als ich eintrat. Ich war durchgefroren, und meine Ohren schmerzten vom Wind. Cochise und Joseph saßen am Feuer und schälten Kartoffeln – ein trauter Anblick. Ich mußte lächeln. Sie hatten eine Schnur von einer Wand zur anderen gezogen und Kräuter und Wäsche zum Trocknen daran aufgehängt. Richtig behaglich wirkte die Höhle dadurch.
Ich kuschelte mich in meine Decke, rückte ganz nah ans Feuer heran und schaute den Männern bei der Arbeit zu. Sie unterhielten sich dabei in ihrer Sprache. Ich lauschte.
Und plötzlich war ich in meiner Erinnerung zu Hause, saß im Wohnzimmer meiner Eltern vor dem knisternden Feuer am offenen Kamin ...
Mein Vater sitzt neben mir in einem breiten Sessel und raucht behaglich seine Pfeife mit dem würzig duftenden Tabak. Ich beobachte, wie die kleinen Wölkchen, die er auspafft, zur Zimmerdecke steigen. Meine Mutter tritt durch die Tür. Sie hat ihre

weiße Küchenschürze umgebunden, die immer sauber und frisch gestärkt ist. In den Händen trägt sie ein Tablett mit dampfenden Bratäpfeln. Draußen schneit es ...
Cochise lachte und guckte mit blitzenden Augen zu mir herüber. Ich zwinkerte ihm zu, er zwinkerte zurück.
Nach einer Weile hatte ich mich aufgewärmt und wickelte mich aus der Decke. Ich setzte einen Kessel voll Wasser aufs Feuer, warf ein paar Teekräuter in die Kanne, leerte eine Konservendose mit Fleisch in einen Topf und stellte ihn neben die Kartoffeln, die inzwischen kochten. Cochise nickte mir beifällig zu. Mir wurde bewußt, daß ich mich hier zum ersten Mal an der Zubereitung des Essens beteiligte. Und gleichzeitig wurde mir auch klar, mit welcher Selbstverständlichkeit und Leichtigkeit unser Zusammenleben funktionierte. Ohne Absprache tat jeder einfach das, was gerade nötig war.

Der windgeschützte Platz in den Felsen, an dem ich zum ersten Mal zusammen mit Daniel gewesen war, wurde „mein“ Platz. Dorthin zog ich mich zurück, wenn ich allein sein wollte. Von hier aus schaute ich oft den Sonnenuntergang an. Deshalb nannte ich diesen Platz meinen „Sonnenfelsen“. Hier saß ich, hing meinen Gedanken nach und sprach mit den Menschen, die zu Hause auf mich warteten, die ich liebte und nach denen ich mich sehnte. Auf diesem Platz fühlte ich mich ihnen immer besonders nah. Ich tröstete sie und erzählte ihnen, wie es mir gerade

ging. Der Sonnenfelsen war meine kleine Flucht, der Ort, an dem ich meinen inneren Frieden wiederfand, wenn ich traurig war und voller Sorge. Ich brauchte einfach nur hier zu sitzen, über die Berge zu schauen und meinen Gedanken nachzuhängen, und schon konnte ich spüren, wie es mir wieder besser ging. Eigentlich sollte jeder Mensch so einen Platz auf der Welt haben, dachte ich mir manchmal. In Stockholm hatte ich keinen. Vielleicht gab's so etwas gar nicht in der Stadt. Wenn ich in Stockholm unglücklich oder verwirrt war, ging ich zu einer Freundin, um mit ihr zu reden, oder ich guckte mir einen Film im Kino an, oder ich stürzte mich besonders heftig in die Arbeit. In extremen Krisensituationen fuhr ich allerdings zu meinen Eltern hinaus aufs Land, ließ mich bemuttern und bevatern und kehrte für ein paar Tage in die Geborgenheit meiner Kinderjahre zurück. Der Sonnenfelsen hier war aber etwas ganz Besonderes. Vielleicht gab es solche Plätze wirklich nur in der Wildnis. Er schien ein Eigenleben zu besitzen, als würde ein guter Geist in diesen Felsen wohnen, der mich freundlich aufnahm, sooft ich kam.
Eines Abends blieb ich sehr lange am Sonnenfelsen. Als ich zur Höhle zurückging, war es schon dunkel geworden. Ich schlenderte über das Felsplateau, blieb stehen und sah eine Weile hinauf in den Sternenhimmel. Die Luft war ungewöhnlich still und mild an diesem Abend. Als ich gerade in die Höhle hineingehen wollte, bemerkte ich, daß jemand im Dunkeln an der Felswand lehnte. Ich

zögerte, trat dann einen Schritt auf die Gestalt zu und erkannte Joseph.
„Hey“, sagte ich.
„Hey“, gab er leise zurück.
Einen Moment blieb ich unschlüssig stehen. Ich konnte Josephs Gesichtszüge nicht erkennen, aber ich spürte, daß er mich ansah.
„Was machst du?“ fragte ich.
„Ich schaue die Sterne an.“
„Ich will dich nicht stören“, sagte ich und wandte mich ab, um zu gehen.
„Du störst mich nicht.“
Seine Stimme hielt mich zurück. Sie klang freundlich und warm. Einem plötzlichen Impuls folgend, lehnte ich mich neben Joseph an den Felsen. Eine Zeitlang schauten wir beide schweigend in den Himmel.
„Hast du bemerkt“, wandte er sich zu mir, „daß es heute ungewöhnlich viele fallende Sterne gibt?“
Bei der Bewegung seines Kopfes hatte sein Haar meine Wange gestreift.
Ich guckte zwar in den Himmel, aber ich sah nicht viel. Mit meiner ganzen Aufmerksamkeit war ich bei Joseph. Ich spürte die Wärme seines Körpers an meiner Seite, und ich empfand dieses starkes Strömen zwischen ihm und mir, als wäre plötzlich eine Mauer eingerissen, eine Schleuse geöffnet worden.
„Da – wieder einer.“ Er deutete mit der Hand nach oben. Ich hatte den Stern nicht gesehen.
„In Schweden sagt man, wenn zwei Menschen im gleichen Augenblick eine Sternschnuppe sehen,

dann dürfen sie sich etwas wünschen. Und wenn beide denselben Wunsch haben und ihn still für sich behalten, ihn nicht aussprechen und niemandem davon erzählen, dann wird er in Erfüllung gehen."

Nach einer Weile sagte Joseph: „Das ist schön."

Ich bemerkte, daß der Himmel über uns heller wurde. Sicher war der Mond aufgegangen. Wir konnten ihn nur noch nicht sehen, weil die Felswand in unserem Rücken den Blick versperrte.

Dieses Gefühl von Nähe zwischen Joseph und mir machte mich seltsam befangen. Gleichzeitig genoß ich es sehr, spürte dem nach, fand es aufregend und prickelnd. Ich hätte gerne gewußt, was er dachte und fühlte, aber ich wagte nicht, ihn zu fragen.

„Es tut mir leid, daß wir dich gegen deinen Willen hier festhalten müssen", sagte er. Es war das erste Mal, daß er darüber sprach, es war überhaupt das erste Mal, daß er so mit mir redete.

„Seitdem ich weiß, daß meine Angehörigen Nachricht erhalten werden, geht es mir besser. Das war das Schlimmste für mich: zu wissen, in welcher Angst sie leben. Jetzt hab' ich mich damit abgefunden, daß ich hier bin. Und außerdem weiß ich ja, daß ich eines Tages wieder frei sein werde."

„Trotzdem", entgegnete er, „Es ist nicht gut, so wie es ist."

„Aber ich verstehe eure Situation. Ich weiß, weshalb ihr mich nicht gehen lassen könnt. Cochise hat mir das Leben gerettet, und dafür schenke ich ihm ein paar Wochen meiner Zeit. Diesen Handel hat er vorgeschlagen, und jetzt bin ich damit einverstanden."

„Aber du sehnst dich nach deinem Land, nicht wahr? Und du vermißt die Menschen, die du liebst. Ich bemerke wohl, wie oft du traurig bist. Als ich im Gefängnis saß, bin ich krank geworden vor Sehnsucht nach diesen Bergen, nach der Sonne, der klaren Luft, nach dem Geruch der Steine und Kräuter, nach diesem Sternenhimmel, nach meinem Dorf und den Menschen, die ich liebe, nach den Hügeln und Wäldern, in denen wir auf die Jagd gingen. Ich weiß, wie weh es tut, getrennt zu sein von dem, was dich nährt."

„So ist es nicht für mich. Ich bin nicht unglücklich hier. Und außerdem kannst du doch meine Situation nicht damit vergleichen, was du zehn Jahre lang im Gefängnis erlitten hast."

Wir schwiegen eine Weile, dann bat ich ihn: „Erzähl mir, weshalb du im Gefängnis warst. Ich möchte deine Geschichte erfahren."

„Wozu?"

„Ich möchte dich besser kennenlernen."

„Du kannst mich nicht kennenlernen, indem ich dir meine Geschichte erzähle. Du würdest nur anfangen, dir ein Urteil über mich zu bilden. Du würdest denken: aha, so ist das gewesen, das hat er gemacht, so ist er also. Vielleicht würdest du auf einmal Angst vor mir bekommen oder Mitleid mit mir haben. Jedenfalls würdest du dir ein bestimmtes Bild von mir machen, und all deine Gedanken würden mich daran hindern, der zu sein, der ich heute bin."

„Aber deine Geschichte ist doch …"
„… die Wahrheit ist: ich habe gar keine Geschichte mehr."
„Wie meinst du das?"
„Ich habe meine Geschichte ausgelöscht."
„Heißt das, daß du deine Vergangenheit vergessen willst?"
„Warum sollte ich meine Vergangenheit vergessen wollen? Nein, es ist etwas anderes. Eines Tages habe ich meine Geschichte abgestreift, wie einen Mantel, der zu eng und zu schwer geworden war. Hätte ich das nicht getan, wäre ich heute nicht mehr am Leben. Mein Haß und meine Rachegefühle gegen die Menschen, die mich verletzt haben, hätten mich selbst zerstört. Mit dem Auslöschen meiner Geschichte habe ich auch meinen Haß ausgelöscht. Es ist mehr, als jemandem zu verzeihen. Es ist, als wäre all das nicht geschehen. Es berührt mich nicht mehr."
Ich dachte einen Moment darüber nach und sagte: „Ich könnte mir nicht vorstellen, meine Geschichte einfach auszulöschen. Ich fühle mich verbunden mit ihr, sie hat mich geprägt, sie ist ein wichtiger Teil meiner Persönlichkeit."
„Das Auslöschen deiner Geschichte befreit dich auch von dem Bild, das du selbst von dir hast. Erst dann besitzt du die Freiheit, wirklich du selbst zu sein, jeden Tag neu."
Ich konnte kaum glauben, daß ich hier stand und solch ein Gespräch mit Joseph führte. Ich hätte es nie für möglich gehalten, daß er mir jemals so offen seine Gedanken mitteilen würde. Bisher hatte

ich angenommen, daß ich ihm gleichgültig sei. Manchmal hatte ich sogar Feindseligkeit gespürt. Aber Joseph hatte sich verändert, seit wir zusammen waren. Vielleicht hatte auch ich mich verändert.
Lange standen wir schweigend. Ich schaute in den Himmel, sah die großen und kleinen Sterne und versuchte, mich in die Unendlichkeit des Alls hineinzudenken. Ich versuchte mir vorzustellen, daß das Universum grenzenlos ist, daß es keinen Anfang und kein Ende gibt, daß es „dahinter" jeweils weiterging, unendlich, unendlich und ewig. Mir schwindelte bei der Vorstellung, und ich gab auf. Mein begrenzter Verstand weigerte sich, etwas zu erfassen, was absolut unbegrenzt ist und keine Form besitzt.
„Seltsam ...", murmelte ich.
Joseph blickte mich an. „Was ist seltsam?"
„Ach ..., alles."
Er lächelte.
„Ich bin gerade sehr glücklich", sagte ich.
Wir schwiegen wieder und schauten in den Himmel. Und dann sah ich endlich eine Sternschnuppe fallen. Sie zog einen glitzernden Lichtschweif hinter sich her und leuchtete noch einmal hell auf, bevor sie verglühte. Damals ahnten Joseph und ich nicht, daß wir uns in diesem Augenblick dasselbe wünschten.

10

Eines Nachmittags saßen der Alte und ich auf dem Felsplateau vor der Höhle.
„Was hast du damit gemeint, als du mir sagtest, ich sei hier, um zu bezeugen, was geschieht?" wandte ich mich an ihn.
Er lehnte seinen Rücken an die Felswand und maß mich mit einem langen, forschenden Blick. Dann erklärte er: „Ein Zeuge läßt seiner Aufmerksamkeit nichts entgehen. Er schaut zweimal hin, um alles zu sehen, was es zu sehen gibt. Einmal mit den Augen und einmal mit dem Herzen. Ein gewöhnlicher Mensch nimmt nur die Oberfläche der Dinge wahr. Man könnte auch sagen, er sieht nur seine Vorstellung von der Welt und nicht die Wirklichkeit."
Ich seufzte. „Ich wünschte, du würdest dich etwas verständlicher ausdrücken."
„Nehmen wir einmal an, du stehst vor einem Baum und schaust ihn dir an. Sofort beginnst du das, was du siehst, einzuordnen und zu beurteilen: Der Baum ist schön. Er ist groß. Er hat weit ausladende, dicht belaubte Äste. Du erkennst, es ist eine Eiche. Sie ist uralt. Und nun versuchst du vielleicht, ihr Alter zu schätzen. Ist sie dreihundert, fünfhundert, gar tausend Jahre alt? Das ist das Erlebnis eines gewöhnlichen Menschen von einem Baum.

Du machst etwas mit dem Baum. Du erklärst ihn. Du machst ihn zu etwas, was du begreifen und einordnen kannst. Du machst ihn zu etwas Bekanntem. Aber in Wirklichkeit ist er unbegreiflich. Er ist ein Wesen voll Geheimnis und Kraft. Die Bäume sprechen zu dir. Aber ein gewöhnlicher Mensch kann ihre Sprache nicht verstehen. Ein gewöhnlicher Mensch weiß nichts von dem Geheimnis, er hat verlernt, zu lauschen und mit dem Herzen zu sehen. Ein Zeuge dagegen ist wie ein Spiegel, in dem die Welt sich so zeigt, wie sie wirklich ist. Er urteilt nicht, er ordnet nicht ein, er versucht nicht einmal zu verstehen. Er schaut und sieht, was da ist, und er läßt es so sein, wie es ist."
Ich versuchte, mir vorzustellen, wie es sich anfühlt, wenn man die Welt wie einen Spiegel reflektierte.
„Ist es nicht furchtbar kalt und langweilig, wenn man nur Zeuge der Welt und des Geschehens um sich herum ist?" fragte ich den Alten.
Er lachte. Dann wurde sein Gesicht plötzlich ernst, und seine Augen bekamen einen wilden Glanz.
„Wie könnte es kalt und langweilig sein, ein Spiegel des unermeßlichen Reichtums und der Schönheit dieser Welt zu sein? Vielleicht verursacht es zunächst ein Gefühl tiefer Unsicherheit, weil du gewohnt bist, die Welt mit dem Verstand zu erfassen. Aber zum Glück können wir unsere Gewohnheiten ändern."
Eine Zeitlang schaute er mich unverwandt an, dann sagte er: „Laß uns einen kleinen Ausflug machen."
Ich hatte eigentlich keine rechte Lust dazu, aber

Cochise wartete gar nicht, bis ich irgendwelche Einwände hervorbringen konnte, sondern war schon auf dem Weg. Ein wenig mißmutig trottete ich hinter ihm her.
Nachdem wir etwa eine Stunde gelaufen waren, hatte ich wirklich genug und wäre gerne umgekehrt. Aber der Alte überhörte meine Bitte und marschierte einfach weiter. Er legte sogar ein noch schnelleres Gehtempo vor und kümmerte sich überhaupt nicht darum, ob ich hinterherkam oder nicht. Ich hatte wirklich Mühe, ihm zu folgen. Bald wurde ich sehr ärgerlich auf ihn, weil er keine Rücksicht nahm, sondern einfach drauflosrannte, ohne auf mich zu achten. Ich fand sein Verhalten unmöglich und bereute es schon, mitgegangen zu sein.
Auf einmal blieb er stehen und drehte sich nach mir um. „Du hast heute wenig Kraft“, stellte er fest.
Ich keuchte vor Anstrengung und warf ihm einen zornigen Blick zu.
Er lächelte verschlagen und sagte: „Kaum beginnst du, dich mit uns wohlzufühlen, da wirst du auch schon träge und bequem.“
„So ein Quatsch!“ schnaubte ich wütend. „Du hast davon gesprochen, daß wir einen kleinen Ausflug machen würden, und stattdessen hetzt du wie ein Irrer durch die Gegend! Warum hast du's eigentlich so furchtbar eilig?“
„Nun, wir haben noch einen ziemlich weiten Weg vor uns“, antwortete er bedächtig.
Ich schluckte und starrte ihn an. Mir kam unweigerlich in den Sinn, was Daniel von seiner ersten

Begegnung mit dem Alten erzählt hatte; wie der mit ihm wochenlang kreuz und quer durchs Gebirge gelaufen war, nachdem er ihn zu einem „kleinen Ausflug“ eingeladen hatte.
Cochises helle Augen funkelten vor Vergnügen über mein bestürztes Gesicht. „Hast du eigentlich schon bemerkt, wo wir sind?“
Ich schaute mich um. Während des Laufens hatte ich heute überhaupt nicht auf die Umgebung geachtet; ich hatte vollauf damit zu tun gehabt, dem Alten hinterherzukommen. Jetzt stellte ich fest, daß wir uns in einer Gegend befanden, in der ich noch nie zuvor gewesen war.
„Wohin gehen wir?“ fragte ich, und meine Stimme klang merkwürdig klein und heiser.
Cochise antwortete nicht, sondern musterte mich amüsiert von Kopf bis Fuß. „Es gibt eine Methode, schnell zu mehr Energie zu kommen, wenn man sich schwach und ärgerlich fühlt“, sagte er.
„Ach ..., ja?“ Meine Knie begannen zu zittern. „Ich würde eigentlich lieber wieder nach Hause gehen.“
„Nach Hause!“ Er hob die Augenbrauen und lächelte hinterhältig. „Welchen Ort meinst du damit?“
Offensichtlich legte es der Alte darauf an, mich aus der Fassung zu bringen, und ich spürte, daß ich sehr bereit war, mich provozieren zu lassen und fürchterlich zornig zu werden. Aber da gab es eine innere Stimme, die mich davor warnte, mich jetzt auf eine Auseinandersetzung mit ihm einzulassen.
„Du brauchst nirgendwohin zu gehen, um nach

Hause zu kommen“, sagte er und fixierte mich dabei mit einem durchdringenden Blick. „Unser Zuhause ist hier drinnen.“ Dabei legte er seine rechte Hand auf seine Brust.
Mein Herz begann, laut zu klopfen. Was hatte der Alte vor?
Plötzlich verschwand der gespannte Ausdruck in seinem Gesicht, und er blickte mich freundlich, beinah mitfühlend an. „Natürlich könnten wir umkehren und zur Höhle zurückgehen. Und dort könntest du es dir am Feuer gemütlich machen, du könntest dich ausruhen, vor dich hinträumen oder Tagebuch schreiben. Wir könnten uns über dies und jenes unterhalten, abends die wunderschönen Sonnenuntergänge betrachten, und so könnten wir weitermachen, bis wir diese Gegend eines Tages verlassen und unsere Wege sich trennen. Aber hier draußen in den Bergen warten Abenteuer auf dich, Erlebnisse und Erfahrungen, wie du sie dir in deinen kühnsten Träumen nicht vorzustellen vermagst!“
Er schwieg eine Weile und beobachtete mich aufmerksam. Dann fuhr er fort: „Es ist völlig gleichgültig, womit wir unsere Zeit hier verbringen. Es ist wirklich vollkommen gleichgültig, was du tust. Du hast nichts zu verlieren. Also, was hindert dich daran, dich auf ein Abenteuer einzulassen?“
Ich zuckte die Schultern. „Ich bin müde.“
„Das ist nicht wahr!“
Ich wollte etwas entgegnen, aber er ließ mich nicht zu Wort kommen. „Du hast Angst, das ist es! Und

diese Angst nimmt dir all deine Kraft. Aber du kannst etwas tun, um die Angst loszulassen."
„Also gut: Was soll ich tun?"
„Zuerst finde den richtigen Platz."
Ich glaubte, ihn falsch verstanden zu haben, und fragte noch einmal nach.
„Irgendwo hier draußen gibt es den richtigen Platz für dich", erklärte er. „Und den mußt du finden."
Ich blickte mich ratlos um. „Und woher soll ich wissen, welcher der richtige Platz für mich ist?"
„Du kannst es nicht wissen, du mußt ihn finden!"
„Und wie soll ich ihn finden?"
„Du mußt deinen Körper den richtigen Platz finden lassen." Er kniff seine Augen zu zwei schmalen Schlitzen zusammen. „Mach deine Augen halb zu, schiele leicht nach innen und blinzle nicht, so daß dein Blick verschwimmt. Dabei richte deine Augen nicht auf etwas Bestimmtes, sondern lasse sie ruhig umherschweifen. Wenn du auf diese Art schaust, wirst du feststellen, daß du plötzlich andere Dinge wahrnimmst als gewöhnlich." Er trat auf mich zu und versetzte mir einen kräftigen Schlag auf den Rücken. „Und jetzt lauf los! Folge deinem Körper, er wird dich zum richtigen Platz führen."
Ich stolperte vorwärts. Zuerst hatte ich große Schwierigkeiten, meine Augen auf das neue Schauen einzustellen. Ich fühlte mich unsicher beim Gehen, weil ich alles doppelt und verschwommen sah. Aber bald stellte ich fest, daß meine Füße wie von selbst den richtigen Tritt fanden, und faßte mehr und mehr Vertrauen in das Gefühl, meinem Körper die Führung zu überlas-

sen. Cochise lief in einigem Abstand hinter mir her. Nach einer Weile begannen meine Augen zu schmerzen. Ich blinzelte, blieb stehen und schloß sie für einen Moment.

„Du kannst vollkommen entspannt schauen, während du den Blick verschwimmen läßt", sagte der Alte. „Gib den Gedanken auf, daß du dich anstrengen mußt, um etwas zu erreichen. Denk an nichts, tu nichts, überlaß dich einfach der Kraft."

Während ich weiterlief, achtete ich darauf, mich immer mehr zu entspannen. Bald bereitete mir dieses Experiment großes Vergnügen. Die neue Erfahrung war aufregend und seltsam. Es war, als würde nicht ich durch diese Landschaft gehen, sondern als würden Felsen, Steine, Gräser und Büsche sich auf mich zubewegen, an mir vorüber- oder unter mir hinweggleiten. Es war, als würde die Landschaft mich in sich aufnehmen.

Die untergehende Sonne zauberte ein irisierendes Licht über die Berge. Ich bemerkte, daß es Stellen gab, die intensiv leuchteten und andere, die dunkel und stumpf wirkten. Von den leuchtenden Stellen fühlte ich mich angezogen. Ich konzentrierte mich weiter darauf, zu entspannen und meinem Körper die Führung zu überlassen.

Alles um mich her versank in unwirklichem Dämmer. Schatten huschten vorbei. Je dunkler es wurde, desto sicherer bewegte ich mich vorwärts. Ich spürte, daß es warme und kalte Stellen gab.

Und dann blieb ich stehen. Mein Körper war es, der Halt gemacht hatte. Ich öffnete die Augen

und stellte sie auf das normale Sehen ein. Wir befanden uns auf einem ebenen, mit kurzem Gras bewachsenen Platz zwischen einigen hohen Felsen. Vor mir erkannte ich eine längliche Mulde im Boden, die beinah aussah wie eine flache Wanne. Dies war eine Stelle, die ich als besonders warm und anziehend empfand. Ich wandte mich zu Cochise um. Im Halbdunkel sah ich, daß er mich anlächelte.
„Du hast deine Sache sehr gut gemacht", sagte er. Wir ließen uns in der Mulde nieder. Es war vollkommen still ringsum. Einige Zeit saßen wir schweigend und ruhten uns aus. Ich begann zu frieren.
Cochise bemerkte, wie ich zusammenschauerte. „Ich werde dir etwas geben, das dich wärmt." Er streckte mir seine Hand hin. Auf der Handfläche lag ein kleiner Stein, wie sie in dieser Gegend überall zu finden waren.
Ich nahm ihn und hielt ihn unschlüssig in meiner Hand. Was sollte ich damit tun? Und wie sollte ein kleiner Stein mich wärmen können?
Der Alte wies mich an, den Stein unter mein Hemd zu schieben und ihn zwei fingerbreit unterhalb des Bauchnabels auf die nackte Haut zu legen. Als ich das gemacht hatte, erklärte er mir, wie ich in einem bestimmten Rhythmus atmen solle, etwas tiefer und schneller als gewöhnlich. Er selbst begann ebenfalls, auf diese Weise zu atmen, und ich paßte mich seinem Rhythmus an.
Nach kurzer Zeit spürte ich, wie mir warm wurde. Und diese Wärme schien tatsächlich von dem kleinen Stein auszugehen, der auf meinem Bauch lag.

Sie strömte sanft durch meinen Körper. Es war ein wunderbares Gefühl, zu sitzen, tief zu atmen und wahrzunehmen, wie sich die Wärme immer weiter in mir ausbreitete. Ich schloß die Augen und gab mich dieser Empfindung hin, bis ich müde wurde und merkte, daß ich jeden Moment in den Schlaf hinübergleiten würde.

„Hüte dich davor, einzuschlafen!" Cochises Stimme schreckte mich auf.

Mit einem Schlag war ich wieder hellwach. „Was ... ist?" Es fiel mir schwer, zu sprechen.

„Leg dich auf den Rücken."

Ich legte mich hin.

„Richte deine Aufmerksamkeit auf deinen Atem."

Ich begann, noch intensiver zu atmen als vorher. Plötzlich fing es in meinen Ohren an zu summen, und ich spürte ein unangenehmes Kribbeln in Händen und Füßen. Vor allem in den Händen verstärkte es sich, entwickelte sich allmählich zum Schmerz, der immer heftiger wurde und bis in meine Arme hinaufzog. Ich wurde unruhig, versuchte, mich zu bewegen, aber es ging nicht, meine Glieder waren schwer wie Blei. Panische Angst kroch in mir hoch ... Was war das? Was machte der Alte mit mir?

„Atme leichter ..., leichter ..." Seine Stimme klang fremd und weit entfernt.

Ich atmete weniger schnell und tief, und allmählich lösten sich die Schmerzen in meinen Händen und Armen auf.

„Spüre, wie du geatmet wirst ..."

Ich geriet in einen Zustand, der Ähnlichkeit hatte

mit der Phase zwischen Wachen und Schlafen, wo Traum und Wirklichkeit sich bereits vermischen. Und auf einmal empfand ich mich wie zweigeteilt: Ein Teil meiner selbst war gewahr, daß ich auf dem Boden lag und tief atmete, der andere Teil befand sich in einer anderen Welt, die ebenso real zu sein schien – in einem weiten, unbegrenzten Raum, der durchflutet war von hellem Licht. Unzählige Luftblasen schwebten schwerelos umher. Die kleinsten waren nicht größer als Staubkörnchen, andere wiederum erreichten die Ausmaße riesiger Seifenblasen. Ihre Bewegungen waren sehr langsam, und sie kreisten um sich selbst. Wenn sie sich berührten, stießen sie weich voneinander ab und veränderten dabei ihre Richtung. Jede dieser Blasen gab einen leisen, schwingenden Ton von sich. Gemeinsam erzeugten sie eine Art sphärische Musik, Klänge aus der Unendlichkeit des Universums von überirdischer Schönheit und Reinheit.
Bald erkannte ich, daß die Blasen in bestimmten Anordnungen durch den Raum schwebten. Sie bildeten Formationen, Muster, die jeweils eine Zeitlang bestehen blieben, um dann zu immer wieder neuen Gruppierungen zu finden. Eine der größten Blasen schwebte langsam auf mich zu. Je näher sie kam, desto riesiger erschien sie mir. Ich hatte Angst, wollte ihr ausweichen, versuchte, sie abzuwehren.
„Schau hin! Sieh es dir genau an!"
Es gelang mir, meinen Blick auf die Blase zu fixieren. Einen Augenblick hielt sie in ihrer Bewegung

inne. Sie befand sich jetzt unmittelbar vor mir. Ihr tiefer Klang hüllte mich ein. Dann öffnete sie sich, nahm mich in sich auf, trug mich fort ...

„Bleib wach und atme." Ich vernahm Cochises Stimme dicht an meinem Ohr.

Die Blase platzte, und im selben Moment ereignete sich vor meinen geschlossenen Augen eine lautlose Explosion leuchtender Farben. Sie schleuderten in Spiralen, von einem feurigen, pulsierenden Mittelpunkt ausgehend, auf mich zu, flossen ineinander und umspülten mich wie Wellen. Ich tauchte ein in diese Farbenflut, badete in ihrem Leuchten, fühlte, wie es mein ganzes Wesen durchdrang und ich mich langsam darin auflöste ...

„Achte auf deinen Atem."

Die Farben zerstoben in Funken, wirbelten wild durcheinander und verflüchtigten sich. Plötzlich war alles dunkel und leer. Ich fühlte mich in ein Vakuum hineingezogen wie in einen gewaltigen Strudel. Aus dem Dunkel lösten sich Gestalten. Sie wirkten unheimlich und bedrohlich. In einer langen Reihe zogen sie an mir vorüber und verschwanden im Nichts. Mein Bewußtsein glitt in eine andere, noch fremdere Welt hinein ...

Dichter, grüngrauer Nebel umfing mich. Ich nahm einen Duft wahr, einen süßen, lieblichen Duft, der unbestimmte Erinnerungen weckte. Eine Zeitlang bemühte ich mich vergebens, den grüngrauen Nebel mit meinen Augen zu durchdringen. Ich wußte, daß ich den Blick irgendwie verändern, anders einstellen mußte, um deutlich sehen zu können. Und dann benutzte ich eine neue, mir bis

dahin unbekannte Kraft, so etwas wie den unbeugsamen Willen in mir, um den Nebel wie einen Schleier zu zerreißen.
Ein Bild von ungeheurer Klarheit und Eindringlichkeit bot sich mir dar: Ich sah Gräser und Blätter in allen Größen und Formen und wunderschöne Blumen mit riesigen, bunten Blütenkelchen. Sie waren es, die den süßen Duft ausströmten. Ein unablässiges feines Summen erfüllte die Luft, und ich wußte, daß es von den Pflanzen kam. Sie waren vollkommen lebendig! Jeder Halm, jedes Blatt, jede Blume bewegte sich aus eigener Kraft. Sie bogen und wiegten sich hin und her, die Blumen öffneten und schlossen ihre prächtigen Blütenkelche. Dieses unüberschaubare Meer von Pflanzen atmete und war erfüllt von Bewußtheit. Ich spürte, daß sie mich wahrnahmen, und ein übermächtiges Glücksgefühl durchflutete mich. Ich war verbunden mit ihnen, war eins mit all den atmenden Pflanzenwesen. Diese Erkenntnis war so überwältigend und erschütternd, daß ich weinte.
Der Alte legte seine Hand auf meine Stirn. Die Berührung bewirkte, daß ich das Gefühl hatte, in rasender Geschwindigkeit aus unergründlich tiefem Wasser aufzutauchen. Die realen Geräusche um mich herum erreichten mich wieder. Ich hörte meinen Atem und spürte den Boden hart unter meinem Rücken.
Ich öffnete die Augen. Das erste, was ich sah, war ein Stern. Sein flimmerndes Licht drang durch meine weit geöffneten Pupillen bis in mein Innerstes.

Ich wandte den Kopf zur Seite und erkannte Cochises sitzende Gestalt als schwarze Silhouette vor dem dunkelblauen Nachthimmel. Meine Hand tastete nach ihm. Er nahm sie und hielt sie fest. Nach einer Weile richtete ich mich auf. Mir war schwindlig, und ich fühlte mich benommen.
„Cochise ..., was hast du mit mir gemacht?"
Er lachte. „Ich hab' gar nichts mit dir gemacht. Dein eigener Atem hat etwas mit dir gemacht."
„Was war das ...? Hab' ich geträumt?"
„Dein Atem hat dich mit auf die Reise genommen."
Verwirrt starrte ich in die Dunkelheit. Dann begann ich, meine Beine und Arme kräftig mit den Händen zu reiben, um das taube Gefühl in ihnen loszuwerden. Erst nach einiger Zeit kam ich wieder völlig zu mir. „Ich hab' unglaubliche Bilder gesehen! Was haben sie zu bedeuten?"
„Es ist überflüssig, sie deuten zu wollen. Diese Bilder kommen aus der Tiefe deines Bewußtseins. Sie sind fremd, schön und überwältigend, manchmal auch schrecklich und angsteinflößend. Wir alle haben solche Bilder in uns. Es sind Träume, Visionen, Erinnerungen ... Aber wenn du an der Beschäftigung mit deinen Bildern klebenbleibst, kreist du immer nur um dich selbst. Es war gut, daß du dich nicht in ihnen verloren hast, daß du es geschafft hast, sie anzuschauen und weiterzugehen."
„Ich will dir erzählen, was ich gesehen habe", sagte ich aufgeregt. Ich schilderte dem Alten meine Erlebnisse in allen Einzelheiten, und er hörte aufmerksam zu.

„Die Blasen, die du gesehen und deren Klänge du vernommen hast, sind Energieblasen, die überall in der Luft schweben und uns immer umgeben – auch jetzt. Im Zustand gesteigerter Bewußtheit können wir diese Kräfte wahrnehmen."

„Und die Pflanzen?" wollte ich wissen.

„Das ist sicher eine Erinnerung. Vielleicht hast du als Baby mal irgendwo in einer Blumenwiese gelegen und die Pflanzenwelt um dich herum in ihrer ganzen Schönheit und Lebendigkeit wahrgenommen. Sehr kleine Kinder erleben sich und ihre Umwelt noch als Einheit. Sie trennen noch nicht zwischen einem Grashalm, einer Blume, einem Baum oder einer Wolke am Himmel und sich selbst. Alles ist eins. Und darin liegt große Weisheit."

Ich dachte eine Weile darüber nach. Dann fragte ich: „Was ist es denn, das dieses Einssein irgendwann zerstört und uns von all dem trennt?"

„Unser Verstand. Er schafft es sogar, uns von uns selbst zu trennen."

„Aber ohne den Verstand könnten wir nicht leben, wir könnten nicht denken, nicht lernen, auch nicht hier sitzen und reden!"

„Ich sage nicht, daß der Verstand schlecht ist. Aber wir müssen lernen, ihn zu überwinden, ihm die alleinige Herrschaft über unser Sein und Tun abzusprechen. Wenn du dir die Erde anschaust, kannst du sehen, was die Menschen mit all ihrem Verstand daraus gemacht haben: Nichts ist mehr in seiner natürlichen Ordnung."

Der Alte schwieg eine Zeitlang, dann sagte er:

„Jenseits unseres gewöhnlichen Wahrnehmungsvermögens, das durch den Verstand beherrscht und eingeengt ist, existiert eine andere Welt, die ebenso real ist wie du und ich und der Boden, auf dem wir gerade sitzen. Kleine Kinder haben noch Zugang zu dieser anderen Welt. Aber die Erwachsenen reagieren mit Unverständnis auf die Dinge, die es sieht und hört, und auf die Furcht des Kindes vor den Kräften, die es spürt. Sie bringen ihm bei, daß es sich das alles nur einbilde, daß es das in Wirklichkeit gar nicht gebe. Eltern erklären ihrem Kind vom ersten Lebenstag an die Welt. Sie beschreiben und zeigen ihm, wie sie ihrer Überzeugung nach ist. Das Kind übernimmt diese Vorstellung von der Welt, weil es glaubt, daß die Erwachsenen recht haben müssen, und verliert nach und nach die Fähigkeit, anders wahrzunehmen. Sogar die Erinnerung an andere Wahrnehmungen verschwindet, wie die Erinnerung an Träume. Wenn du mit deinem Atem auf die Reise gehst, ist es möglich, daß die Erinnerung zurückkehrt und daß du einen Blick in die andere Welt erhaschst."
Er sah mich an. „Heute bist du an die Pforte gelangt. Eines Tages wird sie sich dir öffnen. Der Atem ist der Schlüssel zu allem."
Ich hatte dem Alten gespannt zugehört und versuchte mir vorzustellen, was diese andere Welt sein mochte. War es eine Traumwelt? Eine Phantasiewelt? War es eine Welt, die in uns selbst lebte? Oder war es tatsächlch so, daß sie uns umgab wie Luft, unsichtbar für unsere Augen, aber dennoch wirklich?

Cochise lächelte mich an und fragte: „Bist du immer noch müde?“
„Nein.“ In der Tat fühlte ich mich auf einmal wie aufgeladen mit neuer Energie.
„Wollen wir weitergehen?“ schlug er vor.
„Ja!“ Ich hatte Lust, durch die Nacht zu laufen und zu erleben, was immer mich erwarten mochte.
Wir erhoben uns, und ich streckte mich ausgiebig. Plötzlich spürte ich den kleinen Stein, der immer noch unter meinem Hosenbund steckte. „Der Stein!“ rief ich und fischte ihn heraus, um ihn dem Alten zurückzugeben.
„Den kannst du hier lassen“, sagte er beiläufig. „Das ist nur ein ganz gewöhnlicher, kleiner Stein.“

11

Wir wanderten durch das Gebirge. Mond und Sterne leuchteten uns den Weg. Cochise führte mich an einen kleinen Wasserlauf – ein spärliches Rinnsal nur, silbrig glänzend zwischen den Steinen. Wir stillten unseren Durst, verweilten eine Zeitlang und gingen weiter.
Der Alte machte sich einen Spaß daraus, ein paarmal vor meinen Augen in der Dunkelheit zu verschwinden, um irgendwann hinter mir wieder aufzutauchen. Beim ersten Mal bekam ich Angst, als ich mich plötzlich alleine fand, nach ihm rief und keine Antwort erhielt. Ich blieb stehen, unschlüssig, ob ich weitergehen und ihn suchen oder lieber warten solle.
„Wo zum Teufel bist du?" schrie ich.
„... bist du ..., bist du ..., bist du ...", warfen die Felsen mein Echo unheimlich zurück.
Ich trabte weiter, und bald vernahm ich Cochises eilige Schritte hinter mir. Ich drehte mich um und wartete, bis er mich eingeholt hatte. Er tat, als würde er mich nicht sehen und rannte mich fast über den Haufen.
„Lauf doch nicht so schnell", japste er und klammerte sich an mir fest.
„Ich muß mich schon sehr wundern, wie ein Mann in deinem Alter Vergnügen an solchen Albernhei-

ten finden kann“, bemerkte ich vorwurfsvoll, war aber froh, daß er wieder da war.
Er stöhnte und rang übertrieben nach Luft. Er äffte mich nach, wie ich am Nachmittag mit letzter Kraft hinter ihm hergelaufen war. Dann schüttete er sich vor Lachen aus.
Nachdem er das dritte Mal spurlos verschwunden und wiedergekommen war, nahm ich mir vor, ihn keine Sekunde mehr aus den Augen zu lassen. Ich heftete meinen Blick fest auf seinen Rücken und lief dicht hinter ihm her. Und trotzdem schaffte er es: als hätte er sich in Luft aufgelöst oder wäre vom Erdboden verschluckt worden – plötzlich war er nicht mehr da.
Na warte, dachte ich, dir werde ich ein Schnippchen schlagen. Ich kletterte seitlich ins Gelände hinein. Lautlos und flink schlüpfte ich zwischen den Felsen hindurch und duckte mich hinter ein paar großen Steinen nieder. Es dauerte keine Minute, da hockte der Alte neben mir. Mit einem Wutschrei sprang ich auf und rannte weg. Aber mitten im Laufen hielt ich jäh inne. Hinter mir vernahm ich ein ungeheuerliches Geräusch: Es klang wie ein langer, dröhnender Furz, dann pfiff und jaulte es und endete schließlich in obszönem Gurgeln. Wie vom Donner gerührt, stand ich da. Und dann erscholl Cochises herzhaftes Lachen.
Wir liefen, sprangen, rannten, stolperten und rutschten den Berg hinunter. Nachdem wir uns völlig verausgabt hatten, gingen wir wieder einträchtig hintereinander her.
Einmal erblickte ich in einer Steilwand zu unserer

Linken etwas, was im Mondlicht beinahe aussah wie eine Burgruine.
Ich machte den Alten darauf aufmerksam.
„Das sind die Reste einer Pueblosiedlung“, erklärte er mir. „Vor mehr als tausend Jahren lebten Indianer in diesen Felsenwohnungen. Sie besaßen eine hohe Kultur und waren Meister des Töpferhandwerks. Wir nennen sie das Alte Volk.“
Plötzlich ein heiseres Bellen, ganz in unserer Nähe.
Erschrocken packte ich Cochises Arm.
„Ein Kojote“, sagte er.
Ein zweiter Kojote fiel in das Gebell ein und sandte ein langgezogenes, schauriges Geheul in die Nacht.
Cochise klopfte mir beruhigend auf die Schulter.
„Sie bewachen die Geister der Ahnen.“
Im Weitergehen stimmte der Alte einen monotonen Singsang an: „Eya-a, eyo-o, eya-ey ...“
Seine Stimme erhob sich zu einem Lied. Es hatte viele Strophen, und am Ende jeder Strophe kehrte das „Eya-a, eyo-o, eya-ey“ wieder. Unsere Schritte paßten sich dem Rhythmus des Liedes an. Als der Alte zu Ende gesungen hatte, bat ich ihn, mir den Text zu übersetzen. Er sagte:
„Ich wandere über die Gipfel der Berge. Ich wandere über die Hügel. Ich wandere über die Hügel hinab ins Tal. Ich schreite die alten Pfade. Ich folge der Spur.“
Nach einer Weile sang er ein anderes Lied. Es klang sehr kämpferisch, und er sang es mit großer Kraft:
„Weißer Mann, du hast uns genommen, was wir besaßen, unser Land, unsere Freiheit – alles hast

du uns genommen. Aber die Hoffnung konntest du uns nicht stehlen.
Ha-ha-ha-yo!
Hör, weißer Mann, wir haben die Lügen satt, die du uns auftischst, die leeren Versprechungen, mit denen du uns hinhältst. Die Zeit der stummen Verzweiflung ist vorbei.
Ha-ha-ha-yo! Eya-ha-ha-yo!"
Cochise sang ein Lied nach dem anderen. Irgendwann erreichten wir einem gewundenen Pfad, dem wir folgten. Die Vegetation veränderte sich. Hier wuchsen weit ausladende Büsche und hohe Bäume. Der Alte und ich schritten Seite an Seite, und ich stimmte in seinen Gesang ein:
„Yo-eya-a, eyo-o, hey-a-a-ey!"
Im allerersten Morgengrauen blickten wir hinunter auf ein nebelverhangenes Tal.
„Die Heiligen Quellen", sagte der Alte.

Die Wasser der Heiligen Quellen sprudelten zwischen Felsen hervor, sprangen in Kaskaden über moosbewachsene Steine und speisten einen kleinen, ruhig dahinfließenden Bach. Der Alte und ich standen schweigend am Ufer. Ich lauschte auf das Plätschern des Wassers und labte meine Augen an dem üppigen Grün ringsum. Gerade begannen die ersten Vögel ihr Morgenlied zu singen. Wie lange hatte ich solchen jubelnden Vogelgesang nicht mehr gehört!
„Die Indianer kommen zu diesen Quellen, um zu fasten und zu beten", sagte der Alte. „Unsere Reinigungszeremonien dienen dazu, den Geist zu klä-

ren, unerwünschte Gedanken und Gefühle loszuwerden. Sie schenken uns Heilung und helfen uns, zu uns selbst zu finden. Bevor du in diesem Wasser badest, laß alles zurück, was dich schwer macht, alle deine Ängste und Sorgen, Hoffnungen, Wünsche und Vorhaben. Wir müssen die Verantwortung für unsere Gedanken ebenso übernehmen, wie für unser Handeln. Laß deine Gedanken zur Ruhe kommen, laß es still werden in dir. Bereite dich innerlich auf die Reinigung vor." Er sah mich an.

Ich hatte ihn verstanden und nickte ihm zu. Wir setzten uns ins Gras. Ich schaute auf den Bach, sah den Dunst, der vom Wasser aufstieg, und erinnerte mich wehmütig an den See in Schweden, an dessen Ufer unser Sommerhaus stand. Manchmal, ganz früh morgens, kamen Elche dort hin, wenn noch die Nebelschwaden wie Nachtgespenster über dem Wasser trieben. Ich erinnerte mich an den Wald, an die köstlichen Beeren, die im Moos wuchsen, an den Duft von Harz und frischgeschlagenem Holz. Dann dachte ich an meine Eltern und an meine Freunde und wurde furchtbar traurig.

Laß es still werden in dir, hatte der Alte gesagt. Bereite dich innerlich auf die Reinigung vor. Aber meine Gedanken schweiften immer wieder ab, spazierten hierhin und dorthin und ließen sich nicht bändigen. Ich dachte an Joseph und Die-der-Spur-folgt, stellte mir vor, wie sie vor einiger Zeit hier gefastet und gebetet und im Wasser der Heiligen Quellen gebadet hatten. Joseph ... Schnell verwischte ich sein Bild, das vor mir auftauchte wie

eine unbestimmte Sehnsucht. Ich dachte ans Ballett, fragte mich, welche Tänzerin wohl meine Stelle im Ensemble einnehmen würde. Ich dachte an meine Lehrerin und an meine Kolleginnen, ich dachte an Daniel, alles mögliche ging mir durch den Kopf. Und je mehr ich versuchte, die Gedanken zu verscheuchen, desto hartnäckiger nisteten sie sich ein.
Auf einmal spürte ich, wie hungrig ich war, und mir wurde bewußt, daß ich schon lange nichts mehr gegessen hatte. Nun machte ich mir Sorgen, ob Cochise wohl daran gedacht hatte, etwas zu essen mitzunehmen. Und je verzweifelter ich mich bemühte, es endlich still werden zu lassen in mir, desto verrücktere Phantasien produzierte mein Verstand. Wie gut, dachte ich, daß dieses Tal fernab der Zivilisation liegt. Sonst kämen sicher irgendwelche Leute auf die Idee, ein Ausflugsziel daraus zu machen. Sie würden Straßen bauen und Tunnel durch die Berge sprengen, damit dieser verwunschene Ort bequem mit dem Auto zu erreichen wäre. Auf einem großen Parkplatz ließe man sein Auto stehen, würde an einer Kasse fünf Dollar Eintritt in den ‚Freizeitpark' bezahlen, und von dort würde ein gut beschilderter, höchstens zehnminütiger Fußweg direkt zu den Heiligen Quellen führen. Hier wären dann Bänke und Tische aufgestellt und eine Imbißstube, wo man Hamburger, Pommes, Coca-Cola und Eis kaufen könnte. – Mein Gott, war ich hungrig! – Um die Natur etwas attraktiver zu gestalten, hätte man einige Präsidenten- oder Mickeymouse-Köpfe in die Felsen gemei-

ßelt. Für die Kinder gäbe es einen Abenteuerspielplatz mit Karussels, Riesenrutschbahnen und Klettergerüsten. Rechts und links der Spazierwege durch den Wald hätte man Tiergehege angelegt, mit zahmen Antilopen, gebändigten Braunbären und possierlichen Zwergwildschweinchen. Von den Besuchern am meisten bestaunt aber würde der Steinadler, der in einem großen Käfig seine mächtigen Schwingen schlüge, nie die Hoffnung aufgebend, daß er eines Tages wieder die Freiheit erlangen könnte. Ein kleiner Junge fände Lust daran, den Steinadler zu reizen, brächte ihn mit einem Stock dazu, seine Fänge in die Gitterstäbe zu krallen und mit dem Schnabel nach ihm zu hacken. Lachend würde der Knabe den stolzen Vogel verhöhnen. Und überall hinter Bäumen und Büschen stünden lebensgroße, tomahawkschwingende Plastikindianer, damit es für die Kleinen nicht so langweilig wäre, durch den Wald zu laufen. Und auch einige niedliche Wichtel mit roten Zipfelmützen würden hier und da aus dem Farn hervorlugen ...
Beinah hätte ich laut gelacht. Wie kam ich dazu, mir solche absurden Sachen auszudenken! Aber was sollte ich bloß tun, um meine Gedanken anzuhalten?
... und abends, wenn alle Besucher den Freizeitpark verlassen hätten und mit ihren Autos in einer langen Schlange durchs Gebirge wieder nach Hause führen, kämen Indianer, um den ganzen Dreck wegzuräumen: diesmal echte Indianer, nicht aus Plastik. Indianer ohne Tomahawks, Federhauben und Kriegsbemalung, sondern bewaff-

net mit Besen und Mülleimern, gekleidet in abgerissene Jeans und Hemden, die Gesichter von Armut und Alkohol gezeichnet. Sie würden die weggeworfenen Bonbonpapiere, Pommesfritestüten und Pappteller aufsammeln, die leeren Bierdosen aus dem Bach fischen, die Essensreste zusammenklauben und den Platz um die Imbißstube sauberkehren. Dann würden sie die Tiere in den Gehegen füttern. Und wenn die Tagelöhner ihre Arbeit verrichtet und das große Tor des Freizeitparks sich hinter ihnen geschlossen hätte, würde sich Stille über das Tal senken. Dann erst würden die Geister der Ahnen aus ihren Felsenwohnungen herabsteigen und sich, Klagelieder singend und weinend, um die Heiligen Quellen versammeln...

Ich schloß die Augen. Das Murmeln des Baches vermischte sich mit dem Klagen und Weinen der Geister. Immer lauter tönten ihre Stimmen, immer fordernder ..., und plötzlich waren diese Stimmen in mir selbst. Und gleichzeitig war es, als würden die Wasser der Heiligen Quellen durch meinen Körper strömen, kühl und rein. Mir war, als würden sie alle Gedanken mit sich fortspülen, alle Phantasien, Sorgen, Fragen, Sehnsüchte und Erinnerungen.

Da wurde es still in mir.

Der Alte an meiner Seite sprach ein Gebet, klar und einfach und tief aus seinem Innern.

Wir erhoben uns, ließen unsere Kleider am Ufer zurück und wateten in den Bach. Der Grund war weich und schlammig. Ich trank von dem herrlich frischen Wasser, tauchte ein und legte mich hin.

Schlingpflanzen und Gräser streichelten meine Haut. Voller Wohlbehagen wühlte ich mich in den weichen Schlamm hinein. Die Sonne ging auf und verwandelte den Dunst des Wassers in goldene Schleier. Ich verlor mich in der Betrachtung dieser schönen Erscheinung. Frieden lag über dem Tal.
Nach einiger Zeit hörte ich, daß der Alte aus dem Wasser watete und die niedrige Uferböschung erklomm. Ich kniete mich hin, wusch mir den Schlamm vom Körper und folgte ihm. Die Luft prickelte auf der Haut. Ich fühlte mich durch und durch wach und lebendig. Es war ein neuer Morgen, ein neuer Anfang.
Wir zogen unsere Kleider an und verließen das Tal. Zuerst gingen wir den Pfad entlang, den wir gekommen waren, und stiegen dann weiter ins Gelände hinauf. Unter einem großen Baum legten wir uns ins Gras, und ich schlief tief und friedlich viele Stunden lang.

12

„Ich sterbe vor Hunger", sagte ich und starrte Cochise trotzig in die Augen.
Er gähnte, streckte sich genüßlich und meinte: „Ich werde auf die Jagd gehen."
„Und was ist, wenn du kein Jagdglück hast?" gab ich mißmutig zu bedenken.
„Dann muß ich dich wohl hier begraben." Er lachte und schüttelte den Kopf. „Du machst dir unnötig Sorgen. Wenn wir im Gleichgewicht mit der Natur leben, ernährt sie uns." Er erhob sich und machte sich bereit, zu gehen.
„He, warte mal!" rief ich und sprang auf. Mir war plötzlich nicht wohl bei dem Gedanken, allein zurückzubleiben. „Kann ich mitkommen?"
Er musterte mich einen Moment aufmerksam und sagte dann: „Für diesmal ist es besser, wenn ich ohne dich gehe. Ein Jäger benötigt einen klaren, ruhigen Geist, und deiner ist von Hunger und Sorge getrübt. In diesem Zustand würdest du nur das Wild erschrecken."
Die Ironie in seinen Worten war nicht zu überhören, und ich funkelte den Alten zornig an.
Er stand gelassen da und lächelte. Dann breitete er seine Arme aus. „Warum bist du so böse auf mich?"
Seine Offenheit war entwaffnend. Ich senkte beschämt die Augen.

„Du bist schlimmer als eine hungrige Berglöwin. Und du nimmst dich selbst zu wichtig. Du hast kein Vertrauen, deshalb sorgst du dich. Aber ich sage dir: Wenn du Vertrauen hast und aufhörst, dich zu sorgen, dann wird dein Dasein leicht."

Ich ärgerte mich, weil ich mich ihm gegenüber schwach und klein fühlte in diesem Moment. „Von deinen Worten werde ich nicht satt!" erwiderte ich deshalb bockig.

„Ein Jäger sorgt sich nicht um sein Überleben", erklärte der Alte ruhig. „Seine Stimmung ist unbeschwert und froh, denn er weiß, daß er das Wild findet, das ihm an diesem Tag als Nahrung dienen wird. Sein Jägergeist führt ihn zur richtigen Zeit an den richtigen Ort, und sein Handeln ist bestimmt von Besonnenheit und Demut. Er und das Wild, das er jagt, sind gleich. Der Jäger ist nicht wichtiger als seine Beute. Er lebt in Verantwortung für seine Welt, er geht liebevoll und behutsam mit ihr um. Er erschöpft sie nicht, sondern er nimmt immer nur so viel, wie er wirklich braucht. Du wirst satt sein, ehe die Sonne hinter den Bergen versinkt." Der Alte hatte sehr kraftvoll und bestimmt gesprochen. Er drehte sich um und ging davon, ohne mich eines weiteren Blickes zu würdigen.

Ich blieb mit sehr widersprüchlichen Gefühlen zurück. Ich war immer noch wütend auf den Alten. Dabei wußte ich, daß ich keinen Grund dazu hatte. Aber war es nicht wirklich leichtsinnig von ihm, mich hier allein zu lassen? Was, wenn ihm etwas zustieße und er nicht mehr zurückkäme? Ich dachte an Joseph, fragte mich, wie es ihm gehen

mochte, ob er sich wohl um Cochise und mich sorge, ob er sich vielleicht einsam fühle. Und plötzlich vermißte ich ihn schmerzlich, hatte das Verlangen, mich in seine Arme zu schmiegen und von ihm gehalten zu werden wie in meinem Traum ... Dann versuchte ich mir einzureden, daß mich nur deshalb die Sehnsucht nach Joseph plagte, weil er in dieser Wildnis weit und breit der einzige junge Mann war. Ich wünschte mich nach Hause, ich hatte die Nase voll! Und ich nahm mir vor, sobald wir wieder zurück in der Höhle wären, würde ich meine Konservendosen und eine Flasche Wasser einpacken und mich aus dem Staub machen.
Cochise ließ mich lange allein, so daß ich reichlich Gelegenheit hatte, meine inneren Kämpfe auszufechten. Es war sicher kein Zufall, daß er just in dem Moment wieder auftauchte, als ich mich beruhigt hatte und mit mir selbst ins reine gekommen war. Er hatte zwei große Vögel gefangen, die aussahen wie dicke Wachteln, und er hatte sie bereits gerupft und ausgenommen. Gemeinsam sammelten wir einen Haufen trockene Äste, zündeten ein Feuer an, spießten die Vögel auf zwei Stecken und rösteten sie. Als sie durchgebraten waren, begann der Alte, mit großem Appetit zu essen. Das Fleisch roch köstlich, aber ich verspürte auf einmal keinen Hunger mehr. Seit Cochises Rückkehr von der Jagd hatten wir kein Wort miteinander gesprochen. Ich war mir ziemlich sicher, daß er wegen mir verstimmt war, und das bedrückte mich.
Es war Abend geworden. Die Sonne stand tief über

den Bergen und würde bald untergehen. Der Alte hatte versprochen, daß ich satt sein werde, ehe die Sonne hinter den Bergen versunken sei. Nun hatte ich das Bedürfnis, mich bei ihm zu entschuldigen. Wieviel Gutes hatte er mir erwiesen, und ich hatte mich so undankbar gezeigt! Ich fühlte mich richtig schlecht.

„Cochise ..., es tut mir sehr leid, daß ich so ungeduldig und wütend war. Ich wollte dich nicht verletzen." Tränen traten mir in die Augen.

Er blickte mich erstaunt an. Mit vollen Backen kauend, sagte er: „Mach dir darüber bloß keine Gedanken. Du kannst mich nicht verletzen."

„Es war furchtbar dumm von mir, und es tut mir wirklich leid."

„Äh!" machte er abwehrend und schluckte seinen Bissen herunter. „Vergeude deine Zeit nicht mit Reumütigkeit, sondern laß dir das Huhn schmekken."

„Bist du wirklich nicht böse auf mich?"

„Nein!" Er lachte. „Da niemand mich verletzen kann, brauche ich auch niemandem böse zu sein."

Ich biß ein Stück von dem saftigen, zarten Fleisch ab. Mein Appetit kehrte zurück, und ich verspeiste die Hälfte des Vogels. Den Rest legte ich beiseite.

Auch der Alte hatte seine Mahlzeit beendet. Er leckte sich die Finger, wischte sie an seiner Hose ab und sah mich dabei an. „Ich bewundere dich. Ich bewundere, wie du es schaffst, dich so vollständig auf all diese neuen Erfahrungen einzulassen. Du hast wirklich eine ganz besondere Begabung."

Ich warf ihm einen ungläubigen, forschenden Blick zu.
Aber er schien tatsächlich ernst zu meinen, was er sagte. „Ich bin sicher, daß du sehr viel in deinem Leben mit dem Körper gearbeitet hast“, fuhr er fort. „Und zwar auf eine gute Art. Er liebt diese Dinge, die wir tun, und du bist in der richtigen Balance.“
Ich erzählte ihm, daß ich von Kindheit an viel trainiert und auch Akrobatik und Seiltanz gelernt hatte.
Er entgegnete: „Die Balance, von der ich spreche, ist mehr, als die Fähigkeit, das körperliche Gleichgewicht zu halten.“
Cochise stand auf, entfernte sich vom Feuer und kam mit einigen Blättern zurück, in die er die Reste unserer Mahlzeit wickelte, um sie dann in seine Jackentaschen zu stecken. Er setzte sich wieder hin. „Es war eine große Überraschung für mich“, fuhr er fort, „als ich dir begegnete und sah, daß du den Geist einer Kriegerin besitzt. Zuerst glaubte ich, mich geirrt zu haben, denn du kommst aus einer völlig anderen Welt, als der der Indianer. Aber es gab Zeichen, und sie waren klar und unmißverständlich.“ Er schwieg eine Weile und fügte dann nachdenklich hinzu: „Die neue Zeit hat begonnen.“
Es wurde dunkel, die Sonne war untergegangen. Das Feuer brannte herunter, und die Reste der Glut verglommen allmählich. Der Alte saß völlig reglos. Seine Gestalt verschmolz immer mehr mit der Dunkelheit, die uns umgab. In diesem Moment

erschien er mir unerreichbar wie ein Wesen aus einer anderen, für mich unbegreiflichen Welt.
Ich dachte lange über ihn nach, erinnerte mich an alles, was wir gemeinsam erlebt hatten. Mir wurde bewußt, daß der Alte in gewisser Weise ein Lehrer für mich geworden war. Und ein Freund. Und ich staunte darüber, wie oft er sich verwandelte, in wie viele verschiedene Rollen er schlüpfte. Aber immer war er ganz er selbst. Ich hatte noch nie einen Menschen erlebt, der sich mit so ungeteilter Aufmerksamkeit der einen Sache widmete, mit der er gerade beschäftigt war. Ganz gleich, ob er eine Mahlzeit zubereitete oder aß, ob er durchs Gebirge wanderte, ob er sprach, lachte oder sang oder einfach nur da war und schaute. Die absolute Aufmerksamkeit und Wachheit, aber auch die Mühelosigkeit, die Leichtigkeit, mit der er lebte, verlieh all seinen Taten und Worten eine außergewöhnliche Kraft. Seine Behutsamkeit und Sanftheit, seine Wildheit, Verrücktheit wie auch seine Bestimmtheit und Strenge, sein Humor und sein betörender Charme entsprangen einer schier unerschöpflichen Quelle von Lebensenergie, die seine faszinierende Ausstrahlung ausmachte. Oft fühlte ich mich ihm so nah und vertraut. Und jetzt gerade saß er reglos wie ein Fels an meiner Seite, unnahbar, unerreichbar für mich und weiter entfernt als die Sterne am Himmel. Wer war er wirklich?
Ein Gefühl grenzenloser Traurigkeit erfaßte mich. Ich umschlang meine Beine mit den Armen und legte den Kopf auf meine Knie. Was hatte ich mit diesem Menschen zu tun? Warum war ich hier?

Alles war so fremd. Ich wußte ja nicht einmal, wo ich mich befand. Ich saß traurig unter einem Baum, irgendwo in den Bergen, irgendwo auf dieser Welt unter dem unendlichen Sternenhimmel. Ich kannte mich nicht aus, fühlte mich einsam, verlassen, verwirrt, hilflos. Niemand war da, der mich verstand ...
Eine Bewegung an meiner Seite ließ mich aufschauen. Cochise hatte den Kopf hoch erhoben, drehte ihn hin und her und schnupperte dabei wie ein Tier in die Luft. Plötzlich sprang er auf. Mit einer einzigen, schnellen Bewegung war er aus dem Sitzen auf die Füße gekommen.
„Weg hier! Schnell!“ zischte er mir zu.
Ich war schon auf den Beinen. Mein Herz raste zum Zerspringen. „Was ist los?“ flüsterte ich voller Angst.
Cochise trat hastig die letzten Funken der Glut aus. Dann packte er mich und zerrte mich ein Stück mit sich fort. Einen Augenblick blieb er stehen und blickte sich gehetzt um. Wieder schnupperte er in die Luft, schien sich zu orientieren, welche Richtung er einschlagen solle. Er ließ mich los.
„Lauf! Lauf um dein Leben!“ rief er mit unterdrückter, gepreßter Stimme.
Er rannte, ich hinter ihm her. Der Alte schien ungeheure Angst zu haben, und das löste in mir die totale Panik aus. Meine Füße bekamen Flügel, meine Beine katapultierten mich in langen Sätzen vorwärts.
Dann krochen wir einen endlosen, steilen, mit

niedrigem Buschwerk bewachsenen Hang empor. Ich befürchtete, Cochise in der Dunkelheit zu verlieren, und blieb ihm hart auf den Fersen. Als wir den Hang endlich erklommen hatten, blieben wir einen Moment keuchend stehen. Meine Lungen taten weh, meine Schläfen hämmerten, und mir war schwindlig. Aber schon rannten wir weiter. Wir kletterten über Felsen, sprangen von Stein zu Stein, überquerten, mehr auf den Knien rutschend als laufend, ein fast senkrechtes Geröllfeld, hangelten uns vorwärts, hasteten weiter. Wir flohen, als sei der Teufel hinter uns her. Dann machte Cochise Halt auf einer Bergkuppe, hoch über dem Tal mit den Heiligen Quellen. Ich hätte keinen Schritt weiter gekonnt. Völlig erschöpft sank ich auf den Boden und blieb schwer atmend liegen.

Als ich mich einigermaßen erholt hatte und wieder zu Sinnen gekommen war, richtete ich mich auf und wandte mich zu Cochise, der neben mir saß. In langen, nassen Strähnen hing das Haar um seinen Kopf, und er hielt den Oberkörper leicht nach vorne gebeugt. Er sah aus, als wäre er vollkommen am Ende. Ich erschrak: Sicher hatte er sich zu sehr verausgabt, hatte sich überanstrengt.

„Cochise, ist alles in Ordnung mit dir?" fragte ich besorgt.

„Oh, ja", antwortete er und sah mich an.

„Was war denn los?" wollte ich aufgeregt wissen. „Warum sind wir ..."

„... hast du es nicht gespürt?"

„Nein! Was denn?"

„Aber du mußt es gespürt haben. Es hatte dich doch schon berührt, und es hätte dich beinah gepackt und mit Haut und Haar verschlungen!"
„Sag doch: was?" In meiner Phantasie sah ich ein schreckliches Ungeheuer, eine Riesenschlange oder eine gewaltige Raubkatze, die sich mir unbemerkt genähert hatte. „Was hätte mich beinah gepackt und verschlungen?"
„Dein Selbstmitleid."
„Mein ..." Ich starrte den Alten mit offenem Mund an. „Und deswegen hetzt du mich halb zu Tode?!" stieß ich fassungslos hervor.
Er sagte kein Wort, blickte mir nur ernst in die Augen. Ich holte tief Luft, um ihm eine Salve heftigster Vorwürfe entgegenzuschleudern, aber dann klappte ich meinen Mund wieder zu und schwieg.

Am nächsten Morgen wanderten wir weiter. Nach einigen Stunden erreichten wir ein Hochtal, in dem Wacholdersträucher und niedrige Nadelgehölze wuchsen. Mitten drin stand ein einzelner großer Baum. Es war ein herrlicher alter Baum mit wilder, sturmverwehter Krone, und ich betrachtete ihn voller Bewunderung. Cochise bemerkte das und hieß mich, stehenzubleiben und den Baum unverwandt anzuschauen.
„Laß deinen Blick verschwimmen, wie du es gemacht hast, um den richtigen Platz zu finden", forderte er mich auf. „Und denke nicht nach über den Baum. Laß deine Gedanken vorüberziehen wie Vögel am Himmel. Hänge nicht an ihnen fest, laß sie ziehen, schenke ihnen einfach keinerlei Beach-

tung. Stell dir vor, du würdest mit den Augen eines neugeborenen Kindes schauen, das noch nichts weiß von dieser Welt, das alles zum ersten Mal erblickt und noch kein Bild, keine Vorstellung davon hat, wie die Dinge sein sollten. Ein neugeborenes Kind schaut, ohne zu urteilen. Alles, was es erblickt, ist gleichwertig: das Gesicht der Mutter, der Himmel, die Sonne, ein Felsen, ein Baum. Stell dir vor, du würdest die Welt mit den Augen ‚fühlen'. Sieh diesen Baum mit deinem Herzen, laß dich eins werden mit ihm."

Der Baum hatte Ähnlichkeit mit den Kiefern, die bei uns in Skandinavien wuchsen. Vielleicht war es eine Zeder oder ein Pinyonbaum. Jedenfalls war er wunderschön, und ich überlegte, ob er ... Auf einmal merkte ich, daß ich schon dabei war, mir Gedanken über ihn zu machen, ihn zu vergleichen mit anderen Bäumen, die ich gesehen hatte. Es gelang mir einfach nicht, den Baum nur anzuschauen, ihn mit den Augen zu fühlen, eins zu werden mit ihm.

Nach einer Weile schüttelte ich resigniert den Kopf. „Es geht nicht."

„Sag nicht, daß es nicht geht", erwiderte der Alte sanft. „Sag, daß es jetzt noch nicht geht. Behalte diesen Baum in deiner Erinnerung. Eines Tages wirst du ihm wieder begegnen, und dann wirst du ihn mit dem Herzen sehen."

Tage- und nächtelang wanderten der Alte und ich durch die Berge. Wir schliefen, wenn wir müde wurden, ganz gleich, ob es hell oder dunkel war. So

kam ich bald mit dem Zählen der Tage durcheinander.
Wenn wir Hunger verspürten, gingen wir auf die Jagd. Der Alte lehrte mich, aus Ästen und kleinen Zweigen einfache Fallen zu bauen, in denen wir Kaninchen und andere, eichhörnchenähnliche Nagetiere fingen. Wir verbrachten viele Stunden damit, das Wild zu beobachten, damit ich seine Verhaltensweisen und Freßgewohnheiten studieren und selbst herausfinden konnte, welche Plätze sich zum Aufstellen der Fallen am besten eigneten. Cochise war immer sehr geduldig mit mir und freute sich über meine ersten Jagderfolge wie ein Kind. Er lehrte mich auch, wie man an der Vegetation, an der Gesteinsart, am Dunst, der im Morgengrauen aufstieg, und sogar am Geruch, der in der Luft lag, ausmachen konnte, wo es Quellen oder kleine Wasserläufe gab.
In den verschiedenen Gegenden, die wir durchwanderten, ließ er mich den „richtigen Platz“ finden. Und oft gingen wir zusammen „mit dem Atem auf die Reise“. Die Erlebnisse, die ich dabei hatte, waren sehr unterschiedlich. Manchmal waren es erschütternde Erinnerungen, manchmal visionäre Traumzustände.
Einige Male kletterten wir sehr hoch ins Gebirge hinauf. Mit Cochises Hilfe überwandt ich meine Furcht vor tiefen Abgründen und bewegte mich immer sicherer und selbstverständlicher in den schroffen Felsen.
Meine Haare verzottelten und verklebten von Wind und Schweiß. Ich bemühte mich vergeblich,

sie mit einem Stöckchen zu ordnen. Schließlich flocht ich sie einfach in lauter kleine Zöpfchen. Unsere Kleider und Schuhe bekamen Risse und Löcher. Wir verwilderten immer mehr.
Der Alte erzählte viel von der Welt, wie er sie sah. Er sagte, meine Sinne würden sich durch alles, was wir in den Bergen erlebten, immer weiter öffnen für eine andere Ebene des Bewußtseins. Manches von dem, was er mir verständlich zu machen suchte, stürzte mich in tiefe Verwirrung. Aber er meinte, ich bräuchte mir darüber keine Sorgen zu machen. Und immer wieder schlug im richtigen Moment sein Humor durch und riß mich aus meinen Zweifeln und Grübeleien. Der Alte war ein Clown, und er zog sämtliche Register. So auch an jenem Tag, als er mich lehrte, den Verstand zu verlieren ...
Ich erblickte plötzlich in der Ferne eine kleine Hütte! Sie klebte förmlich am Fuße eines steilen Berghanges, und ich starrte sie an wie eine Fata Morgana. Aus dem Schornstein stieg eine feine, weiße Rauchsäule. Ich traute meinen Augen nicht.
„Eine Hütte!“ rief ich.
Cochise nickte und machte ein besorgtes Gesicht.
„Weißt du, wer dort wohnt? Meinst du, wir könnten hingehen?“ fragte ich aufgeregt.
„Dort wohnt ein mächtiger Zauberer“, flüsterte er heiser, „und es ist besser, wir verschwinden, bevor er uns bemerkt.“
„Ach, Unsinn! Sicher wohnen dort Indianer.“
„Er ist furchtbar, einfach schrecklich, er ist grau-

sam und unberechenbar“, stammelte Cochise mit angstvoll aufgerissenen Augen. „Und ... und ... er frißt am liebsten Frauen mit blondem Haar!“
Ich lachte laut auf und schüttelte den Kopf. Im selben Moment erhob sich ein starker Wind, erfaßte uns und blies mir Staub und Sand ins Gesicht. Ich schnappte nach Luft und rieb mir die Augen.
Was war das? Der Tag war bisher völlig windstill gewesen, und plötzlich diese kräftige Böe ...
„Zu spät“, jammerte Cochise. „Er hat uns schon entdeckt.“
„Hör doch auf!“ sagte ich unwillig und suchte den Himmel nach Anzeichen für ein nahendes Gewitter ab, konnte aber nichts entdecken.
Der Alte wimmerte, als hätte er Bauchschmerzen. „Wir müssen machen, daß wir hier wegkommen.“
Da packte uns ein zweiter, noch heftigerer Windstoß. Ich taumelte rückwärts, stolperte über einen Stein und fiel auf den Hintern
Jetzt wurde mir die Sache unheimlich. „Cochise! Was ist das?“
„Nicht!“ Er rollte wild mit den Augen. „Nicht meinen Namen!“ Er half mir auf die Füße. „Der Zauberer hört jedes Wort, und er darf auf keinen Fall erfahren, wer ich bin!“ Er ergriff meine Hand und zog mich weiter.
Ängstlich schaute ich mich um. „Meinst du etwa, daß dieser Wind ..., daß er der Zauberer ist?“
„Ja, ja“, krächzte der Alte. „Er ist alles mögliche, er kann jede nur erdenkliche Gestalt annehmen, er kann sich in einen Vogel verwandeln, in einen

Stein, einen ganzen Berg, er kann als Blitz aus dem Himmel herniederfahren und ..."
„... das glaub' ich nicht!"
„Pssst, nicht so laut", flüsterte Cochise beschwörend. „Du beleidigst ihn, und dann ..."
Ein Steinbrocken löste sich von der Felswand zu unserer Rechten und polterte, einige Meter von uns entfernt, in die Tiefe. Mehrere kleine Steine prasselten hinterher. Ich starrte Cochise an und erbleichte.
„Bleib ruhig, ganz ruhig", hauchte er mit bebender Stimme. „Es hat jetzt keinen Zweck mehr, zu fliehen. Wir müssen ihn überlisten."
„Überlisten?"
„Wir müssen vor allem so tun, als hätten wir nichts bemerkt. Geh weiter – aber langsam!"
Ich konnte mich nur mit Mühe beherrschen, nicht Hals über Kopf davonzurennen. Das Ergebnis war ein seltsam steifbeiniger Gang mit heftig zitternden Knien.
„Ja, so ist's gut", raunte Cochise mir zu, „ganz unbefangen und locker. Und jetzt pfeif!"
„Was ...?"
„Pfeif ein Lied, ein kleines, fröhliches Liedchen."
Ich warf ihm einen verzweifelten Blick zu.
„Na, mach schon!" zischte er.
Zuerst kam nur heiße Luft zwischen meinen Lippen hervor, aber nach und nach kriegte ich ein paar Töne zustande. Sie klangen allerdings nicht sehr melodisch. Der Alte gab mir mit einem Blick zwischen zusammengezogenen Augenbrauen zu verstehen, daß er nicht zufrieden war. Ich befeuchtete meine Lippen mit der Zunge und versuchte es

von neuem. Cochise schüttelte fast unmerklich den Kopf.
„Ich kann nicht!“ fauchte ich.
„Pfeif, sonst ist's aus mit uns!“
„Aber ich ...“
„... Lilli“, flehte der Alte mit wässrigen Augen, „bitte!“
Also riß ich mich zusammen und tat mein Bestes, um uns aus der gefährlichen Lage zu helfen. Ich pfiff eine schwedische Volksmelodie nach der anderen, während wir so unbefangen wie möglich weitergingen. Doch umsonst: Erneut packte uns eine Windböe. Wir stolperten blind daher, eingehüllt in eine Wolke aus Sand und Staub. Entsetzt klammerte ich mich am Alten fest.
„Du mußt dir was anderes einfallen lassen“, keuchte er. „Der Zauberer hat den Trick mit dem Pfeifen durchschaut!“
„Was soll ich tun?“ jammerte ich und spuckte den Sand aus.
„Ganz egal! Tu irgendwas völlig Verrücktes, etwas, was er noch nie gesehen hat! Du mußt ihn aus der Fassung bringen!“
Ich überlegte fieberhaft, aber mir wollte absolut nichts einfallen. „Warum tust du denn nichts?“ fuhr ich den Alten an. „Tu du doch auch mal was!“
„Ich ..., ich kann nicht“, röchelte er und krallte sich in meiner Schulter fest. „Mir ist ... so furchtbar schlecht.“
„Soll ich nochmal pfeifen?“ fragte ich, während wir uns weiterschleppten und Cochise sich mit seinem ganzen Gewicht auf mich stützte.

„Nein, das kennt er doch schon. Mach was anderes. Beeil dich!“
„Mir fällt aber nichts ein!“
„Das ist es ja“, schluchzte der Alte. „Alles, was du dir ausdenken kannst, ist nicht absurd genug, um ihn aus der Fassung zu bringen. Uns bleibt nur eine Chance: Du mußt den Verstand verlieren!“
Abrupt blieb ich stehen. Jetzt war mir klar, daß die Geschichte mit dem Zauberer einer von Cochises saftigen Tricks war, mit denen er – wie Daniel gesagt hatte – andere Leute gerne in Angst und Schrecken versetzte, um ihnen eine Lehre zu erteilen.
„Du bist ja total verrückt!“ stellte ich fest.
Der Alte blitzte mich an wie ein übermütiger Kobold. „Glücklicherweise ..., ja!“ rief er. Und dann brach unbändiges Lachen aus ihm heraus. Er stampfte mit den Füßen, raufte sich die Haare und lachte, daß ihm Tränen die Wangen herunterkullerten.
Sein Lachen sprang auf mich über wie ein heller Funke, entzündete ein buntes Feuerwerk in mir und flog jauchzend auf in den blauen Himmel. Lachend tanzten der Alte und ich über die Berge, zwei gaukelnde Schmetterlinge, zwei zerlumpte, windverwehte Gestalten, die den Verstand verloren hatten.

13

An einem der letzten Tage unseres „kleinen Ausfluges“ wanderten wir zu einem Hochplateau. Der Alte suchte einen Rastplatz aus, und wir setzten uns hin. Ich überlegte gerade, wo wir heute unsere Fallen aufstellen würden, als Cochise fragte:
„Siehst du diesen Hügel?“ Er wies mit der Hand auf eine der felsigen Kuppen, die das Hochplateau im Osten eingrenzten. „Das ist ein Ort der Kraft. Du wirst dich jetzt auf den Weg machen, um einige Zeit allein dort zu verbringen.“
„Allein?“
Er nickte. „Ich bleibe hier.“
Ich sah zu dem Hügel hinüber und wieder den Alten an. „Was soll ich dort machen?“
„Warten.“
„Warten? Worauf?“
„Auf ein Zeichen – vielleicht. Oder auf etwas anderes. Gehe zu diesem Ort der Kraft und warte wie auf einen Geliebten. Sei wachsam. Was immer dir dort begegnen mag, nimm es dankbar an.“ Er sprach sanft mit mir, und seine Augen hatten einen warmen Glanz.
„Warum willst du, daß ich das tue?“
„Du hast mir ein paar Wochen deiner Zeit geschenkt, und ich will dich nicht hungrig ziehen lassen.“

„Nicht hungrig? Finde ich dort etwas zu essen?"
Der Alte schüttelte den Kopf. „Das Erleben ist die Speise, die uns nährt und stark macht."
„Was meinst du damit?"
„Frag nicht soviel. Geh zu diesem Hügel."
Ich fand die Vorstellung nicht besonders verlokkend, allein auf einem Hügel zu hocken und auf etwas zu warten, von dem ich nicht wußte, was es war. Aber natürlich war ich auch neugierig darauf, was dort passieren würde. „Muß ich denn unbedingt allein dorthin gehen?" fragte ich weiter.
„Ja."
„Warum kannst du nicht mitkommen? Ich fände es besser, wenn du dabei bist."
„Es gibt nichts mehr zu sagen. Geh jetzt."
Ich überlegte eine Weile. Bevor ich mich entschloß, zu dem Hügel zu gehen, wollte ich die Sache ausführlich mit dem Alten durchsprechen.
„Was soll ich machen, wenn ein wildes Tier kommt?"
„Dann sagst du ihm freundlich ‚guten Tag'."
„Aber ..., was wird auf diesem Hügel passieren?"
„Ich weiß es nicht. Du mußt hingehen und es erleben."
„Aber ..."
Der Alte nahm meine Hand und drückte sie leicht. In diesem Händedruck lag etwas wie eine Versicherung, daß er wußte, weshalb er mich zu diesem Ort der Kraft schickte. Und in seinen Augen las ich, daß er mich gern hatte und mir Gutes wollte.
„Wann soll ich zu dir zurückkommen?" fragte ich schließlich.

„Du wirst wissen, wann die richtige Zeit ist. Ich bin hier und erwarte dich."

Ich lief etwa eine Stunde, bis ich den Hügel erreichte. In dieser Zeit traf ich mindestens fünfmal die Entscheidung, umzukehren und zu Cochise zurückzugehen. Ich war ziemlich überzeugt davon, daß diese Unternehmung gefährlich und unsinnig sei. Aber mein Vertrauen in den Alten und meine Abenteuerlust waren letztlich doch stärker als alle Bedenken.

Ich erreichte den Hügel, stieg hinauf und sah mich um. Hier oben war absolut nicht Außergewöhnliches zu entdecken. Nichts, was darauf hingedeutet hätte, daß dies ein Ort der Kraft sei. Ich schlenderte eine Weile herum und überlegte, wo ich mich am besten niederlassen solle. Endlich kam ich auf die Idee, die Technik anzuwenden, die der Alte mich gelehrt hatte, um den richtigen Platz zu finden.

Mein Körper wählte eine Stelle mitten auf dem Hügel. Ich setzte mich auf den grasbewachsenen Boden. Ich war hungrig, mein Magen knurrte laut. „Das Erleben ist die Speise, die uns nährt und stark macht", hatte der Alte gesagt. Also drängte ich den Gedanken ans Essen weg. Ich war nicht hier, um mich mit alltäglichen Belangen zu beschäftigen. Ich war hier, um auf etwas zu warten. Etwas, von dem ich keine Ahnung hatte, was es sein mochte. Wie auf einen Geliebten sollte ich warten, hatte der Alte gesagt. Ich versuchte, mir vorzustellen, wie sich das anfühlt: Man hat wohl ein bißchen Herzklopfen. Und ein bißchen Magenschmerzen – das hatte ich ohnehin. Man hält sicher Ausschau. Ich ließ meinen Blick über die weite Landschaft schweifen. Man freut sich, ist aber gleichzeitig auch ein bißchen ängstlich. Man fragt sich: Wird er kommen – wird er nicht kommen? Und wenn er da ist – wie wird es sein? Man lauscht. Man glaubt schon, seine Schritte, seine Stimme zu vernehmen. Doch dann stellt man fest, daß man sich getäuscht hat. Es war nur der Wind ...

So brachte ich mich ganz allmählich in die Stimmung, in der man sein mochte, wenn man auf einen Geliebten wartete. Und nach und nach verebbten meine Gedanken. Ich saß, wachsam, entspannt – ein stiller Beobachter.

Als die Sonne die Berggipfel im Westen berührte, stand ich auf. Ich trank die leuchtenden Farben des Abendhimmels mit meinen Augen, atmete die Ruhe und den Frieden dieser ewigen Landschaft. Dann schloß ich die Augen und spürte den Wind in meinem Haar. Und ich spürte, wie ich mich verwandelte ...

Die Zehen meiner Füße wuchsen in die Erde. Sie wurden länger und länger, gruben sich langsam in den Boden ein. Vorbei an Felsen und kleinen Steinen fanden sie ihren Weg in die Tiefe des Erdreichs und wurzelten sich dort fest. Meine Beine und mein Rumpf verwandelten sich in einen Stamm mit dicker, rissiger Rinde. Meine Schultern dehneten sich aus, wurden breit und stark, die Arme streckten sich zum Himmel empor. Meine Finger verwandelten sich in lange, feinfühlige Nadeln, dunkelgrün und duftend. Immer mehr knorrige Äste wuchsen aus meinen Schultern,

aus meiner Brust, aus meinem Rücken, breiteten sich aus und strebten nach oben. Immer dichter wurde mein Kleid aus grünen Nadelbüscheln. Sanft strich der Wind durch meine biegsamen Zweige, und ich wiegte mich verträumt hin und her ...
Seit Urzeiten stehe ich hier. Ich habe Pflanzen, Tiere und Menschen kommen und gehen sehen. Oft hat der Sturm meine Krone zerzaust, meinen mächtigen Stamm erschüttert, meine Äste gebogen, daß sie knarrten und manche sogar brachen. In meinen Zweigen lassen sich die schwarzen Krähen nieder und erzählen mir von fernen Ländern. Sie sind weise und freundlich. Unter meiner Rinde leben Millionen kleiner Käfer und Würmer. Ich spüre, wie sie sich bewegen. Und auch zwischen meinen Wurzeln ist es lebendig. Ja, hier stehe ich, ehrfurchtgebietend und stark, und ich singe, ich singe mein Lied ...
Ich lauschte dem Gesang des Baumes, der zugleich mein eigener Gesang war. Und ich fühlte seinen Körper, der zugleich mein eigener Körper war. Ich sah ihn mit meinem Herzen, und gleichzeitig sah ich mich selbst mit dem Herzen, erkannte all die Schönheit, all die Größe, die da war. Und ich begriff – jenseits des Verstandes –, daß der Baum und ich in Wahrheit eins sind. Ein Wesen, eine Seele, ein Geist. Es gibt keinen Unterschied. Nein, es gibt keinen Unterschied.

Ich erwachte am nächsten Morgen, zusammengerollt wie ein kleines Tier im weichen Gras liegend.

Die Sonne wärmte den Boden, und sie wärmte mich. Ich streckte und rekelte mich wohlig und blinzelte ins Licht. Nach einer Weile stand ich auf. Ich überlegte, ob ich nun zum Alten zurückkehren sollte. Er hatte gesagt, ich würde wissen, wann die richtige Zeit sei. Aber noch wußte ich es nicht, noch war ich mir nicht sicher. Hunger und Durst wären die einzigen Gründe gewesen, die mich veranlaßt hätten, schon jetzt von hier aufzubrechen. Doch mit dem Hunger würde ich wohl fertigwerden, und vielleicht gab es ja irgendwo in der Nähe Wasser. Ich verließ den Hügel und machte mich auf die Suche.

Nachdem ich einige Zeit durch die Gegend gestreift war, gelangte ich in ein feuchtes, mit saftigem Gras und üppigen Büschen bewachsenes Tal. Hier entdeckte ich einen kleinen Bach, der sich irgendwo im Grund verlief. Ich folgte ihm aufwärts, bis ich die Quelle fand. Oberhalb des Tals, an einem felsigen Hang, sammelte sich das Wasser in einem natürlichen Becken, das nicht viel größer war als eine Waschschüssel. Ich kniete hin, um zu trinken. Als ich mich über den Rand des Beckens beugte, erblickte ich mein Spiegelbild. Ich lächelte ihm zu. Mit den hohlen Händen schöpfte ich das Wasser und trank mich satt.

Ich setzte mich auf einen Stein und ruhte mich aus. Danach beugte ich mich abermals über das Wasser. Ich betrachtete mein Gesicht, umrahmt von den vielen kleinen, hellen Zöpfchen. Manche hatten sich schon wieder halb aufgelöst.

Ich betrachtete meinen Mund, die Nase, die

Stirn. Lange schaute ich in meine Augen. Einige Sonnenstrahlen fielen schräg aufs Wasser und zauberten einen flirrenden Glanz über die stille Oberfläche. Ich nahm wahr, wie sich mein Gesicht veränderte. Die hellen Partien erschienen auf einmal dunkel und die dunklen hell wie auf dem Negativ eines Films. Ich blinzelte, und die Wahrnehmung verschwand. Dann ließ ich meinen Blick verschwimmen, starrte unverwandt auf das Gesicht im Wasser – und schaute in die Augen eines Kindes, in große, dunkle Augen, die wie Samt schimmerten. Überrascht hielt ich den Atem an, war aber geistesgegenwärtig genug, nicht zu blinzeln. Etwas in mir wußte: wenn ich blinzelte, würde das Bild verschwinden. Ich überwand mein Erschrecken, atmete ruhig weiter und schaute dieses Kind an. Die Zeit schien stillzustehen ...

Es war ein Knabe, nicht älter als zwölf Jahre. Seine Augen blickten klar und ernst. Er hatte langes, glattes, blauschwarzes Haar und trug ein Stirnband aus verblichenem Stoff. Die Haut seines schmalen, ausdrucksvollen Gesichts glänzte rötlichbraun wie die Felsen des Gebirges in der Abendsonne. Und je länger ich den Knaben anschaute, desto vertrauter erschienen mir seine Gesichtszüge. Ich hatte das unbestimmte Gefühl, ihn zu kennen.

„Wer bist du?" fragte ich ihn. Ich sagte die Worte nicht wirklich, es war eher das Empfinden, als hätte ich sie ausgesprochen, und ich wußte, daß der Knabe mich verstand.

„Naiche“, antwortete er auf die gleiche Weise.
„Naiche ...?“ Ich kannte auch diesen Namen von irgendwoher, von irgendwann, aus einer anderen, längst vergangenen Zeit. Wer war dieses Kind? Warum fühlte ich mich ihm so nah, so vertraut?
„Erinnerst du dich nicht?“ fragte der Knabe sanft. Seine Worte lösten in mir das Empfinden aus, kopfüber in ein dunkles Loch zu stürzen, ein unendlich tiefes, schwarzes Loch – wie in einen Brunnenschacht. Und aus der Finsternis tauchte die Erinnerung auf, ein bunter Wirbel von Farben, Gerüchen und Geräuschen, Gesichtern und Namen. Ich sah wilde rotbraune Gestalten mit federngeschmückten Speeren und Bogen. Ich roch die Ausdünstung der Pferde, hörte ihr ängstliches Wiehern. Dunkle Wolken zogen am Himmel ...

„Naiche!“
Jemand ruft meinen Namen. Ich lasse den kleinen, wolligen Kojoten, mit dem ich gespielt habe, aus meinen Armen springen und renne zum Tepee meiner Mutter. Plötzlich fallen Schüsse. Frauen und Kinder schreien. Kurz darauf ertönt das markerschütternde Geheul unserer Krieger. Ich sehe Angst und Verzweiflung in den Augen meiner Mutter und klammere mich weinend an ihr fest. Wir müssen fliehen! Sie machen Jagd auf uns in den Bergen von Sonora. Es sind viele, Weiße und Mexikaner, und sie töten viele von uns. Wir sind hierhergekommen, weil uns die Blauröcke aus unserem Land vertrieben haben. Wir wollten hier,

in den Bergen von Sonora, ein neues Leben beginnen, ein Leben in Frieden. Und jetzt kommen die Feinde, kesseln uns ein und schießen. Unsere Krieger kämpfen tapfer. Frauen und Kinder flüchten in die Berge, aber viele werden dabei verwundet oder getötet oder von den ausbrechenden Pferden überrannt. Es ist schrecklich!
Die Überlebenden zerstreuen sich in alle Winde, und es dauerte Tage, bis wir wieder zusammenfinden.
Ich erinnere mich an Taza, meinen älteren Bruder. Und ich erinnere mich an Cochise, den Häuptling – er ist unser Vater. Er führt die Chiricahuas zurück ins Felsengebirge ...
Das ist lange her, lange ...

Der Knabe, mit seinen klaren, ernsten Augen, blickte mich immer noch an. Ich streckte meine Hand aus, um sein Gesicht zu berühren. Aber als meine Finger in das Wasser tauchten, kräuselten kleine Wellen den Spiegel – das Bild verschwamm und löste sich auf. Ich schaute wieder in mein eigenes Gesicht. Ein rötlicher Schimmer lag über dem Wasser wie eine Erinnerung. Ich blickte auf und sah, daß die Abendsonne über den Bergen stand.

In der Nacht saß ich mit gekreuzten Beinen auf meinem Platz am Ort der Kraft. Ich wußte, es würde meine letzte Nacht auf diesem Hügel sein, und ich spürte, daß mir eine weitere Begegnung bevorstand. Ich war bereit, saß da und wartete.
Als es ganz still in mir geworden war, schloß ich

die Augen und lauschte in mich hinein. Ich fühlte meinen Herzschlag und begann zu atmen, wie der Alte es mich gelehrt hatte. Ich atmete die reine Luft dieser Berge in mein Herz und nahm wahr, wie es sich weit öffnete. Und der Atem brachte, wie einen Traum, die Begegnung mit einem winzigen Wesen.

Zuerst fühlte ich dieses Wesen in der Mitte meiner Brust sitzen. Es war etwa so groß wie die Knospe einer Blume. Lächelnd saß es da, gleichmütig, vollkommen in sich selbst ruhend. Es sandte Licht aus, ein warmes Leuchten, das aus seinem Innern kam. Und es atmete Liebe, tiefen Frieden und unendliche Weisheit. Sein Atem glich einem feinen, goldenen Nebel, der sich immer weiter in mir ausbreitete, bis ich ganz erfüllt davon war.

Plötzlich bemerkte ich, daß dieses kleine Wesen in mir zu wachsen begann. Es dehnte sich aus, wurde größer und größer, bis seine Gestalt meine Gestalt ausfüllte – mit all seinem Leuchten, seinem Frieden, seiner Liebe.

Weiter und weiter dehnte es sich aus, und ich wuchs mit ihm, wurde immer größer, bis mein Kopf die höchsten Gipfel des Gebirges überragte, der Hügel in meinem Bauch lag und ich in der Mitte der Erde saß – groß, gleichmütig und liebend. Und ich wuchs weiter, bis mein Kopf hoch in den dunklen Nachthimmel aufragte. Berge, Täler, Hügel und Felsen, Bäume, Sträucher, Quellen und Bäche lagen tief drinnen in meinem Bauch. Ich fühlte die Einsamkeit und Stille der Landschaft in

mir, die ganze wunderbare Kraft und Lebendigkeit dieser Wildnis.
Und ich wuchs noch größer, riesig groß, bis mein Kopf zwischen den Sternen war und die ganze Erdkugel mit ihren Meeren und Kontinenten in meinem Bauch ruhte.
Ich schaute nach innen, hinunter auf die Erde in meinem riesigen Bauch, sah die Menschen, sah das ganze Durcheinander: Haß, Zerstörung, Angst und Gewalt, Gier, Krankheit, Schmerz, Zweifel und Sorgen, Ärger, Wünsche, Hoffnungen und Sehnsüchte. Und ich sah die Liebe, die Freude, Zärtlichkeit und Sanftmut, Freundschaft, Fürsorge und Mitgefühl, die Schönheit – all das war in mir, und ich schaute es an.
Immer weiter dehnte ich mich aus, bis alle Planeten in mir waren, alle Galaxien, das ganze Universum. In vollkommener Stille saß ich da, riesig und friedvoll.
Da löste das leuchtende Wesen in mir die Grenzen meines Bewußtseins auf, und für einen kurzen Augenblick war ich im Unbegreiflichen, Formlosen, Ewigen. Jenseits von allen Gefühlen.
Dann, ganz langsam, ganz behutsam, nahm ich wieder Form an, bildeten sich Grenzen heraus. Mein Bewußtsein kehrte zurück in die Welt.
Ich wurde wieder riesig, bis die Erde in meinem Bauch lag und mein Kopf zwischen den Sternen war.
Bis das Gebirge mit seinen Gipfeln, Tälern, Hügeln und Felsen, mit seinen Bäumen, Sträuchern und Gewässern in mir ruhte und ich tief in der Erde saß.

Da hielt ich einen Moment inne, schaute herunter auf mich selbst, sah mich auf dem Hügel sitzen, sah dieses Wesen an, voll Liebe und Mitgefühl.
Kleiner und kleiner wurde ich, bis mein Körper wieder seine ursprüngliche Gestalt annahm.
Ich dachte an den Alten, an Joseph, an Die-der-Spur-folgt, an meine Eltern und Freunde, an alle Menschen, denen ich je begegnet war – dankbar und glücklich dachte ich an sie.
Dann lenkte ich meine Aufmerksamkeit wieder auf das leuchtende Wesen in mir, ließ es immer kleiner werden, bis es in der Mitte meiner Brust saß, nicht größer als die Knospe einer Blume – lächelnd, gleichmütig, vollkommen in sich selbst ruhend.

Am nächsten Morgen ging ich zurück zu dem Alten. Ich fand ihn dort, wo ich ihn verlassen hatte. Er erwartete mich. Er gab mir zu essen und zu trinken, dann wanderten wir weiter.
Wir sprachen nie über das, was ich auf dem Hügel und an der Quelle im Tal erlebt hatte. Es gab nichts darüber zu sagen. Der Alte wußte es ohnehin.

14

Wir gelangten in die vertraute Umgebung nahe der Höhle. Es war später Nachmittag, und wir hatten einen langen, anstrengenden Marsch hinter uns. Mein Herz begann, schneller zu schlagen: Ich war gespannt, Joseph wiederzusehen. Er saß auf dem Felsplateau und sprang auf, als er uns kommen sah.

„Hey“, sagte ich, als wir voreinander standen.

„Hey“, sagte er und lächelte. Seine Augen strahlten.

Cochise wischte sich mit dem Ärmel seiner Jacke den Schweiß von der Stirn und umarmte Joseph. Plötzlich raschelte der Busch vor dem Höhleneingang, die Zweige wurden zur Seite gebogen – und heraus trat Daniel!

„Oh!“ rief er und machte große Augen. Dann musterte er Cochise und mich mit breitem Grinsen von oben bis unten.

Ich folgte seinem Blick und stellte fest, daß wir zwei höchst abenteuerlich anmutende Gestalten abgaben.

„Ihr seht aus, als hättet ihr eine wirklich gute Zeit verbracht“, lachte Daniel. „Schön, euch wiederzusehen!“

Ich kratzte mir verlegen den Kopf und stapfte an ihm vorbei in die Höhle. Als erstes machte ich

Wasser heiß, öffnete meine vielen kleinen Zöpfchen und wusch mich gründlich. Dann zog ich mir frische Wäsche an, setzte mich ans Feuer und kämmte mir mit Josephs Taschenkamm die Haare. Die Männer bereiteten währenddessen eine warme Mahlzeit zu. Schweigend tranken wir Tee und aßen. Ich lächelte die ganze Zeit still vor mich hin – ich war so glücklich, wieder hier zu sein.
An Daniels bewegtem Mienenspiel konnte man ablesen, daß er nur so darauf brannte, etwas über unseren „kleinen Ausflug" zu erfahren. Er schien vor Neugierde fast zu platzen, traute sich aber nicht zu fragen. Der Alte zündete seelenruhig seine Pfeife an, rauchte ein paar Züge und reichte sie an Joseph weiter, der sie nach einigen Zügen Daniel gab. Daniel rauchte und überreichte mir die Pfeife. Auch ich nahm ein paar Züge. Der Rauch schmeckte bitter. Ich gab die Pfeife dem Alten zurück. Wir schwiegen und schauten in die Flammen.
Nur Daniel rückte unruhig auf seinem Hintern hin und her, seufzte ab und zu und versuchte, sich zu beherrschen. Schließlich hielt er es nicht länger aus. „Du hast dich total verändert!" rief er und starrte mich an. „Du bist braungebrannt wie eine Indianerin! Deine Augen leuchten wie Sterne. Und du siehst so stark und glücklich aus! Was hat der Alte mit dir angestellt, he?"
Cochise wandte sich zu ihm. „Ich hab' sie bloß ein bißchen durcheinandergemischt. Du kennst doch meine Methoden."

„Hat er dich zu Tode erschreckt?“ fragte Daniel mich besorgt.
„Oh ja“, antwortete ich vergnügt.
„Es war halb so schlimm“, meinte Cochise. „Ich mußte keine wirklich drastischen Maßnahmen ergreifen. Sie ist nämlich sehr begabt.“
„So?“ Daniel rieb sich das stoppelbärtige Kinn.
„Ja! Wesentlich begabter als du.“ Der Alte grinste boshaft.
„Ach! Und wie kommt das?“ wollte Daniel wissen.
„Nun, sie ist eine Frau“, erklärte Cochise, „und Frauen sind immer begabter als Männer.“
Daniel guckte den Alten mit offenem Mund an.
„Und außerdem hat sie einen guten Körper.“
Daniel nickte eifrig zustimmend. Der Alte bedachte ihn mit einem strafenden Blick. Joseph verschluckte sich an seinem Tee und bekam einen furchtbaren Hustenanfall. Cochise sprang auf und klopfte ihm mit der flachen Hand kräftig den Rücken. Joseph hustete, kriegte kaum noch Luft und wehrte sich, wild mit den Armen rudernd, gegen die Schläge des Alten, die offenbar ziemlich schmerzhaft waren. Daniel sprang hinzu, versuchte, Cochise davon abzuhalten, Joseph weh zu tun, und redete heftig auf ihn ein. Die Blechtasse mit dem Tee fiel runter und rollte scheppernd über den Steinboden. Einen Moment sah es aus, als würde das Gerangel in eine echte Prügelei ausarten. Dabei war jedoch auch zu spüren, daß sie es nicht wirklich ernst meinten. Ich verschränkte die Arme, beobachtete diese

merkwürdige Szene und fragte mich, was wohl auf einmal in die Männer gefahren sei.
Ebenso plötzlich, wie er angefangen hatte, war der Tumult vorbei. Joseph hörte auf zu husten, wischte sich die Tränen aus den Augen und starrte ins Feuer. Cochise und Daniel setzten sich wieder hin.
„Ich hatte dir eine rote Rose mitgebracht“, sagte Daniel nach einer Weile und schaute mich traurig an. „Ich hatte sie für den Weg hierher in ein nasses Tuch gewickelt, und sie war noch schön, als ich vor einigen Tagen hier ankam. Aber jetzt ist sie verblüht.“ Er tastete mit einer Hand hinter sich und brachte einen langen, grünen Stengel zum Vorschein, an dem ein paar welke Blätter schlaff herunterhingen. Es war wirklich ein überaus armseliger Anblick.
„Oh“, sagte ich betroffen.
Cochise wandte sich ab, und Joseph verbarg sein Gesicht in den Händen.
Daniel legte den Stengel wieder weg und kehrte mit den Händen die abgefallenen Blütenblätter auf dem Boden zusammen. Er nahm sie auf, beugte sich zu mir herüber und streute die Blütenblätter ganz langsam in meine geöffnete Hand. Ich roch an ihnen. Eine Spur des süßen Rosenduftes war noch wahrzunehmen.
„Danke“, hauchte ich und schaute Daniel tief in die Augen.
Er machte ein sehr unglückliches Gesicht.
„Ach, ja …“, seufzte Cochise schmachtend und machte ein ebenso unglückliches Gesicht.

Daniel fuhr herum und warf ihm einen warnenden Blick zu. Aber der Alte beachtete ihn gar nicht, schüttelte nur zutiefst betrübt den Kopf und seufzte abermals. Dabei zuckte es verdächtig um seine Mundwinkel. Joseph krümmte sich zusammen und hüstelte leise in sich hinein.

Ich steckte meine Nase noch einmal sehr ausgiebig in die Rosenblätter. „Sie duften noch ganz wunderbar", sagte ich.

Daniel setzte sein unwiderstehliches Cowboylächeln auf. „Lilli, es macht mir keinen Spaß, mich mit dir zu unterhalten, wenn diese beiden Wilden zuhören und ihre dummen Bemerkungen loslassen. Wollen wir ..."

„... ich hab' kein Wort gesagt!" verteidigte sich Joseph empört.

„Aber du hast gehustet!" fuhr Daniel ihn an.

„Dafür kann er nichts", mischte Cochise sich ein. „Immer, wenn's brenzlig wird, muß er entweder husten oder pinkeln. Stimmt's, Joseph?"

Joseph verdrehte die Augen zur Decke.

Daniel zwinkerte mir zu. „Laß uns für eine Weile verschwinden. Ich möchte mit dir reden."

Ich nickte. Wir standen auf und verließen die Höhle. Wir gingen über den schmalen Steig und schlenderten zwischen den Felsen dahin.

„Worüber willst du mit mir reden?" fragte ich.

Wir blieben stehen.

„Ich bin gekommen, um euch zu warnen. Das Versteck ist nicht mehr sicher."

Diese Nachricht traf mich wie ein Schlag. Ich guckte Daniel entgeistert an. „Wissen das die beiden?"

„Joseph weiß es. Er wird es jetzt dem Alten sagen. Die Polizei fliegt die Wüste, das Gebiet östlich von hier und die Grenze ständig mit Hubschraubern ab. Sie haben mehrere Indianersiedlungen durchsucht, Leute festgenommen und verhört, und es ist sehr wahrscheinlich, daß sie früher oder später ihre Suchaktionen bis hierher ausweiten."

„Und was bedeutet das für uns?"

„Wenn die Polizei in dieses Gebiet kommt, wird es wirklich gefährlich für Joseph und den Alten. Und es könnte die Situation eintreten, daß ihr die Höhle längere Zeit nicht mehr verlassen dürft. Es könnte passieren, daß ihr hier tage- oder wochenlang in einer Mausefalle hockt."

Ich fühlte, wie der Boden unter meinen Füßen schwankte und setzte mich hin.

Daniel setzte sich neben mich und zündete sich eine Zigarette an. „Es tut mir leid", murmelte er.

Wir schauten schweigend in die Abenddämmerung.

„Lilli ..." Daniel wandte sich zu mir. „Ich würde dich gerne hier wegholen. Ich würde gerne mit dir zusammen irgendwohin fahren, vielleicht ans Meer, in ein idyllisches kleines Fischerdorf oder auf eine einsame Insel." Er lächelte. „Mir wär's ganz egal, wohin. Ich wär' einfach nur gerne mit dir zusammen, irgendwo anders. Aber ich weiß, daß es jetzt nicht möglich ist. Und ich kann auch nicht hier bei dir in den Bergen bleiben, weil ich in die Stadt zurück muß, zu meiner Arbeit. Ach, ich wünschte, wir hätten uns unter anderen Um-

ständen kennengelernt. Ich wünschte ..." Er verstummte.
Eine Zeitlang saßen wir nebeneinander ohne ein Wort zu sprechen. Es wurde dunkel. Nur ein heller Streifen war noch am Horizont zu sehen. Bald leuchteten die ersten Sterne auf.
„Daniel?"
„Hm?"
„Ich würde jetzt gar nicht hier weg wollen, selbst wenn es möglich wäre."
Er nickte langsam.
„Ich will mit Joseph und Cochise zusammenbleiben, bis ich weiß, daß sie in Sicherheit sind. Und dann will ich nach Hause."
„Okay."
Wir schwiegen wieder.
„Ich möchte dich um etwas bitten", sagte ich schließlich und sah ihn an. „Erzähle mir, warum Joseph im Gefängnis war."
Daniel blickte mir nachdenklich in die Augen. „Du hast ihn sehr gern, nicht wahr?"
„Ja."
Nach einer Weile sagte er: „Joseph hat einen Mann erschlagen. Einen Weißen, der versuchte, seine Schwester zu vergewaltigen. Es war ein Unfall, er wollte ihn nicht töten. Aber er ist wegen vorsätzlichen Mordes verurteilt worden."
„Erzähle mir genau, wie es passiert ist", bat ich ihn, als er nicht weitersprach.
„Die Indianer waren im Wald unterwegs", fuhr er fort. „Die Männer gingen auf die Jagd, während Frauen und Kinder Beeren sammelten und

Wurzeln ausgruben. Die-der-Spur-folgt hatte sich dabei ein Stück von den anderen entfernt, und plötzlich stand ihr dieser Weiße gegenüber. Er gehörte zu einer Gruppe von Wilderern, die sich ständig auf der Reservation herumtrieben. Sie knallten einfach alles ab, was ihnen vor die Flinten kam, warfen die Tierkadaver auf einen Haufen und nahmen die Jagdtrophäen mit nach Hause.

Die Indianer würden niemals ein Tier um der Jagdtrophäe willen töten. Sie jagen, weil sie das Wild als Nahrung benötigen. Abgesehen davon, daß sich die Weißen illegal auf Stammesgebiet aufhielten, verletzten sie durch das sinnlose Abschlachten der Tiere die religiösen Gefühle der Indianer, die die Erde als ihre Mutter ansehen und für die alle Geschöpfe eine Seele besitzen, einen Geist, den man achtet und ehrt.

Joseph hörte die Schreie seiner Schwester und rannte ihr zu Hilfe. Der Mann hatte sie brutal zusammengeschlagen und wollte eben über sie herfallen. Joseph packte das Gewehr, das der Mann auf den Boden geworfen hatte, und schlug mit dem Kolben auf ihn ein. Er traf ihn an der Schläfe. Der Mann war sofort tot.

Für die Polizei und das Gericht war die Sache klar. Die Wilderer hatten eine Version erfunden, nach der Joseph den Mann zuerst bestohlen, ihm dann heimtückisch aufgelauert und hinterrücks das eigene Gewehr über den Schädel geschlagen haben sollte. Der unerlaubte Aufenthalt der Weißen auf Stammesgebiet und was sie dort trieben, wurde nicht weiter erörtert. Die versuchte Vergewaltigung kehrte man unter den Tisch."

„Und Die-der-Spur-folgt? Hat sie nicht ausgesagt, was passiert ist?"

„Josephs Schwester wurde nicht als Zeugin anerkannt. Dafür gaben sich zwei Jagdgenossen des Getöteten als Zeugen aus, und Joseph wurde zu lebenslänglichem Freiheitsentzug im Zuchthaus verurteilt. Monatelang durfte er seine Angehörigen nicht sehen. Man legte ihn mit weißen Häftlingen zusammen, die ihren Rassenhaß an ihm ausließen. Sie peinigten und demütigten ihn auf grausamste Weise, und er war ihnen hilflos ausgeliefert.

Eines Tages versuchte Joseph, sich selbst zu töten. Er hatte auf dem Gefängnishof eine leere Colabüchse gefunden und mit in seine Zelle geschmuggelt. In der Nacht bog er den Metalldekkel auf und durchtrennte sich damit die Pulsadern. Durch Zufall fand ihn ein Wärter, bevor er verblutet war.

Einer der geistlichen Betreuer im Gefängnis nahm sich seiner an und setzte durch, daß Joseph nach der Entlassung aus dem Lazarett mit indianischen Gefangenen zusammengelegt wurde.

Nachdem Joseph drei Jahre Haft abgesessen hatte, versuchten er und zwei Mitgefangene zu fliehen. Einer von ihnen, ein siebzehnjähriger Indianer, wurde auf der Flucht erschossen, Joseph und der andere wurden schwer verletzt.

Danach schoben sie ihn von einem Zuchthaus ins

nächste. Er war rebellisch, aggressiv und jähzornig, und er wiegelte mit seinen feurigen Reden die anderen Häftlinge auf. Er demolierte seine Zelle, weil er vor Zorn und Verzweiflung fast wahnsinnig wurde, und er weigerte sich, englisch zu sprechen, die Sprache der Unterdrücker. Seine Haftbedingungen wurden verschärft, und schließlich steckten sie ihn in Isolationshaft.
Die Nachricht vom Tod seines Großvaters, zu dem er eine sehr innige Beziehung gehabt hatte, stürzte ihn in tiefe Depression. Wenig später starb seine Mutter an Krebs. All das bewirkte, daß er sich immer mehr in sich selbst zurückzog. Irgendwann hörte er auf zu sprechen. Er verstummte einfach. Und dann hörte er auch auf zu essen. Er wurde sehr krank, und kein Arzt konnte ihm helfen. Es gibt keine Medikamente gegen gebrochene Herzen. Joseph hatte sich selbst aufgegeben, und über kurz oder lang wäre er gestorben. Man entließ ihn aus der Isolationshaft und legte ihn mit einem alten Indianer zusammen in eine Zelle." Daniel lächelte. „Jim Rainbow, der Berglöwe, heilte ihn. Ich weiß nicht, was er mit ihm machte. Sie sprechen nicht darüber. Er heilte ihn auch von seinem übermäßigen Stolz, seinem Haß, seinem Jähzorn. Und dann gelang ihnen auf mysteriöse Weise die Flucht."
Nach einer kurzen Pause fügte Daniel hinzu: „Jetzt kennst du die ganze Geschichte."
„Ich danke dir", sagte ich leise.
Er erhob sich. „Laß uns zur Höhle gehen. Ich muß

bald aufbrechen und will vorher noch einmal mit dem Alten reden."

Wir gingen langsam den Weg zurück. Cochise hockte auf dem Felsplateau, und Daniel setzte sich zu ihm.

Joseph stand mitten in der Höhle, mir den Rücken zugekehrt, als ich eintrat. Es sah aus, als habe er schon lange so dagestanden oder als sei er auf und ab gelaufen, unruhig, auf irgend etwas wartend. Ich ging zu ihm hin. Er drehte sich um und schaute mich an. Seine Augen blickten still, tief und dunkel, zwei unergründliche Seen.

„Lilli", fragte er verwundert, als ich ganz nah vor ihm stand, „was ist?"

Ich schlang meine Arme um ihn und zog ihn behutsam an mich. Ich spürte, wie er erschrak, spürte seinen Impuls, sich meiner Umarmung zu entziehen. Aber ich hielt ihn fest. Und dann gab er nach. Allmählich, vorsichtig, gab er sich meiner Umarmung hin, legte seine Arme um mich, drückte mich zärtlich an sich. Ich atmete den Geruch seines Haars, seiner Haut, spürte seine Wärme. Lange hielten wir einander so. Bis wir hörten, daß Daniel und Cochise in die Höhle kamen.

Daniel mußte aufbrechen. Wir traten schnell alle leeren Konservenbüchsen platt, steckten sie in eine große Plastiktüte und verstauten sie in seinem Rucksack. Er sollte den Abfall in einen Müllcontainer in der Stadt werfen.

Daniel war völlig aufgedreht und quasselte lauter Unsinn. „Wenn mir jemand begegnet, der es unbe-

dingt wissen will, sag' ich, ich wär' ein Vertreter der Naturschutzbehörde und hätte in den Bergen Touristenmüll eingesammelt."
„Gibt's denn hier Touristen?" fragte ich Daniel entsetzt.
„Ja, aus Schweden, soviel ich weiß."
Zwischendurch ermahnte er uns immer wieder, wir sollten sehr vorsichtig sein und uns nicht mehr allzu weit von der Höhle entfernen. Es schien, daß er sich wirklich Sorgen machte und daß es ihm schwerfiel, uns zu verlassen.
„Gib bloß gut auf die beiden Wirrköpfe acht", sagte er zu mir. „Und du mußt wissen: Ich gebe die Hoffnung nicht auf, daß du eines Tages die Nase von ihnen voll hast und zu mir überläufst."
Zum Abschied schenkte er mir einen großen Schreibblock, einen Bleistift mit Spitzer und einen Radiergummi. „Das hatte ich dir ja versprochen. Damit du weiter Tagebuch schreiben kannst." Er umarmte mich, und dann umarmte er Joseph und Cochise sehr innig, sagte Lebewohl und ging in die Nacht hinaus.
Plötzlich war's ganz still in der Höhle. Ich fragte mich, ob ich diesen liebenswerten Verrückten wohl jemals wiedersehen würde.
Dann sah ich Joseph an und fragte mich, glücklich und bang zugleich: Was wird morgen sein?

Am nächsten Tag verließ Joseph in aller Frühe die Höhle und ging fort, ohne zu sagen, wohin. Ich war darüber sehr beunruhigt, weil Daniel uns einge-

schärft hatte, vorsichtig zu sein und in der Nähe der Höhle zu bleiben.
„Warum geht er weg, wo er doch weiß, wie gefährlich es jetzt hier für euch ist?“ fragte ich den Alten. Wir saßen draußen auf dem Felsplateau.
„Es war hier schon immer gefährlich für uns“, antwortete er gelassen.
„Aber Daniel hat gesagt, daß sie jetzt diese Gegend mit Hubschraubern absuchen.“
Cochise beschattete seine Augen mit der Hand und spähte lange suchend in die Ferne. Dann schüttelte er den Kopf. „Ich sehe keinen Hubschrauber.“
Ich seufzte. „Machst du dir eigentlich keine Sorgen?“
„Wozu? Wenn sie eines Tages mit Hubschraubern kommen, werde ich nicht zu sehen sein.“
„Und Joseph?“
„Joseph weiß, was auf dem Spiel steht. Um ihn brauchst du dich nicht zu sorgen. Er wird gut auf sich aufpassen.“
„Aber was ist, wenn ...“
„... was ist, wenn ...“, äffte Cochise mich nach. Dann lachte er, legte mir freundschaftlich seinen Arm um die Schultern und sagte: „Alles wird gutgehen.“
„Woher willst du das wissen?“ fragte ich mißmutig. „Kannst du in die Zukunft schauen?“
„Nein, ich kann nicht in die Zukunft schauen“, gab er zur Antwort. „Aber ich kann in die Zukunft spüren. Und ich spüre, daß alles gutgehen wird.“

Irgendwie trösteten mich seine Worte. Nach einiger Zeit fragte ich: „Wie geht das: in die Zukunft spüren?"
Er lächelte. „Möchtest du es lernen?"
Ich nickte.
„Dann hör gut zu: Wenn du deine Gedanken zur Ruhe kommen läßt, wenn du alles Sorgen, Wünschen, Zweifeln, Hoffen, Bangen und Sehnen sein läßt, wenn es still in dir wird und du einfach nur hinschaust und lauschst und für einen Moment ganz leicht und leise die Frage in deinem Herzen bewegst: „Was wird kommen?", dann erhältst du Antwort aus deinem Innern."
Ich spürte den Worten des Alten nach. „Wie kann die Antwort auf die Frage nach der Zukunft aus meinem Innern kommen?" wollte ich wissen.
„Weil alles in dir ist. Alles, was jemals war, ist oder sein wird, ist Teil deines Wesens, ist in dir."
Ich schüttelte den Kopf. „Das kann ich nicht verstehen."
„Es ist auch nicht möglich, dieses Wissen mit dem Verstand zu erfassen. Das wäre, als würdest du versuchen, einen dicken Baumstamm mit der bloßen Hand durchzusägen. Der Verstand ist nicht immer das richtige Werkzeug. Er funktioniert auf ganz bestimmte Art und Weise, und seine Möglichkeiten sind begrenzt wie die Möglichkeiten eines Werkzeugs."
„Was wäre denn das richtige Werkzeug, um Dinge anderer Art zu erfassen?"
„Man könnte sagen: Intuition, Phantasie, Kreativi-

tät. Aber all das trifft es nicht. Das richtige Werkzeug ist in diesem Falle das ‚Sehen'."

Darunter konnte ich mir nur sehr vage etwas vorstellen. Ich schaute den Alten nachdenklich an, und er blickte mir freundlich in die Augen.

„Du hast es bereits erfahren", sagte er. „Aber die Erinnerung an diese Erfahrungen verschwindet wie die Erinnerung an Träume. Wir müssen Erfahrungen dieser Art viele Male machen, um sie viele Male wieder zu vergessen, bis sie irgendwann vollständig in unser Bewußtsein eingedrungen sind." Er wandte sich von mir ab und schaute in die Ferne.

Ich begriff, daß er nicht weiter über dieses Thema reden wollte. So war es immer mit ihm, ich hatte das schon oft erlebt: Er bestimmte, wann ein Gespräch beendet war. Er hatte die Fähigkeit, sich auf rätselhafte Weise plötzlich unerreichbar zu machen, und dann war es einfach unmöglich, ihm weitere Fragen zu stellen.

Ich saß da und guckte ihn an – und hatte eine Idee! Ich sprang auf, rannte in die Höhle, nahm Schreibblock, Bleistift und Radiergummi und setzte mich, ein Stück von Cochise entfernt, wieder draußen hin. Und dann begann ich, den Alten zu zeichnen. Zu Hause hatte ich immer gerne gezeichnet. Nach einem anstrengenden Tag im Ballett hatte es für mich keine schönere Entspannung gegeben, als zu sitzen und zu zeichnen oder ein Aquarellbild zu malen.

Der Alte war ein ideales Modell. Er saß vollkommen unbeweglich da und blickte in die Ferne. Als er einmal den Kopf wandte und zu mir schaute, gab ich ihm heftig gestikulierend zu verstehen, daß er sich ja nicht rühren solle. Sofort starrte er wieder geradeaus.

Zuerst brachte ich schnell die groben Umrisse aufs Papier. Danach machte ich mich an die Feinarbeit. Dabei kam ich richtig in Fahrt. Ich zeichnete, radierte, änderte ab und zeichnete weiter. Cochises markantes Gesicht: seine tausend kleinen Falten, die kräftige, gebogene Nase, die leicht zusammengekniffenen Augen, das lange, strähnige Haar. Seine Körperhaltung; wie er dasaß, mit gekreuzten Beinen, den Oberkörper aufrecht und gerade und dennoch entspannt, die Hände in den Schoß gelegt. Als letztes die Felsen im Hintergrund mit dem Busch vor dem Eingang zur Höhle. Zum Schluß feilte ich lange herum am Spiel von Licht und Schatten.

Als ich fertig war, legte ich den Bleistift weg und betrachtete mein Werk. Ich fand es wirklich gut getroffen. Ja, das war Cochise, wie er leibte und lebte. Ich stand auf, ging zu ihm und gab ihm das Bild in die Hände.

Er warf einen kurzen Blick darauf, dann sah er mich an und verzog sein Gesicht zu einem unbeschreiblich schiefen Lächeln. „Du schmeichelst mir, Lilli."

„Nein, so siehst du aus, genau so! Wirklich."

Nun betrachtete er die Zeichnung sehr aufmerksam. Sie schien ihn zu beeindrucken. Dann gab er mir den Block zurück, und ich setzte mich neben ihn. Ich nahm mir vor, noch mehr Zeichnungen anzufertigen: zuerst von Joseph. Dann von der Berglandschaft, möglichst viele verschiedene Ausblikke und unterschiedliche Stimmungen. Und vom Innern der Höhle: die Feuerstelle, im Hintergrund das aufgestapelte Holz, den Haufen Konservenbüchsen und das Brett mit Töpfen und Geschirr, links im Vordergrund die Schnur mit den getrockneten Kräutern und der Wäsche. Ich war ganz aufgeregt bei dem Gedanken daran, was ich alles zeichnen würde.

Am Nachmittag kehrte Joseph zurück, und es wurde hell in meinem Herzen. Er hatte ein Kaninchen und einen von diesen großen Vögeln gefangen, die Cochise als ‚Hühner' bezeichnete. Gemeinsam bereiteten wir eine köstliche Fleischmahlzeit zu. Nach dem Essen saßen wir lange um das Feuer. Joseph und der Alte unterhielten sich leise in ihrer Sprache, und ich schrieb Tagebuch. Es war eine schöne, friedliche Atmosphäre.

Als die beiden Männer längst schliefen, lag ich noch wach und schaute in die Glut. Ich dachte daran, wie Joseph und ich einander am vorigen Abend in den Armen gehalten hatten. Was mochte er dabei empfunden haben? Heute hatte er meine Nähe nicht gesucht.

In den nächsten Tagen hielten wir uns in der Höhle und ihrer unmittelbaren Umgebung auf. Wir lebten sehr ruhig, jeder ging seinen Beschäftigungen nach. Ich zeichnete und schrieb viel. Joseph begann, Figuren und maskenähnliche Gebilde zu schnitzen. Er benutzte dazu größere Scheite und Wurzelstöcke von unserem Brennholzvorrat. Stundenlang saß er über der Arbeit, und er machte wunderschöne Sachen. Ich nutzte die Gelegenheit, ein Porträt von ihm zu zeichnen. Und später noch ein Bild, das ihn bei der Schnitzarbeit darstellte.

Josephs Holzfiguren waren einfach und ausdrucksvoll und wirkten ungeheuer lebendig. Er schnitzte einen sitzenden Mann, der die Hände vor dem Bauch hielt, eine Frau in einem langen Gewand, dann ein paar lustige, kleine Gestalten mit großen Köpfen, langen Nasen und breiten Mündern, einen Vogel und ein seltsames Tier, das Ähnlichkeit mit einem Bären hatte. Aus einem Wurzelstock schnitzte er ein grimmig dreinblikkendes Gesicht mit riesigen Ohren und einem Geweih obendrauf. Aus einem anderen einen Baum und den Kopf eines Adlers mit großem, gebogenem Schnabel. Ich liebte seine Werke, und wir stellten sie alle nebeneinander auf einen Steinsims in der Höhle. Ich stand oft da und schaute sie mir an. Sie bedeuteten mir sehr viel. Ich empfand sie als Ausdruck von Josephs „zarter" Seite, die er mehr und mehr zu leben wagte. Und das machte mich glücklich – für ihn.

Manchmal verwandelte sich Joseph in ein Kind. Er hatte in die Rinde eines Steckens schöne Muster geschnitzt und ein Büschel Federn an das eine Ende gebunden. Die Federn stammten von dem Vogel, den wir verspeist hatten. Joseph warf den Stecken wie einen Speer. Er lag gut in der Luft und flog sehr

weit. Joseph spielte mit der Selbstvergessenheit eines kleinen Jungen. Ich beobachtete ihn gern dabei und freute mich und dachte mir, er habe gewiß viel nachzuholen.
Aber manchmal wurde ich auch traurig. Weil es mir beinah so schien, als ginge Joseph mir aus dem Weg.

15

Eines Nachmittags waren die Hubschrauber da. Wir befanden uns gerade auf dem Felsplateau und hörten sie schon, als sie noch sehr weit entfernt waren. Schnell flüchteten wir in die Höhle. Cochise löschte das Feuer, damit uns der Rauch, der durch eine Öffnung des Gewölbes nach oben abzog, nicht verraten konnte. Im trüben Licht einer Petroleumfunzel hockten wir da und lauschten. Mir war unheimlich zumute. Das Knattern und Pfeifen der Maschinen wurde immer lauter. Sie kamen näher.

Joseph stand auf, legte sich bäuchlings an den Eingang und spähte nach draußen. „Es sind zwei Hubschrauber“, sagte er.

Mein Herz begann zu rasen, ich zitterte vor Angst. Was würde passieren, wenn sie uns entdeckten? In meiner Vorstellung sah ich schreckliche Bilder. Und ich haßte es, daß wir uns hier verkriechen mußten! Ich haßte die Männer in den Hubschraubern!

Cochise hatte meinen Zustand bemerkt; er kam zu mir, setzte sich neben mich und legte seine Hand beruhigend auf meine Schulter. Ich blickte ihn verzweifelt an.

Dem Lärm nach mußten die beiden Maschinen immer noch in unmittelbarer Nähe kreisen. Dann entfernten sie sich ein Stück, kamen aber wieder zurückgeflogen.

„Warum verschwinden sie nicht?“ fragte ich angstschlotternd. „Sie müssen irgend etwas Auffälliges entdeckt haben!“

„Sie suchen nur sehr gründlich; das ist ihre Aufgabe“, sagte Cochise ruhig. Nach einer Weile fügte er hinzu: „Du kannst unbesorgt sein. Sie werden uns nicht finden. Ich habe uns und die Höhle mit einem schützenden Schleier aus Licht umgeben.“

„Ich wünschte, ich könnte daran glauben“, sagte ich kläglich.

Cochise lachte leise und nahm mich in seine Arme. Ich fand es schon merkwürdig, daß er mich beruhigen mußte, denn schließlich ging es um sein und Josephs Leben. Ich hatte wohl nicht viel zu befürchten, falls man uns fand.

Nach einer Zeit, die mir wie eine Ewigkeit erschien, flogen die Hubschrauber endlich weg. Ich lauschte auf das Knattern der Rotorblätter, das sich immer weiter entfernte, bis nichts mehr zu hören war.

Stille – Erleichtert atmete ich auf.

Joseph verließ seinen Beobachtungsposten und setzte sich zu Cochise und mir. Er wirkte angespannt und wischte sich den Schweiß vom Gesicht. „Mein Stab mit dem Federbusch war draußen liegengeblieben. Als es mir einfiel, war es schon zu spät, ihn zu holen. Das Ding lag die ganze Zeit da draußen auf dem Felsplateau!“ Er lachte nervös und schüttelte den Kopf.

„Es liegt nicht mehr dort“, sagte der Alte.

Joseph blickte ihn fragend an.
„Es liegt irgendwo weiter weg im Gelände.“
„Wie sollte es dort hingekommen sein? Vorhin lag es noch hier.“
Cochise zuckte lächelnd die Schultern.
Joseph und ich fanden den Stab später, etwa dreihundert Meter von der Höhle entfernt unter einer Felsklippe.

Am nächsten Morgen holte ich alle Vorräte aus meinem Versteck und brachte sie in die Höhle zurück. Joseph und der Alte sahen mich dabei, sagten aber nichts. Sie hatten es also die ganze Zeit gewußt.
Seit dem Auftauchen der Hubschrauber hatte sich unser Leben in den Bergen verändert. Es war, als hinge eine dunkle Wolke über allem. Ich fühlte mich verstört, lauschte ängstlich auf jedes Geräusch und wagte nicht einmal mehr, meinen „Sonnenfelsen“ aufzusuchen. Auch Joseph schien es nicht gut zu gehen. Er saß oft stundenlang reglos in der Höhle, starrte vor sich hin und sprach kein Wort. Dabei wirkte er so verloren und deprimiert. Ich hätte ihm gerne geholfen, aber ich wußte nicht, wie. Er verschloß sich immer mehr, und ich hatte das Gefühl, daß etwas mit ihm ganz und gar nicht in Ordnung war. Der Alte ließ ihn völlig in Ruhe. Und schließlich entschied ich, daß es wohl das Beste wäre, ich würde auch aufhören, mich um ihn zu sorgen. Aber das fiel mir schwer.
Eines Abends saß ich mit Cochise allein vor der

Höhle. Ich fragte ihn, ob er wisse, was mit Joseph los sei.
Er sah mich erstaunt an und antwortete: „Ja, ich weiß es."
„Kannst du mit mir darüber sprechen?" bat ich ihn.
Er nickte. „Aber laß uns irgendwohin gehen, wo du dich wohlfühlst, an einen Platz, den du besonders magst."
Ich führte den Alten zum Sonnenfelsen, und wir ließen uns dort nieder.
Er schaute sich um und meinte: „Das ist ein guter Ort." Er packte seine Pfeife aus, stopfte sie mit Tabak, zündete sie an und rauchte.
Ich guckte ihm dabei zu und empfand die Ruhe, die er ausstrahlte und die auf einmal auch in mir war. Hier saß ich neben meinem alten Freund, meinem Wohltäter und Lehrer, beobachtete, wie der Rauch aus seiner Pfeife in den dunkelvioletten Abendhimmel aufstieg, und alles, was mich vorher tagelang bedrückt hatte, alles Bedrohliche, Düstere, schien sich einfach aufzulösen. Ich wartete, bis der Alte zu sprechen begann.
„Joseph trägt einen inneren Kampf aus. Das ist es."
„Kannst du ihm nicht helfen?"
„Er braucht meine Hilfe nicht. Er wird allein Klarheit finden."
„Er hat es schwer. Er ist ein Opfer der Umstände, unter denen er leben muß, ein Opfer all des Unrechts, das man ihm angetan hat."
Der Alte zog die Augenbrauen hoch. „Du meinst,

weil er ein Indianer ist? Weil wir unterdrückt, diskriminiert, verjagt und verfolgt werden? Weil man unsere Rechte mit Füßen tritt und uns in Gefängnisse sperrt, wenn wir uns wehren? Du hast recht, das ist furchtbar, und es ist schwer, damit zu leben. Aber ich sage dir: Wir hören auf, Opfer zu sein, in dem Moment, wo wir bewußt werden und die volle Verantwortung für unser Leben übernehmen hier in dieser Welt und unter genau den Umständen, die wir vorfinden."

„Was willst du damit sagen?"

„Nun, wir haben die Wahl, entweder zu resignieren, oder aber die Umstände, in die wir hineingeboren werden, als Aufgabe anzusehen, die Verantwortung für unseren Platz im Leben zu übernehmen und gegen Mißstände und Ungerechtigkeiten zu kämpfen."

Nach einer kleinen Pause wandte er sich ganz zu mir hin. „Ich will dir etwas von mir erzählen: Ich hatte einen grausamen, jähzornigen Vater. Er war Trinker und ein schrecklich unberechenbarer Mensch, der die ganze Familie tyrannisierte. Immer, wenn er betrunken war, prügelte er uns, meine Mutter, meine sieben Geschwister und mich – vor allem auf mich hatte er es abgesehen –, und er war oft betrunken. Wir hatten nie genug zu essen und kaum etwas anzuziehen. Ich kann mich nicht erinnern, daß ich als Kind jemals richtig satt geworden bin. Wir lebten in bitterer Armut. Mein Vater hat das wenige Geld, das er als Gelegenheitsarbeiter verdiente, versoffen und verspielt. Ich habe ihn für all das gehaßt. Er hat mein Leben zerstört, und ich habe ihm die Schuld daran gegeben, daß es mir so dreckig ging. Ich war ein Opfer, das Opfer der Schlechtigkeit meines Vaters, das Opfer der Umstände, unter denen ich leben mußte, in die ich hineingeboren worden war. Aber sag mir: Wer trägt die Schuld daran, daß mein Vater so geworden ist, wie er war? Vielleicht sein Vater? Und wer ist schuld, daß der Vater meines Vaters so geworden ist, wie er war?"

„Vielleicht die Weißen", sagte ich.

„Eine sehr gute Antwort!" rief er. Dann sah er mich groß an und fragte: „Wenn die Weißen daran schuld sind, daß es den Indianern schlecht geht, wer ist dann schuld daran, daß die Weißen so sind, wie sie sind? Wer hat sie so gemacht: habgierig, machtbesessen und rücksichtslos? Und wer ist schließlich schuld an allem Elend dieser Welt?"

Ich zuckte die Schultern. Was hätte ich darauf antworten sollen.

„Siehst du: Es ist eine Kette ohne Ende, und solche Fragen führen zu keinem Ergebnis. Sie bewirken keine Veränderung zum Guten, für niemanden. Wir finden immer einen, der Schuld hat, und wir sind Meister darin, uns selbst ins Recht zu setzen und die anderen ins Unrecht. Unsere einzige Chance, frei zu werden, ist, daß wir bewußt werden und die Verantwortung für unseren Platz im Leben übernehmen, ganz gleich, wie schwer das sein mag. Dann haben wir auch die Kraft, etwas zu verändern."

Ich dachte eine Weile darüber nach. Schließlich

fragte ich: „Und wie können wir erkennen, wo unser Platz im Leben ist?“
„Indem wir unser Leben anschauen und sehen, wie es wirklich ist. Indem wir bezeugen, was uns widerfährt. Die meisten Menschen sind, was ihr eigenes Leben betrifft, nicht besonders ehrlich. Wenn du aber hinschaust, ohne zu urteilen und ohne etwas zu rechtfertigen, dann gibt es keine Lügen mehr. Dann erkennst du klar und deutlich, was da wirklich ist. Und in diesem Augenblick kannst du auch deinen Platz im Leben erkennen.“
Lange saßen wir schweigend. Was der Alte gesagt hatte, betraf mich mehr, als ich zuerst geglaubt hatte. Bis vor kurzem war ich mir noch ganz sicher gewesen, wo mein Platz im Leben sei. Das heißt, eigentlich hatte ich bisher nie darüber nachgedacht. Und jetzt? Irgend etwas war mit mir geschehen durch alles, was ich hier erlebt und erfahren hatte. Ich hatte mich verändert. Und jetzt war ich mir auf einmal gar nicht mehr sicher, wo ich wirklich hingehörte. Ich dachte an Joseph und fühlte einen Stich im Herzen.
„Was für ein innerer Kampf ist das, den Joseph austragen muß?“ fragte ich den Alten.
Er guckte mich mit schalkhaft glitzernden Augen an. „Joseph hat nicht damit gerechnet, daß er dir begegnen würde. Und nun hat er ein Problem!“
Dann lachte er, und ich fühlte, wie meine Wangen heiß wurden. Er klopfte seine Pfeife aus, wikkelte sie in das Ledertuch, und wir erhoben uns. Da wehte der Wind den Klang der Trommel zu uns herüber.

Der Alte und ich schauten uns an.
„Unsere Zeit in diesen schönen Bergen geht zu Ende“, sagte er. „Vielleicht gibt es noch etwas zu klären, bevor unsere Wege sich trennen.“
Meine Stimme klang rauh, als ich fragte: „Was soll ich tun?“
„Tu, was dein Herz dir befiehlt.“ Er lächelte, und in seinem offenen Blick lagen Verstehen und Mitgefühl.
Ich spürte, wie mir Tränen in die Augen stiegen. „Ich habe keine Wahl.“
„Niemand zwingt dich, an einem Vorhaben festzuhalten, das dich unglücklich macht. Vergiß nicht: Du besitzt den Geist einer Kriegerin, und Krieger gehen die Wege mit Herz.“
Das Abendlicht verlieh dem dunklen Gesicht des Alten einen rötlichen Schimmer. Seine Augen leuchteten hell und waren voller Lebendigkeit und Freude. Ich lauschte auf den Klang der Trommel.
„Geh“, sagte er. „Ich bleibe hier und halte Wache.“

Joseph stand auf dem Felsplateau, das Gesicht der untergehenden Sonne zugewandt, die Augen geschlossen. Er bemerkte nicht, daß ich kam. Seine nackten Füße schienen mit dem Fels verwachsen, sein schlanker Körper bewegte sich im Rhythmus der Trommel, die er schlug.
Ich setzte mich hin, lehnte mich an die Felswand und schaute und hörte ihm zu.
Wie schön er ist, dachte ich, wie stark.

„Tom-taka-tom-tom", sprach die Trommel unter seinen Händen.
Ich wiegte mich hin und her.
„Tom-taka-tom-tom."
Bald werden wir fortgehen von hier, dachte ich. Aber ein Teil von mir wird für immer in diesen Bergen zurückbleiben.
„Tom-taka-tom-tom", flüsterte die Trommel; hör mir zu, ich erzähle dir eine Geschichte.
„Aihhh!" Josephs wilder Schrei flog weit über die Gipfel und Täler des Gebirges.
„Aihhh!" Der Schrei riß mich fort, riß mich hinein in die Geschichte, die die Trommel erzählte ...
„Aihhh!" Es war der Schrei eines großen Vogels, eines Adlers. Er breitete seine Schwingen aus, stieß sich vom Felsen ab und erhob sich in die Lüfte. Langsam schraubte er sich höher, immer höher hinauf. Majestätisch zog er seine unendlichen Kreise am Himmel. Mit kleinen, scharfen Augen spähte er hinab zur Erde. Plötzlich stürzte er wie ein Pfeil in die Tiefe, griff eine Beute. Und schon stieg er wieder hoch, ließ einen triumphierenden Schrei hören: „Hjehjehjee!"
Dann segelte er weiter seine Kreise.
Joseph entlockte der Trommel sanfte, schwingende Töne.
Ruhig und erhaben glitt der Adler dahin ... Doch plötzlich begann er zu taumeln, schlug heftig mit den Flügeln, sein Körper zuckte. Etwas hatte ihn getroffen, hatte ihn tödlich verletzt.
Josephs Arme durchschnitten sausend die Luft wie

gewaltige Schwerthiebe. Seine Hände schlugen einen abgehackten, zerrissenen Rhythmus.
„Aihhh!“ Der Todesschrei des großen Vogels verhallte in der unendlichen Weite des Himmels. Er stürzte zur Erde und blieb mit gebrochenen Schwingen im Staub liegen.
Nun trommelte Joseph, seine ganze Kraft einsetzend. Fordernd, eindringlich, beschwörend klang sein Spiel.
Da verwandelte der sterbende Vogel seine Gestalt, verwandelte sich in ein mächtiges Raubtier, mit geschmeidigem, langgestrecktem Körper und funkelnden Augen. Geduckt schlich es davon, hielt inne, spannte alle Muskeln zum Sprung – was nun folgte, war ein gewaltiger Kampf, etwas wie der Kampf zweier archaischer Mächte: Flucht und Verfolgung, Lauern und Zuschlagen, Aufbäumen und Niederringen.
Josephs Hände wirbelten so schnell, daß ich sie nicht mehr erkennen konnte. Plötzlich verharrten sie in der Luft – dann fiel Joseph in einen langsamen, gleichmäßigen Rhythmus. Er wirkte erschöpft. Sein Atem flog.
„Tom-taka-tom-tom ...“
Er hat seine eigene Geschichte mit der Trommel erzählt, dachte ich. Vielleicht auch die Geschichte seines Volkes.
„Tom-taka-tom-tom.“
Ich hatte mich darin nicht wiedergefunden. Wo war mein Platz? Zweifel bohrten sich in meine Seele. Wo gehörte ich hin?
Die Trommel schwieg. Sie gab mir keine Antwort.

Joseph drehte sich um und wollte in die Höhle hineingehen. Als er mich sah, stockte sein Schritt. Unsere Augen trafen sich. Er senkte den Blick und ging wortlos an mir vorbei.

Am Morgen sagte Joseph, daß er noch einmal in das Hochtal wandern werde, in dem wir vor längerer Zeit gemeinsam zum Pflanzensammeln gewesen waren. Er wollte dort bestimmte Blüten pflükken, die sich für die Zubereitung eines aromatischen Tees besonders eigneten.
Ich fragte, ob ich ihn begleiten dürfe, und er war einverstanden. Der Alte wollte nicht mitkommen. Wir nahmen eine Wasserflasche und ein Stück Fladenbrot und gingen los.
Es war das erste Mal, daß Joseph und ich allein unterwegs waren. Wir wanderten schweigend. Als wir die Region mit den kleinen Felsentürmchen durchquerten, dachte ich wieder daran, daß der Alte gestern gesagt hatte, unsere Zeit in diesen schönen Bergen ginge nun zu Ende. Ich berührte die Felsen mit meinen Händen, blickte zu den hohen Gipfeln, schaute über die Täler und Hügel. Ich nahm Abschied.
Joseph fand, wonach er suchte: kleine weiße Blumen, die zwischen den Steinen wuchsen. Bevor er ans Sammeln der Blüten ging, setzten wir uns hin, tranken Wasser und aßen ein wenig von dem Brot. Es war ein heißer Tag.
Automatisch hielten wir nach einem Versteck Ausschau, falls die Hubschrauber kämen. Zwischen den Büschen konnte man sich hier gut ver-

bergen. Mit einem Blick verständigten wir uns darüber.
„Ich möchte dir beim Sammeln helfen“, sagte ich.
„Dann bleib an meiner Seite, damit ich dir zeigen kann, welche Blüten wir nehmen.“
„Du hast sie mir doch schon gezeigt, diese kleinen weißen Blumen, die hier überall wachsen.“
„Du kannst nicht einfach irgendwelche davon nehmen. Es gibt Unterschiede“, belehrte er mich. „Schau, die Blumen stehen in Gruppen zusammen, in Familien. Und jede Gruppe hat ihre Clanmutter und ihren Häuptling. Die darfst du nicht anrühren.“
Ich konnte die feinen Unterschiede zwischen den einzelnen Blumen nicht erkennen. Für mich sahen sie alle ziemlich gleich aus.
„Es ist gar nicht so schwierig“, versicherte mir Joseph. „Ich hab' das schon als Kind von meiner Mutter gelernt. Und mit der Zeit wirst du auch ein Auge und ein Gespür dafür bekommen.“
Mit der Zeit ... Wieviel Zeit würde mir wohl noch bleiben, um solche Dinge von Joseph und dem Alten zu lernen?
Wir pflückten immer nur wenige Blüten von einer Blumenfamilie, dann streute Joseph etwas Tabak auf die Erde, sagte leise ein kurzes Dankgebet in seiner Sprache, und wir gingen ein paar Schritte weiter. Manchmal saßen Bienen oder andere Insekten in den Blumen. Joseph stupste sie leicht mit dem Finger an, um sie zu vertreiben, aber wenn sie nicht wegfliegen wollten, ließ er sie sitzen und nahm eine andere Blüte.

„Wir teilen mit ihnen“, erklärte er.
Seite an Seite pflückten wir die Blüten in einen kleinen Stoffbeutel. Manchmal berührten sich zufällig unsere Schultern, wenn wir uns gleichzeitig bückten, oder unsere Hände, wenn wir die Blüten in den Beutel steckten. Dann war da jedesmal ein kleines Erschrecken, das tief ins Herz ging.
„Wir haben genug“, sagte Joseph, als der Beutel halbvoll war. Er setzte sich auf einen Stein.
Ich hatte keine Lust, dieses schöne, friedliche Tal schon wieder zu verlassen, und schlenderte eine Weile ziellos umher. Dabei entdeckte ich eine Stelle, wo kleine, rote Beeren im trockenen Kraut zwischen bemoosten Steinen wuchsen. Ich pflückte eine ab, steckte sie in den Mund und zerdrückte sie mit der Zunge. Sie schmeckte angenehm herb und säuerlich. Nun sammelte ich eine Handvoll dieser Beeren und lief zurück zu Joseph.
„Hey! Schau, was ich gefunden habe“, rief ich und hielt sie ihm hin. „Kennst du diese ...“ Sein Blick ließ mich jäh verstummen.
Er starrte mich an, und seine Augen waren voller Schmerz.
„Was ist?“ fragte ich erschrocken und sah auf die Beeren in meiner Hand. „Sind sie nicht eßbar?“
„Doch, sie sind eßbar“, antwortete er leise.
Verwirrt schaute ich wieder zu ihm auf. „Möchtest du welche nehmen?“ fragte ich scheu. „Ich hab’ sie für uns beide gepflückt.“
Er wandte sich ab und antwortete nicht.

Ich schaute auf die Beeren, dann auf ihn, dann wieder auf die Beeren. „Irgend etwas ist doch. Willst du's mir nicht sagen?"
Er stand auf. „Laß uns gehen."
Die kleinen, roten Früchte fielen aus meiner Hand und kullerten über die Erde.
Wir kamen nicht weit. Wir hatten das Tal noch nicht einmal verlassen ...
Nie werde ich den Anblick der großen Schlange vergessen und das hell zischelnde, durchdringende Rasseln, als sie sich aufrichtete. Blitzschnell stieß sie zu, schlug ihre Giftzähne in Josephs Bein, ließ von ihm ab und glitt davon. Ich schrie auf, Joseph taumelte und faßte an seinen Unterschenkel. Dann setzte er sich mit schmerzverzerrtem Gesicht auf den Boden. Ich kniete neben ihn. Er krempelte das Hosenbein hoch, und ich sah die beiden winzigkleinen Löcher in der Haut seiner Wade. Ein wenig Blut sickerte daraus hervor. Ohne zu überlegen, preßte ich meinen Mund auf die Bißwunde und begann, kräftig zu saugen, spuckte aus, saugte wieder, spuckte ...
„Wir müssen das Bein abbinden." Josephs Stimme klang gepreßt. „Komm, hilf mir." Er war bleich geworden. Seine Lippen zitterten. Er zog sein Hemd über den Kopf und riß einen langen Streifen Stoff davon ab.
Ich half ihm, das Bein oberhalb der Bißstelle fest abzubinden.
„Lilli ..." Joseph atmete schwer. Kleine Schweißperlen traten auf seine Stirn.
Ich sah Angst in seinen Augen.

„Ich muß die Wunde ausschneiden." Er zog das Messer aus seinem Gürtel und eine Schachtel Zündhölzer aus seiner Hosentasche.
Er gab mir die Schachtel, ich nahm ein Streichholz heraus und riß es an. Josephs Hände zitterten, als er die Klinge des Messers durch die Flamme gleiten ließ. Der Wind blies sie aus. Ich zündete ein neues Streichholz an und schützte die Flamme mit meinen Händen.
„Halt mich jetzt fest", bat er. „Halt mich gut fest."
Ich kniete mich hinter ihn, umfaßte mit beiden Armen seinen Oberkörper und lehnte meinen Kopf an seine Schulter. Dann spürte ich, wie er sich anspannte und die Luft aus seinen Lungen preßte. Ich kniff die Augen zu und hielt ihn fest. Ich wollte nicht sehen, was er machte. Es dauerte furchtbar lang. Ich drückte ihn mit meiner ganzen Kraft an mich. Dann richtete er sich auf, und ich half ihm, sich auf den Rücken zu legen.
Das Bein sah schrecklich aus. Blut strömte aus der großen Wunde, die er ausgeschnitten hatte, Blut klebte an dem Messer, das auf der Erde lag, und an Josephs Händen. Er hielt die Augen geschlossen und stöhnte leise. Ich strich ihm liebevoll das Haar aus dem Gesicht und legte meine Hand beruhigend auf seinen Bauch. Nach einer Weile schlug er die Augen auf und sah mich an. Sein Blick war verschleiert. Sicher hatte er große Schmerzen.
„Hey", sagte ich zärtlich.
Er lächelte ein ganz klein wenig.
Ich nahm das, was von seinem Hemd übriggeblieben war, tränkte es mit Wasser aus der Fla-

sche und wischte ihm die schweißnasse Stirn. Dann säuberte ich so gut wie möglich seine Hände und das Bein um die Wunde herum. Er setzte sich mühsam auf, und ich half ihm, ein Stück nach hinten zu rutschen, damit er sich an einen Felsen lehnen konnte. Ich gab ihm die Wasserflasche, und er trank durstig.

„Was sollen wir jetzt machen?“ fragte ich verzweifelt.

Er nahm meine Hand und hielt sie fest. Wir sprachen kein Wort, schauten uns nur an.

Seine Augen blickten still und sanft. Dann sagte er: „Als du mit den Beeren zu mir gelaufen kamst, glaubte ich für einen Moment, Die-der-Spur-folgt vor mir zu sehen. Ich erblickte ihre Gestalt, ihre fröhlichen Augen und ihr Lächeln in deinem Gesicht. Und dann erkannte ich dich. Du bist schön ... Ich liebe dich, meine weiße Schwester.“

Er zog mich zu sich heran und nahm mich zärtlich in seine Arme. Ich schmiegte mich an ihn, legte meinen Kopf auf seine Brust, hörte seinen Herzschlag und seinen Atem.

„Ich kann nicht länger immer nur davonlaufen“, sprach er weiter. „Die Schlange ist meine Freundin. Sie hat mich angehalten: Warte! Lauf nicht davon! Deshalb bin ich ihr dankbar. Ich habe mich zu lange versteckt, ich wollte nicht sehen, wollte nicht fühlen. Ich hatte Angst vor dem Schmerz. Ich würde dich gerne bitten: Bleib bei mir. Aber das kann ich nicht. Ich weiß, wie sehr du dich sehnst nach deiner Welt und daß du dorthin zurückkehren mußt. Und ich denke, daß

du in unserer Welt nicht glücklich sein könntest. Wo immer der Berglöwe und ich hingehen, wir werden uns verbergen müssen, im Untergrund leben, wir werden nirgendwo frei sein und in Frieden leben können. Und wir wissen nicht, ob sich das jemals ändert. Wir werden für unsere Rechte kämpfen, gemeinsam mit anderen, denn wir glauben daran, daß es sich lohnt. Unser Volk liegt nicht mehr im Sterben. Wir sind wieder stark geworden. Wir haben ein neues Bewußtsein erlangt und neue Kräfte. Viele Menschen kommen heute zu uns, um zu lernen, wie man mit der Natur leben kann. Die Weißen haben übersehen, daß die Geschöpfe dieser Erde saubere Luft und klares Wasser und fruchtbaren Boden brauchen, um gesund zu bleiben. Sie haben sich selbst für höhere Geschöpfe gehalten und sich angemaßt, Wert und Unwert des Lebens bestimmen zu können. Viele Pflanzen, die für die Weißen ‚Unkraut' sind, die sie erbittert mit chemischen Mitteln bekämpft haben, sind heilkräftige Medizinpflanzen. Die Tiere, die sie als ‚Schädlinge' ausgerottet haben, waren nötig, um das Gleichgewicht in der Natur zu erhalten. Jetzt, wo es fast zu spät ist, fangen sie an, zu begreifen, was sie da angerichtet haben ..."
Er rang nach Atem. Nach einer Weile fuhr er fort:
„Wir Indianer gewähren allen Tieren und Pflanzen das gleiche Recht auf Leben, das wir für uns selbst beanspruchen. Aber für die Weißen hat etwas nur dann ein Recht, zu sein, wenn es ihnen

Nutzen bringt. Wir empfinden uns als lebendigen Teil dieser Erde. Nicht als ihren Besitzer, der sie nach Belieben ausbeuten darf, der sich rücksichtslos nimmt, was er braucht, ohne zu fragen und ohne sich zu bedanken, und der sie hinterher mit seinem Abfall schändet. Wir reden nicht über ‚unsere Umwelt', denn wir sind nicht der Mittelpunkt, um den sich alles dreht, sondern nur ein Teil des Ganzen. Und wir reden nicht über die Natur, sondern wir reden mit ihr. Die Weißen haben sich von der Natur entfremdet, und ihre Herzen sind hart geworden. Sie sind zu beschäftigt, zu sehr in Eile, um überhaupt noch etwas wahrzunehmen. Sie haben keine Zeit, zu leben. Sie hetzen ständig besinnungslos hinter irgend etwas her: Erfolg, Geld, Wohlstand, Sicherheit, Ruhm. Mir tun sie leid. Sie sind unglücklich. Ich habe zehn Jahre in ihren Gefängnissen verbracht, aber jetzt knüpfe ich da an, wo ich damals herausgerissen wurde. Ich möchte niemals so leben wie die Weißen. Ich möchte nicht zwischen Mauern leben, in Häusern aus Stein und Beton. Ich möchte auch nicht, daß die Kinder, die ich vielleicht eines Tages haben werde, eine weiße Schule besuchen. Die Kinder der Weißen hocken zwischen kahlen Wänden, stopfen sich ihre Köpfe mit nutzlosem Wissen voll und vergessen, wer sie sind. Sie dürfen nicht einfach sie selber sein, sie müssen immer etwas erreichen, etwas beweisen." Wieder stockte Joseph und atmete schwer.

Ich richtete mich auf und sah ihn an.

Er lehnte erschöpft seinen Kopf an den Felsen. „Ich möchte immer die Erde unter meinen Füßen spüren, ich möchte die Pflanzen in der Natur wachsen sehen, und ich möchte in den Sternenhimmel schauen, ohne von Straßenlichtern geblendet zu werden." Er schloß die Augen.
Ich streckte meine Hand aus, streichelte zärtlich sein Gesicht, beugte mich zu ihm, küßte seine Stirn, die geschlossenen Lider, seine Wangen.
Er lächelte und schlug die Augen auf. „Wir müssen zurück zur Höhle."
„Wirst du das schaffen?" fragte ich besorgt.
„Ich werde es versuchen. Wenn ich nicht weiterkann, mußt du den Berglöwen holen."
„Ja."
Ich half ihm aufzustehen und stützte ihn beim Gehen. Der Weg war mühsam und qualvoll. Joseph wurde zusehends schwächer. Er hatte große Schmerzen, und ihm war schwindlig und übel.
Ich hatte Angst. Ich wußte ja nicht, wie sich das Schlangengift auswirken konnte. Dann bekam er immer mehr Atemschwierigkeiten, und wir mußten viele Pausen machen. Es ging ihm wirklich schlecht. Aber er schleppte sich weiter vorwärts, und wir schafften es.

Der Alte erwartete uns schon voller Unruhe. Es war längst dunkel, als wir die Höhle erreichten. Wir legten Joseph auf seinen ausgebreiteten Schlafsack. Ich schob ihm einen zusammengerollten Pullover unter den Nacken. Cochise versorgte die tiefe Wunde an Josephs Bein und bereitete einen Tee aus Medizinkräutern zu, den er ihm langsam und vorsichtig einflößte. Joseph hatte große Mühe, den Tee zu schlucken. Er atmete krampfhaft und zitterte am ganzen Körper. Ich deckte ihn mit meiner Wolldecke zu und setzte mich neben ihn. Er hatte die Augen geschlossen. Ich nahm seine Hand und hielt sie in meinen beiden Händen.

„Was können wir tun?“ fragte ich den Alten.

„Zuerst muß ich wissen, wie es passiert ist.“

„Kannst du nicht von irgendwo ein Schlangenserum besorgen?“

Er schüttelte den Kopf.“Das würde zu lang dauern.“

Schlagartig wurde mir bewußt, daß Joseph an diesem Schlangenbiß sterben konnte.

„Du mußt mir genau erzählen, was in dem Tal geschah“, forderte der Alte eindringlich. „Und du darfst mir keine noch so winzige Kleinigkeit verschweigen, auch wenn sie dir vielleicht unwichtig erscheint.“

Also erzählte ich alles. Als ich geendet hatte, saß der Alte lange schweigend und starrte ins Feuer.

„Ich werde ins Tal gehen und im Morgengrauen mit der Schlange sprechen“, sagte er dann. „Ich werde sie um Rat fragen.“

Joseph bewegte sich und stöhnte. Cochise kam herüber, half ihm, sich ein wenig aufzurichten und flößte ihm wieder von dem Medizintee ein. Es war schwierig und ging nur sehr langsam. Wir

betteten ihn zurück auf den Boden. Joseph öffnete für einen Moment die Augen, aber ich hatte das Gefühl, daß er nicht wahrnahm, was um ihn herum geschah.
„Beschreibe mir die Stelle, wo die Schlange ihn gebissen hat", forderte der Alte mich auf.
Das tat ich. Plötzlich fiel mir etwas ein: „Du wirst es leicht finden. Das Messer liegt noch da."
Ich begleitete den Alten hinaus und schaute ihm nach, bis die Finsternis seine Gestalt verschluckt hatte. Dann ging ich wieder in die Höhle hinein. Joseph schien fest zu schlafen. Ich legte einige Scheite Brennholz nach und setzte mich zu ihm. Ich wußte, es würde eine lange, schwere Nacht werden. Aber obwohl ich die Anstrengung der vergangenen Stunden in allen Gliedern spürte, war ich nicht müde. Ich betrachtete aufmerksam Josephs schlafendes Gesicht. Seine geschlossenen Augenlider zuckten manchmal; sicher träumte er.
Vorsichtig legte ich meine Hand auf seine Stirn. Sie fühlte sich sehr heiß an, als habe er hohes Fieber. Ich stand auf und holte eine Schüssel mit kaltem Wasser und einen Lappen herbei, um ihm die Stirn zu kühlen, wenn er aufwachte. Einer plötzlichen Eingebung folgend, nahm ich eine Handvoll der Blüten aus dem Beutel, die wir in dem Tal gesammelt hatten, und streute sie in die Schüssel. Sie schwammen auf dem Wasser und sahen aus wie kleine weiße Sterne.
Später in der Nacht wurde Joseph unruhig. Er wälzte sich hin und her und atmete röchelnd. Ich ver-

suchte, ihn zu wecken, um ihm Tee einzuflößen, aber er kam nicht richtig zu sich. Ich hievte seinen Oberkörper hoch und stützte ihn im Rücken. Aber als ich den Becher mit Tee an seine Lippen führen wollte, drehte er den Kopf weg und begann, sich zu wehren.

Ich gab meine Bemühungen auf und setzte mich so, daß sein Kopf in meinem Schoß lag. Dann tupfte ich sein heißes, verschwitztes Gesicht behutsam mit dem kalten Lappen ab. Das schien ihm gut zu tun. Er schlief wieder ein.

Ich mußte wohl auch eine Zeitlang geschlafen haben. Als ich aufsah, fiel schwaches Licht durch den Eingang der Höhle. Der Morgen dämmerte. Joseph lag in meinem Schoß und bewegte unruhig den Kopf.

Auf einmal hatte ich das Gefühl, als wäre außer uns noch jemand in der Höhle anwesend. Ich schaute mich um. Aber da war niemand. Ich lauschte. Außer Josephs schweren, unregelmäßigen Atemzügen war kein Laut zu vernehmen. Ich fühlte, wie mein Rücken sich anspannte. Meine Nackenhaare sträubten sich. Etwas war da – ich spürte die Gegenwart eines unsichtbaren Wesens. Aber ich spürte auch, daß nichts Unfreundliches oder Bedrohliches von ihm ausging.

Joseph bäumte sich auf. Er schnappte verzweifelt nach Luft, schlug mit den Armen um sich. Seine weit geöffneten Augen starrten ins Leere. Er erkannte nicht, daß ich bei ihm war. Ich versuchte, ihn zu halten, damit er sich bei seinen

heftigen, unkontrollierten Bewegungen nicht verletze.
Ein halb erstickter Schrei entrang sich seiner Kehle. Ich atmete tief und schnell, um mein Grauen zu bezähmen. Etwas in mir wußte, daß Joseph um sein Leben kämpfte. Und ich schenkte ihm meinen Atem, meine Kraft und meine ganze Liebe, um ihn zu stärken.
Als die Sonne aufgegangen war und ein Streifen hellen Tageslichts durch den Eingang der Höhle fiel, lag Joseph ruhig in meinen Armen. Ich wußte nicht, ob er wach war oder schlief. Ich hatte meine Wange an seinen Kopf gelegt und wiegte ihn sanft hin und her, als wäre er ein Kind.
Einige Stunden später kehrte der Alte zurück. Er trat ans Feuer, stand da, aufrecht und stark, und seine Augen loderten wild. In einer Hand hielt er eine Schlangenhaut, in der anderen ein Stück rohes Fleisch.
„Laß mich mit Joseph allein." Seine Stimme klang seltsam fremd. „Komm wieder, wenn die Sonne untergegangen ist."
Ich ging zum Sonnenfelsen und setzte mich dort hin, atmete die frische Luft und schaute. Der Tag war klar und hell. In meinem Innern war Stille, ein sanftes, warmes Strömen. Mit meinen Gedanken war ich bei Joseph.
Ich sah den Tag vorüberziehen, die weißen Wolken und die Vögel.
Ich sah die Sonne und die Farben des Abendhimmels. Dann sprach ich ein Gebet.

Die ersten Sterne leuchteten auf, und ich ging zurück zur Höhle. Der Alte saß am Feuer. Joseph schlief. Seine Brust hob und senkte sich mit seinen regelmäßigen Atemzügen. Ich blickte Cochise an. Er nickte mir zu und schob mir einen Teller mit Fleisch und Kartoffeln hin. Ich aß und legte mich schlafen.

16

Joseph erholte sich schnell. Ich saß oft an seiner Seite, war einfach bei ihm. Ich versorgte seine Wunde und gab ihm zu essen und zu trinken. Wir sprachen nicht viel miteinander, denn es gab nichts zu sagen. Aber wenn Joseph mich anschaute, waren seine Augen voller Liebe. Und manchmal nahm er meine Hand und hielt sie lange in seiner.
Der Alte unternahm allein ausgedehnte Streifzüge durch die Berge und ging auf die Jagd. Es war eine stille Zeit. Wir konzentrierten unsere Kraft auf Josephs Heilung. Und eines Morgens stand er auf, wusch sich, zog frische Kleider an und setzte sich draußen vor die Höhle. Ich brachte ihm Kaffee und Brot, und er umarmte mich und dankte mir.
„Deine Hände sind Schmetterlingsflügel und deine Küsse Tautropfen“, sagte er und lächelte. „Jetzt bin ich wieder gesund.“
Am Abend dieses Tages kam Die-der-Spur-folgt. Wir sahen sie schon von weitem. Ihr langer Rock und ihre offenen Haare wehten im Wind. An ihrer Seite trottete der große Hund. Wir erhoben uns und sahen ihr entgegen. Ich ahnte, was ihr Kommen zu bedeuten hatte.
Als sie vor uns stand, schön und strahlend und mit

dunkelleuchtenden Augen, sagte sie: „Morgen brechen wir auf.“
Wir nahmen die getrockneten Kräuter und die Wäsche von der Schnur und packten alles in die Rucksäcke. Cochise buk einige Fladenbrote als Wegzehrung. Die-der-Spur-folgt gab mir einen Beutel, in den ich meine wenigen Habseligkeiten verstauen konnte: die Mokassins – verstaubt und zerlöchert vom vielen Laufen –, meine Tagebücher und Zeichnungen und den warmen Pullover. Wir räumten in der Höhle alles an seinen Platz. Es waren noch einige Vorräte übrig, und Brennholz lag auch noch jede Menge da. Ich fragte mich, wer hier wohl nach uns Unterschlupf finden werde.
Wir saßen gemeinsam ums Feuer und aßen. Die-der-Spur-folgt berichtete, daß viele Freunde in den Bergen unterwegs seien. In den Hügeln befinde sich ein großes Camp, und von dort aus würden sie die ganze Gegend durchstreifen.
Wir legten uns früh zum Schlafen nieder. Aber Joseph und ich waren noch lange wach. Er lag auf der anderen Seite der Feuerstelle, und wir schauten uns über die kleiner werdenden Flammen hinweg an.
Ich liebte seine dunklen Augen so sehr. Sie waren ernst und traurig in dieser Nacht.

Am nächsten Morgen standen wir auf, als es draußen noch finster war, verstauten Schlafsäcke und Wolldecke in die Rucksäcke und machten uns zum Aufbruch bereit. Es war ein schwerer Abschied für

mich. Ich blickte mich noch einmal in dem vertraut gewordenen Felsgewölbe um. Ein letztes Mal trank ich von dem köstlichen, süßen Wasser, das aus den Steinen in der Nische rann.
Der Alte löschte das Feuer. Dann hängte er die Petroleumlampe an den Haken neben dem Höhleneingang. Bevor er die Flamme ausmachte, ging ich rasch zu dem Steinsims, auf dem Josephs Schnitzereien standen, nahm eine der kleinen Holzfiguren herunter und steckte sie in meinen Beutel.
Wir verließen die Höhle. Einen kurzen Moment blieben wir noch auf dem Felsplateau stehen. Der Morgenstern leuchtete am Himmel. Es dämmerte schon. Schweigend machten wir uns auf den Weg. Der Alte ging mit dem Hund voraus, Joseph folgte ihm, und Die-der-Spur-folgt lief hinter mir. Sie trug Josephs Trommel.
Die Sonne ging auf, als wir an der Schlucht vorbeikamen. Ich fragte mich, was die beiden Männer fühlen mochten, wissend, daß sie all diese Plätze, diese schönen Berge, ihr Land, vielleicht für immer hinter sich ließen.
Wir wanderten den ganzen Tag. Es war heiß und anstrengend. Einige Male legten wir eine kurze Rast ein, um zu essen und zu trinken. Niemand sprach ein Wort. Jeder war bei sich mit seinen Gedanken und Empfindungen.
Am späten Nachmittag erreichten wir ein kleines, nadelbaumbestandenes Tal. Unter den ersten Bäumen machte der Alte Halt. Er stand reglos und lauschte. Da vernahm ich den leisen Ruf eines Vogels, seltsam und klagend. Der Hund schnupperte

unruhig in die Luft. Die-der-Spur-folgt befahl ihn mit einer Geste an ihre Seite. Er stellte die Ohren und wedelte aufgeregt mit dem Schwanz. Wir verharrten unbeweglich.
Plötzlich knackten ein paar kleine Zweige, und eine undeutliche Gestalt wurde weiter vorn zwischen den Baumstämmen sichtbar. Ich hielt erschrocken den Atem an.
Zwei Männer traten hervor – Indianer! Ich bemerkte, daß Cochise und Joseph sich entspannten. Die-der-Spur-folgt lächelte. Und nun erkannte ich den einen Mann: Es war einer der Trommler, der in der Nacht in der Schlucht mit Joseph zusammen gespielt hatte. Es waren Freunde. Sie hatten uns hier erwartet.
Wir gingen aufeinander zu und begrüßten uns. Die Männer umarmten sich und redeten in indianischer Sprache miteinander. Wir ließen uns unter den Bäumen nieder. Ich erfuhr, daß überall in den Bergen Posten aufgestellt waren, die den Fluchtweg von Cochise und Joseph bewachten.
„Ihr könnt davon ausgehen, daß bis zur Grenze bald hinter jedem Felsen oder Baum ein Indianer hockt und die Gegend scharf im Auge behält", lachte der Trommler.
Diese Nachricht machte uns sehr glücklich. Cochise beschloß, heute nicht mehr weiterzugehen, sondern die Nacht in diesem Tal zu verbringen – schon wegen Josephs körperlichem Zustand. Es ging ihm zwar gut, aber er war doch noch nicht ganz bei Kräften. Wir lagerten am Ufer eines

kleinen Baches unter dicht zusammenstehenden Bäumen.
Später besuchten uns noch drei andere Indianer und brachten uns etwas zu essen. Wir rauchten zusammen die Pfeife, dann verschwanden unsere Freunde wieder in der Wildnis. Da wir so gut bewacht wurden, konnten wir sogar wagen, ein kleines Feuer anzuzünden, als es dunkel wurde. Unsere Stimmung war zuversichtlich und froh. Nur Joseph und ich tauschten manchmal einen langen, traurigen Blick. Die Stunde des Abschieds rückte unaufhaltsam näher.
Der Alte erklärte mir, wie es weitergehen sollte: „Morgen werden sich unsere Wege trennen. Du bleibst mit Die-der-Spur-folgt zusammen. Ihr wandert zunächst zu ihrer Hütte, dort werdet ihr eine Nacht verbringen, und am nächsten Tag begleitet sie dich hinunter in die Ebene, zu einer Siedlung. Von dort aus kannst du telefonieren oder dich gleich von irgend jemandem mit dem Auto in den nächsten Ort bringen lassen. Da gibt es eine Polizeistation, an die du dich dann wenden kannst."
Mir wurde richtig schlecht, als ich das Wort „Polizei" hörte. Weder konnte ich mir vorstellen, mich von Cochise und Joseph zu trennen, und noch weniger, in die Zivilisation zurückzukehren, wo es Telefone, Autos und Polizei gab. Das einzige, was mir Mut machte, war die Aussicht, bald nach Schweden zu kommen, nach Hause, wo ich meinte hinzugehören. Aber alles, was mir bis dahin noch bevorstand, machte mir angst.

„Du mußt mir genau sagen, was ich der Polizei erzählen soll“, bat ich Cochise. „Sie werden wissen wollen, mit wem ich zusammenwar.“

„Nun, du erzählst, daß du von sieben alten Indianern in der Wüste gerettet wurdest.“ Cochise erging sich längere Zeit im Erfinden von Namen und Personenbeschreibungen, die so kurios waren, daß Joseph, Die-der-Spur-folgt und ich Tränen lachten.

„Und was soll ich sagen, wenn ich gefragt werde, weshalb ich so lange mit ihnen zusammengeblieben bin?“ fragte ich.

„Du warst verletzt, fast verdurstet und bewußtlos, und die Indianer nahmen dich mit in ihr Lager in den Bergen. Dann hast du eine schwere Lungenentzündung bekommen, und es dauerte lange Zeit, bis sie dich gesundgepflegt hatten und du dich so weit erholt hattest, daß sie dich zur Siedlung bringen konnten. Erzähle nichts von der Höhle“, fügte er ernst hinzu. „Solange die Polizei nichts von ihr weiß, kann sie noch vielen anderen Menschen von Nutzen sein. Die Polizei wird genau erfahren wollen, wo du dich mit den Indianern aufgehalten hast. Du kannst ihnen erzählen, daß ihr in irgendeiner Höhle gelebt habet, und du kannst sehr glaubwürdig versichern, daß du keine Ahnung hättest, wo sie liege, denn dieses Gebirge ist wirklich riesig. Erwähne nichts von Die-der-Spur-folgt, Daniel und anderen Freunden. Damit würdest du sie alle in große Gefahr bringen. Und laß dich nicht einschüchtern und verunsichern durch die Fragen der Polizei.“

„Was, meinst du, werden sie mit mir anstellen?" fragte ich entsetzt.
„Sie werden dich vermutlich gründlich verhören. Und ich sagte dir ja schon: Sie haben ihre Methoden, aus Menschen herauszubekommen, was sie erfahren wollen. Aber du mußt stark sein. Und du mußt wissen, daß sie dir nichts anhaben können."
„Ihr könnt euch auf mich verlassen."
Der Alte nickte.
Eine Weile saßen wir schweigend. Dann sagte ich: „Ich werde in Gedanken immer bei euch sein ... Und ich wünsche euch, daß ihr glücklich werdet, und ... Ich bin euch dankbar für alles, für alles ..."
Ich konnte nicht weitersprechen, weil Tränen meine Stimme erstickten.
Der Alte legte mir seine Hand auf die Schulter und blickte mich lächelnd an. „Wer weiß, Lilli, vielleicht sehen wir uns eines Tages wieder."
„Vielleicht, wer weiß", schluchzte ich. „Es fällt mir so schwer, mich von euch zu trennen, so schwer ..."
Wir saßen noch einige Zeit still um das Feuer. Als Die-der-Spur-folgt und der Alte sich schlafen gelegt hatten, stahlen Joseph und ich uns davon. Wir hielten einander lange in den Armen und nahmen zärtlich Abschied. Um uns war nur das Murmeln des Baches und das leise Rascheln und Knacken der Bäume im Wind.

Bei Tagesanbruch wanderten wir weiter. Manchmal sahen wir in einiger Entfernung, auf einer

Anhöhe, hinter Felsen oder Büschen, eine Gestalt auftauchen, kurz nur, wie einen flüchtigen Schatten. Später stießen drei Indianer zu uns, begleiteten uns eine Zeitlang und verschwanden wieder.
Gegen Mittag rasteten wir an einem kleinen Wasserfall. Dort sagten wir einander Lebewohl. Die-der-Spur-folgt übergab Joseph die Trommel. Die beiden Männer schulterten ihre Rucksäcke und gingen fort, ohne sich noch einmal umzudrehen.
Wir schauten ihnen nach, bis sie hinter Felsen und buschbewachsenen Hügeln unseren Blicken entschwunden waren.
Ich stand da und weinte. Mein Herz krampfte sich zusammen. Nie zuvor hatte ich solchen Schmerz empfunden.

Die Hütte, in der Die-der-Spur-folgt lebte, lag malerisch in den Bergen, von hohen Bäumen umgeben. Wir waren auf einem Felsen stehengeblieben und blickten auf sie herab. Als wir den schmalen, steilen Pfad hinunterstiegen, trat plötzlich ein junger Indianer zwischen den Bäumen hervor. Er hielt ein Gewehr in der Hand. Der Hund lief schwanzwedelnd auf ihn zu und begrüßte ihn freudig.
„Das ist Denis“, sagte Die-der-Spur-folgt. „Er bewacht die Hütte.“
Denis war fast noch ein Junge. Ich schätzte ihn auf fünfzehn, höchstens sechzehn Jahre. Er hatte sein Haar im Nacken zusammengebunden und trug

ein blaues Stirnband. Als wir voreinanderstanden, bemerkte ich seinen irritierenden Silberblick. Er nickte mir freundlich zu und wechselte ein paar Worte mit Die-der-Spur-folgt. Dann gingen wir weiter den kleinen Pfad hinunter bis zur Hütte. Sie war aus rohen Stämmen zusammengezimmert, das Dach mit Teerpappe gedeckt und mit Steinen beschwert. Man sah ihr an, daß sie schon einige Stürme und Unwetter überstanden hatte. Rechts und links an den Außenwänden war Brennholz hochgestapelt. Ein Hackklotz stand da, in dem eine Axt steckte. Drei Stufen führten zu einem überdachten Vorbau, eine Art Veranda, und zur Eingangstür empor.

Wir betraten einen großen Raum. In der Mitte stand ein Tisch, und dort saß eine Frau. Sie blickte auf und erhob sich, um uns zu begrüßen. Ich erfuhr, daß sie Janet hieß. Sie war nicht viel älter als ich, vielleicht zwanzig Jahre, klein und zierlich, hatte ein rundes Gesicht mit hohen Wangenknochen und mandelförmigen, schwarzen Augen. Ihr Haar war in zwei lange Zöpfe geflochten.

Die-der-Spur-folgt und ich setzten uns an den Tisch, und Janet schürte das Feuer in einem monströsen Herd, der in einer Ecke stand, um Tee und eine Mahlzeit für uns zu kochen.

Ich schaute mich um. Der Raum war sehr einfach eingerichtet. Außer dem Tisch mit den Stühlen, dem Herd, einem kleinen Schrank und einem Regal, in dem das Geschirr stand, gab es keine Möbel. Der Fußboden bestand aus groben Holzdielen.

Drei Türen führten offenbar in angrenzende Zimmer. Durch die Fenster fiel das weiche Licht der Abenddämmerung.
Die-der-Spur-folgt zündete zwei Petroleumlampen an, stellte eine auf den Tisch und die andere neben den Herd, an dem Janet stand und kochte.
Der köstliche Duft der Suppe lockte einen weiteren Bewohner der Hütte aus seinem Zimmer: einen Mann mittleren Alters, groß und kräftig, mit breitem, kantigem Gesicht. Er war auch bei dem Fest in der Schlucht dabeigewesen. Überrascht bemerkte ich, daß er sich offenbar freute, mich wiederzusehen. Damals hatten wir kein Wort miteinander gesprochen, er hatte mich gar nicht beachtet. Jetzt wollte er wissen, wie es mir gehe, und erkundigte sich nach Joseph und dem Alten. Aber ich war nicht sehr gesprächig.
Ich saß zum ersten Mal seit vielen Wochen auf einem Stuhl an einem Tisch, in einem Raum, der vier gerade Wände hatte, und aß aus einem schön bemalten Keramikteller – wie fremd erschien mir das! Nach dem Essen half ich, abzuräumen und das Geschirr zu spülen. Janet gab mir einen Napf mit Futter für den Hund, und ich ging nach draußen, um es ihm zu bringen.
Als ich auf die Veranda trat, kamen gerade ein älterer Mann und eine Frau an. Wir nickten einander zu, und sie gingen in die Hütte hinein. Ich blieb draußen, setzte mich auf die Stufen und sah hinaus in die Dunkelheit. Ich wollte einen Moment alleine sein. Nur der Hund leistete mir Gesellschaft.

Nachdem er seinen Napf leergefressen hatte, ließ er sich an meiner Seite nieder. Ich streichelte ihn, kraulte ihn hinter den Ohren und hing meinen Gedanken nach.
In wenigen Tagen wäre ich zu Hause in Stockholm. Und alle wären darüber unendlich glücklich, meine Eltern, meine Freunde. Wie mochte es ihnen gehen? Ich wußte, wie sie sich gesorgt, wie sie gelitten hatten in der ganzen Zeit.
Ich würde zurückkehren in mein gewohntes Leben, würde wieder trainieren und tanzen. Ich hatte ja mein Engagement im Ballettensemble, ich hatte das erreicht, wofür ich jahrelang hart gearbeitet hatte. Ich würde wieder in meinem gemütlichen Appartement in der Straße mit den schönen alten Bäumen wohnen. Zu Hause wartete all das auf mich, wonach ich mich hier wochenlang gesehnt hatte.
Ach, Joseph ...
Meine Entscheidung, nach Schweden zurückzukehren, war nicht die Entscheidung, die mein Herz getroffen hätte. Aber trotzdem war sie sicher richtig. Nein, ich konnte mir nicht vorstellen, im Untergrund zu leben, in der Illegalität, in einem fremden Land, ohne Aufenthaltsgenehmigung, ohne die geringste Existenzgrundlage. Mich immer verstecken müssen, immer in Angst leben vor der Polizei und um den Alten und um Joseph.
Joseph ...
Der ältere Mann trat aus der Hütte und ging auf dem kleinen Pfad davon. Wenig später näherten

sich Schritte aus der Dunkelheit: Denis kam. Er trug das Gewehr nicht mehr bei sich, und ich schloß daraus, daß der ältere Mann jetzt die Wache übernommen hatte. Denis lächelte mir zu und verschwand in der Hütte.
Und ich wußte, daß ein großes Stück von meinem Herzen für immer bei diesen Menschen hier bleiben würde. Ich liebte ihre Stille, ihre Sanftmut, ihre Gelassenheit, ihr Lächeln.
Joseph, Joseph ...
Ich schlang meine Arme um den wolligen Hals des Hundes, grub mein Gesicht in sein Fell und weinte. Bald wäre ich in Stockholm ..., bald. Und mit der Zeit würde der Schmerz bestimmt vergehen. Irgendwann würde ich wieder glücklich sein können.

Die Tür ging auf, und die anderen traten aus der Hütte. Ich erhob mich. Die-der-Spur-folgt berührte meine Hand. „Komm mit", flüsterte sie.
Wir stiegen den kleinen Pfad hinauf und liefen ein Stück ins Gelände hinein. Der Mond war aufgegangen und ließ Felsen, Bäume und die umliegenden Berge schemenhaft erkennen. Nach kurzer Zeit erreichten wir einen freien Platz zwischen einigen Büschen und großen Steinen. Dort setzten wir uns im Kreis nieder. Denis zündete mit trockenem Gras und kleinen Ästen ein Feuer in der Mitte an. Der Schein der Flammen reichte gerade aus, daß wir einander sehen und die Gesichter erkennen konnten.
Ich saß zwischen Janet und Denis. Die-der Spur-

folgt saß mir gegenüber. Sie stopfte eine Pfeife mit Tabak, zündete sie an, blies den Rauch in die vier Himmelsrichtungen und sprach ein Gebet. Dann reichte sie die Pfeife weiter. Einer nach dem anderen rauchte ein paar Züge. Vier Mal machte die Pfeife die Runde. Zum Schluß sprach Die-der-Spur-folgt abermals ein Gebet.
Wir legten alle die Hände ineinander, schlossen die Augen und atmeten in einem gemeinsamen Rhythmus. Bald spürte ich eine Welle starker Energie durch meinen Körper pulsieren. Anfangs erreichte mich diese Energie in einzelnen Schüben. Allmählich verwandelte sie sich in eine gleichmäßig fließende Kraft, die durch unseren geschlossenen Kreis strömte. Keiner hatte ein Wort gesprochen, aber es war klar, daß wir hier zusammensaßen, um diese Kraft Joseph und dem Alten zu senden.
Das Bild des Alten tauchte vor meinen geschlossenen Augen auf. Er saß mit gekreuzten Beinen vor der Höhle, aufrecht und dennoch entspannt, die Hände im Schoß ruhend. Sein graues Haar fiel ihm strähnig über die Schultern. Er blickte in die Ferne – wie oft hatte ich ihn so gesehen. Jetzt wandte er mir sein Gesicht zu. Seine leuchtenden, bernsteinfarbenen Augen schauten direkt in mein Herz. Er zwinkerte mir zu und lächelte sein warmes, offenes, müheloses Lächeln.
Das Bild des Alten verblaßte und entschwand, und ein neues tauchte auf ...
Joseph kniete auf dem Boden, in einer Hand ein Messer, in der anderen ein Stück Holz. Er hatte die

Rinde abgeschält und überlegte gerade, was er aus dem Holzstück schnitzen könne. Langsam drehte er es zwischen seinen Händen, betrachtete es von allen Seiten, hielt es hoch, legte es vor sich hin. Nach einer Weile huschte ein Lächeln über sein Gesicht. Er hob das Holz wieder auf und begann zu schnitzen. Einige Späne fielen herunter. Der Wind blies sie davon.
Joseph war ganz vertieft in seine Arbeit. Aber dann spürte er doch, daß ich ihn beobachtete, und sah auf. Einen Augenblick hielt er in seiner Arbeit inne und schaute mich an ...
Der Schmerz packte mich mit aller Heftigkeit, drohte mich zu überwältigen. Meine Kehle krampfte sich zusammen, ich schluchzte auf. Mein Atem geriet aus dem Rhythmus, alles in mir wirbelte durcheinander. Ich fühlte, daß die anderen im Kreis wußten, was mir in diesem Moment geschah. Sie fingen mich auf mit ihrem Atem, stützten mich und gaben mir Halt.
Ich sah ein neues Bild. Ich sah Joseph und den Alten, wie sie ihre Rucksäcke und die Trommel schulterten und davongingen, ohne sich noch einmal umzudrehen. Und ich sah sie über die Berge wandern, mit leichten, weit ausgreifenden Schritten. Ihre langen Haare wehten im Wind, und die Abendsonne hüllte ihre Gestalten in rötliches Licht. Sie zogen über diese Erde, und sie zogen weit. Bis ihre Körper mit den Felsen und Hügeln, den Tälern, Büschen und Bäumen verschmolzen. Bis sie eins wurden mit dem Murmeln des Baches, dem Rascheln der Baumwipfel, dem mächtigen Flügel-

schlag des Adlers, dem leisen Raunen der Gräser, mit dem Lied des Windes, der immer über die Berge geht.
Und da gab es auf einmal keinen Schmerz und keine Trauer mehr. Da war nur noch der Wunsch, ihnen die Kraft und die Liebe zu senden, die über den gemeinsamen Atem durch unseren Kreis strömte.

17

Im allerersten Morgengrauen machten Die-der-Spur-folgt und ich uns auf den Weg ins Tal. Ihr Hund begleitete uns. Zuerst war der Abstieg steil und beschwerlich. Gegen Mittag machten wir Rast, tranken Wasser und aßen etwas Trockenfleisch. Später durchwanderten wir eine öde, verkarstete Landschaft. Hier schien der Wald schon vor etlichen Jahren radikal abgeholzt worden zu sein. Während wir liefen, legte ich mir genau zurecht, was ich der Polizei erzählen wollte.
Am Abend kamen wir in eine Gegend, die wieder grüner war. Es gab Gras und Buschwerk und sogar einige kleine, karge Äcker. Wir liefen an vereinzelt liegenden Hütten vorbei, in denen Indianer wohnten. Schafe weideten zwischen den Büschen.
Ein schwarzes Autowrack stand am Wegrand. Es mußte schon ewig hier stehen. Die Fensterscheiben waren herausgebrochen, die verbeulte Kühlerhaube lag einige Meter entfernt im Sand. Es hatte keine Reifen und keine Scheinwerfer mehr, und die Sitze waren herausgerissen. Da lag es nun, einst sicher der Stolz seines Besitzers, jetzt weggeworfen, längst vergessen, ein trauriger, häßlicher Haufen schwarzer Schrott in der Landschaft. Wir näherten uns der Zivilisation.

Kurz vor Einbruch der Dunkelheit erreichten wir die Siedlung. Sie lag am Fuße des Gebirges, am Rande einer weiten, grasbewachsenen Ebene. Quer durch die Ebene zog sich eine schnurgerade Straße, die sich in der Ferne verlor.
Die Häuser und Hütten wirkten sehr ärmlich, aber von beinah jedem Dach ragte eine Fernsehantenne empor. Einige weiße Tepees waren zwischen den Häusern aufgebaut. Hühner scharrten gackernd in der trockenen Erde. Ein paar Kinder hielten im Spiel inne und schauten uns mit großen, erstaunten Augen nach. Indianerinnen in langen Röcken und mit buntgewebten Tüchern um den Schultern überquerten den staubigen Weg. Sie warfen uns nur kurze Blicke zu.
Die-der-Spur-folgt klopfte an eine Tür. Ein junger Indianer öffnete und ließ uns eintreten. Der Raum wurde von einer nackten Glühbirne spärlich beleuchtet, die an einem Kabel von der Decke baumelte. An einem Tisch saß eine alte Frau mit ausgemergelten Wangen. Sie hielt ein kleines Kind auf dem Schoß, das, in eine Wolldecke gewickelt, schlief. Und daneben saß – Daniel!
„Das ist doch nicht die Möglichkeit!" schrie er und sprang auf. „So ein Zufall!" Dann begrüßte er uns stürmisch. Er hatte auf uns gewartet.
Wir setzten uns an den Tisch und sprachen noch einmal gemeinsam genau durch, was ich der Polizei erzählen solle.
Darauf rief Daniel beim zuständigen Posten an und teilte mit, daß ich soeben in der Siedlung aufgetaucht sei. „Lillian Bergström, ja, so heißt die

junge Frau. Ja ..., ja, genau das ist sie. Schwedin. Seit Wochen vermißt ..."

Er erklärte mir, er habe öfter in der Siedlung zu tun, und das wisse auch die Polizei, so daß niemand Verdacht schöpfen werde. Wir müßten uns nur klar machen, daß wir uns eben erst kennengelernt hätten. Und er wolle versuchen, es so einzufädeln, daß er mit mir zusammenbleiben könne.

Die-der-Spur-folgt mußte weg, bevor die Polizei eintraf. Ich begleitete sie noch vor das Haus. Wir umarmten einander und ich streichelte ihrem Zottelhund ein letztes Mal über das weiche Fell.

„Der Große Geist lenkt deine Schritte", sagte sie mir zum Abschied. „In Schönheit mögest du wandern, meine Schwester."

Ich kehrte ins Haus zurück und legte mich auf eine Pritsche, die dort in einer Ecke stand. Vor Erschöpfung schlief ich ein, während wir auf die Polizei warteten.

Sie kamen erst spät in der Nacht. Ich erzählte ihnen meine Geschichte, und sie nahmen ein Protokoll auf.

Daniel kannte die drei Polizisten offensichtlich gut. „Ich hab' ein Problem, Mike", wandte er sich an den einen. „Mein Auto – die Lichtmaschine. Das alte Leiden ... Und ich muß morgen früh in der Stadt sein. Könntet ihr mich mitnehmen? Außerdem", fügte er augenzwinkernd hinzu, „habe ich der jungen Frau versprochen, daß ich mich ein bißchen um sie kümmern werde. Ich will ihr helfen, ihre Sachen wiederzubekommen, die damals in dem Hotel liegengeblieben sind, und ..."

„Schon in Ordnung“, lächelte der Polizist verständnisvoll, mit einem Seitenblick auf mich.
Also luden sie uns beide in ihren Wagen und brachten uns zur nächsten Polizeistation in irgendeinem gottverlassenen Nest.
Anderthalb Stunden fuhren wir bis dorthin. Ich klemmte auf der Rückbank zwischen Daniel und einem Polizisten und hielt den Beutel mit meinen Habseligkeiten auf den Knien. Ich war so froh, Daniel an meiner Seite zu haben. Trotzdem fühlte ich mich merkwürdig verloren. Ich griff in den Beutel und tastete nach Josephs Holzfigur. Eine Zeitlang hielt ich sie in meiner Hand. Sie fühlte sich warm und lebendig an. Getröstet legte ich meinen Kopf auf die Rückenlehne und schloß die Augen.

Auf der Treppe vor der Polizeistation hockte zusammengekauert eine Indianerin. Sie hatte den Kopf mit einem schwarzen Schal verhüllt und wandte ihr Gesicht ab, als wir an ihr vorbei die Stufen hochstiegen.
Ich ging auf die Toilette. Sie stank so penetrant nach Desinfektionsmittel, daß mir übel wurde. Als ich zurückkam, führte man uns über einen langen Gang in ein Büro, wo wir auf die Polizisten warten sollten, die uns in die Stadt fahren würden. Inzwischen war es ein Uhr morgens.
Wir kamen an vergitterten Zellen vorbei. Plötzlich hörte ich jemanden laut stöhnen und blieb erschrocken stehen. In einer der Zellen lag ein Indianer auf dem Boden. Er war betrunken.

Daniel bemerkte meinen entsetzten Blick und zuckte bedauernd die Schultern. Wir gingen weiter. Wir versuchten, den diensthabenden Beamten im Büro zu bewegen, eine telefonische Verbindung nach Stockholm herzustellen. Ich war total aufgeregt, weil ich dachte, jetzt würde ich gleich mit meinen Eltern sprechen können.
Aber nachdem der Mann es einige Male vergeblich versucht hatte, meinte er verschlafen: „Tut mir leid, ich komm' nicht durch. Probieren Sie's in der Stadt. Außerdem sind Ihre Angehörigen inzwischen sicher schon benachrichtigt."
Wir mußten lange warten. Das Sitzen auf den harten Stühlen wurde mit der Zeit zur Qual. Meine Augen brannten vom grellen Neonlicht und dem Zigarettenrauch, der in dicken Schwaden in der Luft hing. Wir waren hundemüde. Daniel nickte sogar ein paarmal ein und schnarchte laut.
Nach mehreren Stunden ging es endlich weiter. Daniel und ich hatten jetzt die Rückbank des Wagens für uns alleine. Er machte sich so dünn wie möglich, ich legte die Beine hoch und quetschte mich so in den Sitz, daß ich halbwegs bequem liegen konnte. Bald schlief ich ein. Ich schlief lange und gut, bis wir Halt an einer Raststätte machten, um den Wagen aufzutanken. Die dunkle Silhouette des Gebirges war ein ganzes Stück in die Ferne gerückt. Ich sah Sterne am Himmel und dachte an Joseph und den Alten.
Als es hell wurde, erreichten wir die Stadt. Die Straßen waren noch leer. Wir fuhren an einem Park

vorbei und an großen Kaufhäusern. Am Polizeipräsidium stiegen wir aus und traten in das dunkle Gebäude.
Man reichte uns belegte Brötchen und Kaffee. Und endlich gelang es, meine Eltern ans Telefon zu kriegen. Ich riß dem Polizisten den Hörer aus der Hand.
„Hallo?!"
„Lilli!"
„Mama!" Ich sank auf einen Stuhl und heulte los.
Meine Mutter heulte auch. Eine Zeitlang heulten wir uns gegenseitig durchs Telefon ins Ohr, bis mein Vater den Hörer an sich nahm.
„Lilli! Kind! Wie geht es dir? Soll ich kommen?"
Seine Stimme brachte mich wieder zu Sinnen. Ich erzählte ihm meine Geschichte, dieselbe, die ich auch der Polizei erzählt hatte, denn ich durfte kein Risiko eingehen, auch wenn ich mit meinen Eltern schwedisch sprach. Sie hatten eine schreckliche Zeit hinter sich, waren mit ihren Nerven und ihrer Kraft am Ende.
„Als dein Brief kam, haben wir Hoffnung geschöpft", sagte mein Vater. „Wir wußten, daß du am Leben bist. Ich hab's die ganze Zeit gewußt."
Ich sagte ihnen, daß ich mich ins Flugzeug setzen und nach Hause kommen würde, sobald hier alles geregelt sei und ich meine Sachen wiederbekommen hätte.

Das Verhör gestaltete sich viel weniger schwierig, als ich befürchtet hatte. Die Herren waren alle sehr liebenswürdig und nett zu mir und hegten nicht den leisesten Zweifel an meinen Aussagen. Zum Schluß mußte ich noch ein paar Formulare ausfüllen und unterschreiben und konnte gehen. Ich war so erleichtert und froh, als ich die Sache hinter mir hatte.

Daniel wartete auf mich. Er hatte in der Zwischenzeit ein Hotelzimmer für mich besorgt. Er bestellte ein Taxi, und wir traten hinaus auf die Straße. Hitze, Staub und der Lärm und Gestank des vorbeiflutenden Autoverkehrs schlugen mir ins Gesicht wie eine Ohrfeige. Auf den Gehsteigen liefen die Menschen hin und her wie aufgeregte Ameisen. Mir wurde schwindlig. Und ich sehnte mich nach der Einsamkeit der Bergwildnis zurück, sehnte mich nach Stille und nach Joseph.

Unser Taxi bog um die Ecke, und wir stiegen ein. Das Hotel lag mitten in der City, nur fünf Minuten von Daniels Wohnung und Büro entfernt. Die beiden Portiers an der Rezeption musterten mich mit unverhohlenem Argwohn: eine junge Frau in diesem heruntergekommenen Zustand, ohne Ausweispapiere und Gepäck. Doch Daniel regelte die Sache für mich. In der Eingangshalle hing ein großer Spiegel, und als ich mich darin erblickte, hatte ich volles Verständnis für das Mißtrauen der Hotelangestellten.

Wir fuhren mit dem Lift in den dritten Stock. Das kleine Zimmer war ein schnuckeliger Traum aus rosarotem Plüsch, himmelblauem Tüll und altmodischer Blümchentapete. Das Bett sah aus, als würde man für ewig darin versinken, wenn man sich einmal hineingelegt hatte. Und als ich in das blitzsaubere Bad hineinschaute und die Wanne mit den Rosenkacheln erblickte, ließ ich einen kleinen Freudenschrei los. Ohne Zeit mit weiteren Erklärungen zu verschwenden, entledigte ich mich meiner Kleider und nahm eine heiße Dusche.

Daniel war auf dem Plüschsofa eingeschlafen, als ich, in ein flauschiges Badetuch gewickelt und wie ein Weihnachtsbaum duftend, wieder ins Zimmer kam.

Ich weckte ihn behutsam. „Willst du nicht nach Hause gehen?"

„Eigentlich nicht", murmelte er schlaftrunken. „Ich fühle mich in deiner Nähe am wohlsten. Aber es ist sicher besser."

„Sag mal, hast du eigentlich keine Frau oder Freundin, die auf dich wartet?"

Er schüttelte den Kopf. „Ich bin mit meinem Beruf liiert." Dabei lächelte er ein bißchen wehmütig. „Schlaf gut, Lilli."

Ich nahm ihn in meine Arme und küßte ihn auf seine stoppelbärtige Wange. „Danke für deine Hilfe."

„Neben dem Telefon liegt ein Zettel mit meiner Nummer. Ruf mich an, wenn du ausgeschlafen hast. Falls du mich nicht erreichst, bin ich gerade unterwegs, komme aber bestimmt bald wieder. Wir haben noch eine Verabredung, erinnerst du dich?"

„Was für eine Verabredung, um Himmelswillen?" gähnte ich todmüde.

„Zum Essen, kleine Lilli, zum Essen."

Er zog die Tür hinter sich ins Schloß, und ich sank

erschöpft zwischen die pompösen Seidenkissen auf das Bett.

Ich erwachte, weil jemand heftig von außen gegen die Tür donnerte.
„Miss Bergström?"
Es war stockdunkel im Zimmer. Erschrocken setzte ich mich im Bett auf und tastete nach einem Lichtschalter.
„Miss Bergström!" Eine Männerstimme. Wieder das ungeduldige Klopfen.
„Ja! Moment!" Ich fand keinen Lichtschalter, versuchte es auf der anderen Seite des Bettes und stieß mit der Hand gegen eine Nachttischlampe. Ich zog am Bändel, das ich erwischte, und es wurde hell.
„Was ist los?" rief ich, halb ärgerlich, halb ängstlich. „Wer ist denn da?"
„Entschuldigen Sie", sagte die Stimme vor der Tür. „Ich bin der Nachtportier. Ich habe das Telefon eine halbe Stunde klingeln lassen, aber Sie sind nicht drangegangen."
„Ich hab' geschlafen!"
„Entschuldigen Sie – entschuldigung."
„Warum wecken Sie mich auf?"
„In der Hotelhalle warten seit Stunden etliche Reporter auf Sie."
„Was?"
„Reporter! Die wollen Sie interviewen."
„Ach, du liebe Zeit ..." Ich brauchte einen Moment, um zu begreifen, was der Mann überhaupt meinte. Dann rief ich: „Sagen Sie denen bitte, sie sollen wieder gehen. Ich kann jetzt nicht."

„Was?“
Ich wiederholte noch lauter: „Ich kann jetzt nicht! Die sollen gehen!“
„Ja, Miss Bergström, ich werd's ihnen ausrichten. Entschuldigen Sie.“
„Bitte“, murmelte ich.
Ein Blick auf den Radiowecker zeigte mir, daß es kurz vor Mitternacht war. Verschlafen tappte ich zur Toilette. So eine Unverschämtheit, mich mitten in der Nacht zu wecken. Und wer, zum Teufel, hatte mir die Zeitungsreporter auf den Hals gehetzt? Ich beschloß, Daniel anzurufen. Der Zettel mit seiner Nummer lag neben dem Telefon. Ich wählte und ließ mich vom Portier verbinden. Am anderen Ende der Leitung knackte es, dann hörte ich ein schleifendes Bandgeräusch und Daniels leicht verzerrte Stimme: „Guten Tag. Hier ist der automatische Anrufbeantworter von ... Ja, bitte?“ Das war Daniel im Originalton.
Gott sei Dank. „He, Mister! Hier ist die vollautomatische schwedische Tanzpuppe im Trachtenkleid. Ich wollte nur ...“
„... oh, Lilli!“ Er lachte.
„Ich bin gerade ziemlich unsanft geweckt worden“, sagte ich.
„Ich auch.“
„Von mir etwa?“
„Ja.“ Er gähnte.
„Das tut mir leid.“
„Mir nicht. Deine Stimme ist Entschädigung für alles. Wie geht es dir? Frisch und munter?“
„Naja ...“

„Und wer hat dich aus dem Schlaf gerissen?"
„Eine Horde Reporter, genauer gesagt, der Nachtportier, den sie aufgehetzt hatten, mich aus dem Bett zu trommeln. Sie wollten mich interviewen."
„Und was hast du ihnen gesagt?"
„Ich hab' sie nach Hause geschickt."
„Das war unklug. Wie lange ist das her?"
„Ein paar Minuten."
„Wenn wir Glück haben, sind sie noch nicht weg. Du rufst jetzt sofort den Portier an. Sag ihm, er solle den Reportern ausrichten, daß du in einer Viertelstunde zum Interview bereit seist."
„Aber ich ..."
„... ich bin in fünf Minuten da."
„Daniel ..."
Er hatte bereits eingehängt.
Das war ja wohl die Höhe! Das war einfach unglaublich! Ich war überhaupt nicht bereit, ein Interview zu geben. Um diese Uhrzeit und nachdem ich tags zuvor dieselbe Geschichte dreimal hatte erzählen müssen. Ich wollte meine Ruhe!
Nachdem ich eine Weile überlegt hatte, drückte ich auf die Taste des Telefonapparates und wählte die Nummer des Portiers. Daniel mußte seine Gründe haben; ich würde das Interview geben.

„Hör mir jetzt zu, Lilli! Du bleibst in allen deinen Aussagen bei der Geschichte, die du der Polizei serviert hast." Daniel folgte mir ins Bad.
„Guck dir die Hose an. Sie steht vor Dreck."
„Und du bringst das Gespräch sofort auf die Situation der Indianer. Erzähle ihnen, was du weißt."

Ich griff in die Tüte, die Daniel mir vor die Nase hielt, und stopfte mir Erdnußflips in den Mund. „Das Hemd stinkt und ist total zerlöchert. Was sollen die Reporter von mir denken?“ zeterte ich kauend.

„Ich versteh' ja, daß du müde bist und keine Lust hast, jetzt ein Interview zu geben. Aber wir müssen das Interesse der Öffentlichkeit an deinem Fall ausnutzen, um wieder einmal auf das Unrecht, das an den Indianern begangen wird, und ihre verzweifelte Situation in den Gefängnissen hinzuweisen. Iß noch ein paar Erdnußflips, damit du nicht vor Hunger umfällst. Es liegt an dir, die Gelegenheit beim Schopf zu packen, um die ganze Problematik aufzuzeigen und ...“

„... ich bezweifle, daß mir das nachts um halb eins gelingen wird.“

Daniel bückte sich und half mir, die Schnürsenkel meiner Turnschuhe zu binden. „Du hast gar keine Zeit zum Zweifeln. Es geht hier nicht um dich. Es geht um die Indianer.“

„Ich weiß.“

„Also, dann reiß dich jetzt zusammen und mach deine Sache gut.“

Ich warf mir eine Handvoll kaltes Wasser ins Gesicht, gurgelte geräuschvoll und spuckte aus. „Wer hat den Zeitungsfritzen überhaupt gesteckt, wo ich mich aufhalte? Du vielleicht?“

„Nein, ich war's nicht“, beteuerte Daniel. „Mach nicht so lange rum, die Leute warten!“

„Von deinen labbrigen Erdnußflips werde ich nicht satt“, maulte ich und rubbelte mir mein Gesicht mit dem Handtuch trocken.

„Wenn du deine Sache gut gemacht hast, kriegst du was Richtiges zu essen. Vorher nicht."
Ich fuhr mir mit den Fingern durch meine wüste Haarmähne.
„Du siehst großartig aus, Lilli! Geh jetzt bitte!"
„Ich überleb's nicht."
„Doch, das tust du. Hey, schau mich nicht so böse an."
„Holst du meine Leiche nachher aus der Hotelhalle ab?"
„Ich muß noch was besorgen. Wir treffen uns unten in der Bar. Nimm deinen Zimmerschlüssel mit!" Damit schob er mich auf den Gang hinaus.
Als sich die Fahrstuhltür im Erdgeschoß öffnete und ich in die Eingangshalle hinaustrat, fing es plötzlich an zu blitzen. Es dauerte zwei Sekunden, ehe ich begriff, daß ich fotografiert wurde. Ich setzte mein strahlendstes Bühnenlächeln auf. Schließlich mußte ich doch die Reporter für ihr langes Warten entschädigen, und außerdem wollte ich sie mit meinem ganzen Charme für mich einnehmen, damit sie meine Botschaft in den Zeitungen veröffentlichten.
Das Inteview fand im Konferenzsaal des Hotels statt. Ich plazierte mich am Kopfende eines langen Tisches und beantwortete den Damen und Herren zunächst alle Fragen, die sie auf dem Herzen hatten. Ziemlich bald wurde mir klar, daß es ihnen darum ging, eine reißerische Story zu hören. Stattdessen aber brachte ich die Sprache möglichst schnell auf die soziale Situation der In-

dianer und auf die politischen Häftlinge in den Gefängnissen. Ich erzählte ihnen alles, was ich in den Gesprächen mit Daniel und Cochise darüber erfahren hatte.

Einer der Reporter wandte ein, daß sich die Indianer keineswegs immer friedlich verhalten würden.

Ich antwortete: „Solange die Ureinwohner Amerikas unterdrückt werden, solange ihre Menschen- und Landrechte mißachtet werden, solange man ihre andere Lebensweise nicht respektiert und ihnen das Recht auf Selbstbestimmung verweigert, solange es Verfolgung und Diskriminierung und Ungerechtigkeit gibt, wird es immer zu gewalttätigen Auseinandersetzungen kommen.“

Ich erzählte von der Beziehung der Indianer zur Natur, vom Pflanzensammeln und Jagen, aber ich merkte, daß ich damit nur auf Unverständnis und Desinteresse stieß. Etwa eine Stunde lang redete ich wie ein Buch, reagierte schnell und pfiffig auf Zwischenfragen und sprach klar, sicher, nachdrücklich und, wie ich meinte, überzeugend. Allerdings entging mir nicht, daß sich einige Reporter schon nach den ersten zehn Minuten aus dem Staub machten. Wahrscheinlich, weil sie von mir nicht zu hören bekamen, was sie sich erhofft hatten.

Nach dem Interview ging ich in die Bar. Daniel saß einsam auf einem Barhocker an der Theke, eine große Plastiktüte auf dem Schoß und ein Glas Orangensaft in der Hand. Der Barkeeper räumte gerade die letzten Gläser von den Tischen und

wartete darauf, daß er den Laden endlich dicht machen konnte.
„Ich hab' meine Sache gut gemacht. Kriege ich jetzt was zu essen?" begrüßte ich Daniel.
Er nickte, leerte sein Glas, hakte mich unter und geleitete mich zum Lift. Wir fuhren in den dritten Stock und gingen in mein Zimmer. Daniel stellte die Plastiktüte auf den Tisch und zog eine Flasche Sekt daraus hervor.
„Wir haben etwas zu feiern", verkündete er.
„Was?"
„Eine gute Nachricht: Sie sind dort angekommen, wo sie hinwollten, und damit vorläufig in Sicherheit."
Wir fielen einander um den Hals.
„Wirklich? Wirklich? Woher weißt du es?"
„Ich habe einen Anruf bekommen."
„Von wem?"
„Laß mich das Essen auspacken, damit du was Anständiges in den Magen kriegst." Er hatte aus einem italienischen Restaurant die ganze Vorspeisenplatte besorgt: Krabben, gedünstetes Gemüse, Fleischklopse, Salate ...
Ich stürzte mich darauf wie eine Verhungernde. Daniel ließ übermütig den Sektkorken knallen und füllte zwei Gläser. Feierlich stießen wir an.
„Auf Jim Rainbow und Joseph", sagte Daniel.
„Auf Joseph und Cochise", sagte ich glücklich und traurig zugleich. „Wo sind sie jetzt?" wollte ich wissen, den Mund voll butterzarter Zucchini.
„Du wirst verstehen, daß ich darüber nicht sprechen kann."

Eine Weile sahen wir einander stumm in die Augen.
„Ja", sagte ich und spülte meinen Bissen mit einem Schluck Sekt hinunter. „Ich verstehe ... Jedenfalls freue ich mich, daß sie in Sicherheit sind und daß es ihnen gut geht."
Ich angelte mir eine dicke Krabbe und aß weiter, während ich versuchte, meine Tränen zurückzuhalten. Ich wußte plötzlich, daß ich etwas verloren hatte, für immer, unwiederbringlich.
Nachdem ich mich einigermaßen gefaßt hatte, fragte ich: „Wie geht es jetzt mit mir weiter?"
„Deine Sachen werden morgen im Laufe des Tages hier im Hotel eintreffen." Daniel lächelte. „Dann bist du wieder ein vollständiger Mensch, mit Ausweispapieren, Geld und Kleidern. Und dein Flugzeug geht übermorgen mittag um zwölf Uhr. Ich habe deinen Eltern schon Bescheid gesagt."
„Danke, daß du das alles für mich geregelt hast."
„Ich schick' dir die Rechnung nach Stockholm."
„Und du? Was machst du in nächster Zeit?"
„Ich stecke schon wieder über beide Ohren in einer anderen Sache drin. Auf dem Land der Navajos befinden sich reiche Uran-, Kohle-, Gas- und Ölvorkommen. Rund achttausend Indianer sind in den letzten Jahren vertrieben worden, damit die Rohstoffe geplündert werden können. Aber etwa zweitausend traditionelle Indianer weigern sich bis heute, ihr Land zu verlassen. Es ist ihnen heilig. Ihre Religion ist untrennbar mit diesem Land verbunden, und durch den Abbau der Rohstoffe würde es für immer zerstört. Die US-Regierung und die von

ihr eingesetzten Stammesräte versuchen, die Widerständler zum Aufgeben zu zwingen."
„Die Stammesräte – das sind doch auch Indianer!" warf ich ein.
„Ja. Aber sie werden von den traditionellen Indianern nicht anerkannt. Diese Stammesräte sind die Handlanger der Regierung. Sie fallen ihren eigenen Leuten in den Rücken, um für sich selber Vorteile herauszuschlagen. Man könnte sagen, sie schleichen um den gedeckten Tisch, in der Hoffnung, daß sie auch mal ein kleines Stück vom großen Kuchen abbekommen."
„Und was passiert jetzt mit den Menschen, die ihr Land nicht verlassen wollen?"
„Man versucht, ihren Widerstand zu brechen. Durch gerichtliche Verfügungen, willkürliche Anordnungen und durch pure Schikane will man sie mürbe machen. Ihr Viehbestand wird zwangsweise reduziert. Das führt zu einer existenziellen Notlage der Schafzüchter. Felder werden eingezäunt, Brunnen zubetoniert. Die Indianer dürfen keine Reparaturen an ihren Häusern durchführen und auch keine neuen Häuser mehr bauen. Die Angestellten des Büros für indianische Angelegenheiten patroullieren mit Gewehren und sorgen dafür, daß niemand die Verbote übertritt. Wenn sie jemanden dabei erwischen, landet er im Knast. Immer wieder finden Protestaktionen der Indianer und ihrer weißen Unterstützer statt. Und es ist abzusehen, daß es bald zu harten Auseinandersetzungen kommen wird."
„Hört denn das nie auf?"

Daniel zuckte die Schultern. „Manche Menschen sind unersättlich in ihrer Gier nach Besitz und Profit, und sie schrecken vor nichts zurück.“ Er fuhr sich mit der Hand über das Gesicht, wie um einen bösen Gedanken zu verscheuchen. „Ich werde dich jetzt alleinlassen, Lilli. Die Nacht ist gleich vorbei. Ich muß wenigstens noch ein paar Stunden Schlaf kriegen. Morgen abend um sechs Uhr hole ich dich zum Essen ab. Das hier“, er deutete auf die Reste der Vorspeisenplatte, „war nur ein kleiner Vorgeschmack.“

„Wir gehen also tatsächlich nochmal zusammen aus?“

„Richtig groß – ja. Und hinterher vielleicht ins Kino oder in eine Discothek, wenn du Lust hast.“ Leise fügte er hinzu: „Ich hab' so was schon seit einer Ewigkeit nicht mehr gemacht.“

Wir erhoben uns. Er nahm mich in seine Arme und küßte mich liebevoll auf die Stirn. Dann verließ er das Zimmer. Ich blieb nachdenklich zurück.

Zuerst räumte ich die Essensreste weg und spülte die beiden Sektgläser. Dann stieg ich aus meinen Kleidern und nahm nochmal eine heiße Dusche. Als ich mich ins Bett legte, war es vier Uhr morgens. Ich löschte das Licht und starrte mit brennenden Augen in die Dunkelheit.

Ich erwachte am späten Vormittag und ließ mir ein Frühstück mit Eiern und Speck aufs Zimmer bringen. Mein Koffer war noch nicht im Hotel eingetroffen. Ich blieb im Bett liegen, weil ich meine schmutzigen, verschwitzten Kleider nicht mehr

anziehen wollte. Aber ich nahm mir vor, sie aufzuheben, so wie sie waren; sie steckten voller Erinnerungen an die Zeit in den Bergen mit Joseph und Cochise.
Ich rief Daniel an. Dort meldete sich nur der Anrufbeantworter. Darauf telefonierte ich lange mit meinen Eltern und mit meinen Freundinnen und Freunden in Stockholm. Die Telefonrechnung würde gigantisch werden, aber das war mir egal. Ich mußte einfach mit anderen Menschen reden. Ich konnte nicht alleine sein mit meinen Gedanken und mit meinem Schmerz. Es tat gut, etwas von zu Hause zu erfahren. Und ganz allmählich begann ich, mich wirklich auf meine Heimkehr zu freuen.
Am Nachmittag waren meine Sachen immer noch nicht da, und ich lag immer noch im Bett. Die Untätigkeit und die Stille im Zimmer machten mich fast wahnsinnig. Ich dachte an Joseph und weinte. Schließlich kippte ich den Rest aus der Sektflasche in mich hinein und und schaltete den Fernseher an, um mich abzulenken.
Das Zimmermädchen kam und brachte mir einen Stapel Zeitungen, den Daniel geschickt hatte. Darin fand ich ein paar reizende Fotos von mir, einen ausführlichen Bericht über meine Entführung durch den Gangster und die Mitteilung, daß ich nun wohlbehalten wieder aufgetaucht sei. Kein Wort von alledem, was ich über die Indianer erzählt hatte! Ich war wütend.
Das Telefon klingelte. Der Portier eröffnete mir, daß wieder einige Reporter in der Hotelhalle auf

mich warteten. Ich sagte ihm, er solle sie zum Teufel schicken.
Etwas später rief ich Daniel an. Diesmal hatte ich Glück und kriegte ihn persönlich an die Strippe. „Hier ist Lilli. Hör mal, Daniel, es ist jetzt siebzehnuhrfünfundvierzig, und wir beide sind für achtzehn Uhr verabredet, aber ich habe nichts! nichts! nichts! anzuziehen, denn mein Koffer ist immer noch nicht da, von meiner Handtasche ganz zu schweigen, und meine alten Klamotten zieh' ich nicht mehr an. Den ganzen Tag liege ich im Bett, die Zimmerdecke fällt mir auf den Kopf, ich halt's nicht mehr aus, und unten lungern schon wieder irgendwelche Pressefritzen rum. Aber, das sage ich dir gleich, und mir ist es egal, was du dazu meinst: Nach allem, was ich in den Zeitungen gelesen habe, nachdem ich mir gestern nacht den Mund fusselig geredet habe, völlig umsonst!, gebe ich kein Interview mehr, kein einziges! Die können mich mal. Und aus unserer Verabredung wird leider auch nichts, denn in ein rosarotes Badetuch gewickelt kann ich schlecht auf die Straße gehen, das wirst du ja wohl einsehen!"
Am anderen Ende der Leitung war nur ein betroffenes „Oh!" zu hören. Und dann, nach einer kurzen Pause: „Ich komme sofort!"
Aber er kam nicht.
Nachdem ich etwa eine Stunde gewartet hatte, kletterte ich aus dem Bett und trat ans Fenster. Ich schob die Vorhänge zur Seite, schaute hinaus und beobachtete, wie es langsam dunkel wurde. Die Straßenbeleuchtung schaltete sich ein und tauchte

alles in mattes, gelbliches Licht. An einigen Häusern blinkten bunte Leuchtreklamen. Joseph hatte gesagt, daß er nie zwischen Mauern leben möchte, in Häusern aus Stein und Beton. Daß er immer in den Sternenhimmel schauen möchte, ohne von Straßenlichtern geblendet zu werden ...
Ich beobachtete den träge rollenden Autoverkehr und die Fußgänger. Manche schlenderten gemütlich einher und sahen sich die Auslagen in den Schaufenstern an, andere gingen eilig ihres Weges, bepackt mit schweren Einkaufstüten.
Warum kam Daniel nicht? Irgend etwas mußte schiefgegangen sein, sonst wäre er längst hier! Allmählich machte ich mir ernstlich Sorgen. Ich versuchte, ihn anzurufen, aber er meldete sich nicht. Auch der Anrufbeantworter war nicht eingeschaltet.
Wieder trat ich ans Fenster, sah hinunter auf die Straße. Eine große, dunkelblaue Limousine fuhr in die Parkbucht des Hotels ein. Soweit ich erkennen konnte, war es ein Chevrolet. Die Fahrertür öffnete sich, und ein Mann in hellem Anzug, mit elegantem Hut und einem kleinen Koffer in der Hand stieg aus. Er sprang die Stufen zur Eingangshalle hinauf und entschwand meinen Blicken.
Kurz darauf klopfte es an meine Tür.
„Wer ist da?"
„Ich bin's – Daniel."
Ich erkannte seine Stimme und öffnete. Vor Schreck hätte ich beinah laut aufgeschrien. Wie angewurzelt stand ich da und starrte den Mann vor mir an. Er trug einen maßgeschneiderten sand-

farbenen Anzug, einen eleganten Hut, den er tief in die Stirn gezogen hatte, und hielt einen kleinen Koffer in der Hand. Ein feiner, dunkler Oberlippenbart zierte das sonst sorgfältig glattrasierte Gesicht. Er zog höflich seinen Hut.

„Darf ich reinkommen?"

„Daniel!" Ich trat einen Schritt zur Seite, ließ ihn eintreten und schloß die Tür hinter ihm.

„Ich hoffe, ich habe dich nicht zu sehr erschreckt", lächelte er.

Ich schluckte. „Du ... siehst ... überwältigend aus!"

„Danke." Er stellte den Koffer ab. „Tut mir leid, daß ich dich so lange warten lassen mußte."

Ich starrte ihn immer noch an. Er hatte nicht mehr im geringsten Ähnlichkeit mit einem Cowboy. „Wie hast du es bloß geschafft, dir von gestern nacht auf heute abend einen solchen Schnurrbart wachsen zu lassen?"

„Angeklebt."

„Angeklebt? Wozu?"

„Die Umstände in diesem Land erfordern, daß ich mein Äußeres gelegentlich ein wenig verändere."

Ich sank in einen Sessel. „Sag mal, bist du Anwalt oder Gangster?"

Er lachte. „Ich dachte mir nur: sicher ist sicher. Falls die Leute von der Presse immer noch vor deiner Türe Schlange stehen."

„Tun sie das etwa?"

„Drei Herren sitzen unten und harren geduldig wie die Katze vor dem Mauseloch. Dir wird nichts anderes übrigbleiben, als dich ebenfalls zu verkleiden, wenn du unbehelligt mit mir ausgehen willst."

Ich deutete auf den Koffer. „Hast du für mich auch einen Bart mitgebracht?"
„So was Ähnliches." Er öffnete die beiden Verschlüsse, klappte den Deckel auf, griff in den Koffer hinein und warf mir eine Perücke mit roten Kringellocken in den Schoß.
„Grell", kommentierte ich.
Ein knallroter Fetzen mit Spaghettiträgern flog hinterher. Ein Paar leuchtendorange Stöckelschuhe landete genau vor meinen Füßen. Ich sprang auf. Daniel legte mir einen leichten Stoffmantel mit braun und violett geflecktem Leopardenmuster um die Schultern. Zuletzt brachte er ein Schminktäschchen zum Vorschein. Ich öffnete es und fand darin Make-up, Rouge, lila Lippenstift, türkisgrünen Lidschatten, Wimperntusche und Haarnadeln.
„Wo hast du das alles her?" fragte ich.
Daniel räusperte sich und kratzte verlegen sein Kinn. „Ich ..., weißt du ..." druckste er herum und zog eines seiner Ohrläppchen lang. „Meine letzte große Liebe hat ... Also, sie hat nach einem kleinen Streit fluchtartig meine Behausung verlassen und kam nie wieder zurück. Und irgendwie ist das da liegengeblieben."
„Sie hat einen etwas merkwürdigen Geschmack, findest du nicht?"
„Zweifellos", bestätigte Daniel. „Ich hoffe, es macht dir nichts aus."
Kichernd verschwand ich mit den Sachen im Bad.

Eine halbe Stunde später standen Daniel und ich vor dem großen Schrankspiegel und begut-

achteten fasziniert unsere verwandelten Erscheinungen.
„Das Traumpaar des Jahres“, seufzte ich.
Daniel grinste.
„Sie muß eine ganz ähnliche Figur haben wie ich, deine Verflossene.“ Ich strich mir das enganliegende Kleid über den Hüften glatt. „Nur ein bißchen mehr Busen und größere Füße.“ Ich hatte die Stöckelschuhe vorne mit Klopapier ausgestopft.
Daniel setzte seinen Hut auf und hielt mir den Leopardenmantel hin. „Laß uns gehen, sonst wird's zu spät.“
„Ich kann mich von meinem Anblick noch nicht trennen“, hauchte ich hingerissen. „Ich seh' so unmöglich aus, daß es schon wieder toll ist.“
Daniel half mir in den Mantel. „Schlag den Kragen ein bißchen hoch“, riet er mir, „dann erkennt dich mit Sicherheit niemand.“ Er bot mir seinen Arm. „Und jetzt komm, du Zuckerpuppe.“
„Warte mal, warte mal!“ Ich hüpfte wieder vor den Spiegel.
„Das muß ich mir noch angucken, mit dem Mantel – Neiiiin!“ quietschte ich und zerrte Daniel wieder an meine Seite. „Guck dir das an. Kaum auszuhalten. Glaubst du, die lassen uns so irgendwo rein? Wenn Cochise uns sehen könnte! Er würde...“ Ich verstummte.
Daniel umfaßte meine Taille und schleppte mich aus dem Zimmer.
Als wir im Erdgeschoß aus dem Fahrstuhl traten und eilig durch die Eingangshalle gingen, schauten wir weder rechts noch links. Wir sprangen im

Gleichschritt die Treppenstufen zur Straße hinunter und hielten zielstrebig auf die dunkelblaue Limousine zu. Wir stiegen ein, und Daniel startete den Motor. Geräuschlos glitt der Wagen aus der Parkbucht. Wir reihten uns in den fließenden Autoverkehr ein.
„Wie kommst du dazu, ein derart luxuriöses Schiff zu fahren?“ fragte ich Daniel.
„Er gehört nicht mir“, erklärte er. „Ich hab' ihn nur ausgeliehen, weil ich doch meinen Wagen in der Siedlung stehenlassen mußte.“
„Ach, das wollte ich dich schon längst mal fragen: Was ist andauernd mit deinem Auto los? Du scheinst ausgesprochenes Pech mit der Lichtmaschine zu haben.“
„Tja ...“
„Weißt du was, Daniel? Ich glaub', du bist ein ganz zwielichtiger Bursche.“

Das Restaurant lag in einer ruhigen Nebenstraße und war klein und gemütlich. Es gab nicht mehr als fünf Tische. Überall brannten Kerzen, und es duftete nach Knoblauch und gutem Wein. Als wir eintraten, kamen sofort zwei Kellner in vornehmer Livree, halfen mir aus dem Mantel und geleiteten uns an den Tisch, den Daniel reserviert hatte. Wir bestellten ein wunderbares Menü. Von jeder Speise gab es nur ein delikates Bißchen, das auf der Zunge zerging.
Daniel erwies sich zu meiner Überraschung als Gentleman mit perfekten Manieren. Ich bewunderte die Anmut, mit der er sein Weinglas hielt

und das Besteck führte. Ganz im Gegensatz dazu stand allerdings die witzige und respektlose Art, mit der er aus seinem abenteuerlichen Leben erzählte.
Gespannt beobachtete ich, wie sein Schnurrbart während des Essens langsam verrutschte. Als Daniel es bemerkte, riß er ihn unter den Augen des fassungslosen Kellners kurzerhand ganz herunter und steckte ihn in die Hosentasche. Ich wieherte los, ungeachtet des dezenten Ambientes des Lokals, und die anderen Gäste drehten sich erstaunt nach uns um.
„Was machen wir nun?" fragte Daniel, als wir zum Abschluß aller Köstlichkeiten einen starken Espresso schlürften. „Möchtest du ins Kino gehen? Oder lieber in die Disco? Der Abend gehört dir."
Ich entschied mich für die Disco. „Ich muß mich austoben, ich hab' den ganzen Tag nur rumgelegen."
Wir landeten in einem riesigen Schuppen mit Neon-Sternenhimmel, Plastikpalmen und einem buntilluminierten Wasserfall, der sich über künstliche Felsen ergoß. Auf verschiedenen Leinwänden flimmerten Video-Clips berühmter Popstars, und es dröhnte die irrste Musik, die ich je gehört hatte. Daniel und ich tanzten wild und verrückt, bis wir nicht mehr konnten.
Spätnachts brachte er mich ins Hotel zurück und begleitete mich noch bis in mein Zimmer. Dort fanden wir meinen Koffer und meine Handtasche vor. Offensichtlich waren alle Sachen gründlich

durchwühlt worden, aber zu meiner Erleichterung war nichts abhanden gekommen.
Ich ging ins Bad, entfernte das Make-up von meinem Gesicht, zog die Haarnadeln aus der Perücke, streifte sie vom Kopf und schüttelte mein naßgeschwitztes Haar aus. Demaskiert und mit meinem Morgenmantel bekleidet, kam ich zurück ins Zimmer und gab Daniel die entliehenen Sachen wieder. Ich umarmte ihn. „Danke für den wunderschönen Abend."
„Danke für den wunderschönen Abend", gab er zurück und drückte mich. „Morgen früh hole ich dich ab und bringe dich zum Flughafen. Du wirst mir sehr fehlen."
„Du mir auch." Und das war wirklich so.
„Gute Nacht, Lilli."
„Gute Nacht, du Ganove."
Ich legte mich ins Bett. Meine Ohren dröhnten und klingelten von der lauten Discomusik, vor meinen Augen zuckten immer noch die grellen Blitze der Lasershow.

18

Im Flughafengebäude wimmelte es von Menschen. Daniel schleuste mich zum richtigen Schalter, und ich erledigte die Umschreibung meines Flugtickets. Danach gingen wir zur Gepäckabfertigung. Ich gab meinen Koffer auf, und wir setzten uns in einen der großen Polstersessel in der Wartehalle, genau gegenüber der Tafel, auf der die Flüge angezeigt wurden.
Ich war merkwürdig ruhig. Weder empfand ich Freude auf zu Hause, noch Abschiedsschmerz von der Zeit, die ich in diesem Land verbracht hatte. Ich fühlte mich leer, beinah wie betäubt. Daniel saß wortlos an meiner Seite.
Durch die Lautsprecher wurde mein Flug aufgerufen. Es war Zeit für mich, zu gehen und mich einchecken zu lassen.
Daniel erhob sich. Ich rührte mich nicht.
„Das war eben der Aufruf für deinen Flug, Lilli."
„Ich weiß."
„Du mußt gehen."
Ich starrte angestrengt auf die bestickten Mokassins an meinen Füßen und blieb sitzen. „Sie rufen noch ein zweites Mal, glaub' ich. Ich hab' wohl noch ein bißchen Zeit."
Daniel setzte sich auf die breite Armlehne des Polstersessels und lächelte mich mitfühlend an.

„Abschiedsschmerz?"
Ich zuckte die Schultern.
„Vielleicht kommst du ja eines Tages wieder. Vielleicht schon im nächsten Sommer."
„Vielleicht." Ich starrte weiter auf meine Füße.
Daniel zündete sich eine Zigarette an. „Woran denkst du?" fragte er leise.
„An nichts."
Ich hob den Blick ein wenig und sah die Menschen vorbeigehen. Leute mit Koffern und Reisetaschen, Frauen, die ihre kleinen Kinder auf den Armen trugen oder an der Hand führten, eine Gruppe Jugendlicher mit Rucksäcken.
Noch fünfzehn Minuten bis zum Start der Maschine, mit der ich nach Hause fliegen sollte. Ich drückte den Stoffbeutel an meine Brust, als könnte er mir Halt geben.
„Was hast du eigentlich alles da drin?" Daniel deutete auf den Beutel.
„Einen Pullover, meine Tagebücher, eine kleine Holzfigur und die Zeichnungen, die ich von Cochise und Joseph gemacht habe", antwortete ich mechanisch.
„Du hast Joseph und den Alten gezeichnet?" fragte Daniel überrascht. „Darf ich mal sehen?"
Ich öffnete den Beutel und zog die Zeichnungen hervor. Langsam und vorsichtig faltete ich sie auf.
Und das hätte ich nicht tun dürfen. Das hätte ich wirklich nicht tun dürfen, wenn ich die Absicht gehabt hätte fortzugehen.
Joseph sah mich an. Seine dunklen Augen blickten ernst und tief. Langes, schwarzes Haar umrahmte

sein Gesicht. Ich strich mit den Fingern zärtlich über das Papier, berührte seine Stirn, seine Nase, seine Wangen, seinen Mund. Mein Flug wurde zum zweiten Mal aufgerufen.
Ich wandte den Kopf zur Seite und schaute Daniel an. Er sagte nichts, musterte mich nur forschend, als versuche er herauszufinden, was in mir vorging. Ich faltete behutsam die Zeichnungen zusammen und steckte sie wieder zwischen die Seiten meiner Tagebücher.
„Lilli, wenn du dein Flugzeug nicht verpassen willst, dann mußt du jetzt gehen!"
„Ja. Ich weiß."
Alles verschwamm vor meinen Augen: Daniel, die Menschen, die vorübergingen, der Sessel, auf dem ich immer noch saß, die Mokassins an meinen Füßen ...
Als ich aufblickte, war die Anzeige meines Fluges auf der Tafel erloschen.
Daniel legte einen Arm um meine Schultern. „Ich bringe dich zu ihm", sagte er sanft.

In einem Blumengeschäft im Flughafengebäude wechselten wir Geld zum Telefonieren. Daniel schenkte mir eine wunderschöne rote Rose. Dann suchten wir die nächste Telefonzelle auf, von der man ins Ausland anrufen konnte. Ich hatte solche Angst vor dem, was ich jetzt tun mußte, daß mir ganz schlecht und zittrig war. Es wurde das schwerste Telefongespräch meines Lebens.
Meine Eltern konnten es nicht fassen, als ich ihnen sagte, daß ich nicht kommen würde, daß ich mich

entschieden hatte, hierzubleiben und mit meinen indianischen Freunden zu leben. Sie wollten es einfach nicht wahrhaben. Ich erklärte ihnen, daß ich mir nicht mehr vorstellen könne, mit meinem Leben als Tänzerin in Stockholm glücklich zu werden, nach allem, was mir hier begegnet sei, was ich erlebt und erfahren hätte.
Wir weinten viele Tränen auf beiden Seiten. Ich sagte meiner Mutter, daß ich auch deshalb nicht fortgehen könne, weil ich einen der Indianer liebe.
„Du liebst ihn? Hast du gesagt, du liebst ihn?"
„Ja, Mama", schluchzte ich. „Bitte, versteht mich ..."
Am anderen Ende der Leitung war es plötzlich ganz still. Ich steckte ein paar weitere Münzen in den Apparat.
Dann fragte meine Mutter sehr ruhig: „Lilli, glaubst du, daß er der Richtige für dich ist?"
Der Richtige – so ist meine Mutter: Sie glaubt fest daran, daß es für jeden Menschen auf der Welt den Richtigen gebe, den einzig richtigen Partner fürs ganze Leben. So wie mein Vater der Richtige für sie ist und umgekehrt. Und sie glaubt, wenn man eines Tages den Richtigen gefunden habe, dann bleibe man für immer mit ihm zusammen, in guten wie in schlechten Zeiten.
„Wir lieben einander so sehr", antwortete ich. „Ich kann einfach nicht fort, es würde mir das Herz brechen."
Jetzt kam mein Vater ans Telefon. „Hör zu, Lilli", sagte er. „Ich bin außer mir vor Sorge um dich, und

ich möchte auf dem schnellsten Weg zu dir kommen. Ich muß dich sehen, und ich hab' das Gefühl, daß du jetzt unsere Hilfe brauchst."
Es war schwer für sie, zu verstehen, daß ich ihre Hilfe nicht wollte. Ich mußte es allein schaffen, ich mußte allein meinen Weg finden, von dem ich nicht einmal ahnen konnte, wie er aussehen würde. Alles, was ich sicher wußte, war, daß ich mit Joseph zusammensein wollte.
Aber das konnte ich meinen Eltern nicht sagen. Ich mußte sie beruhigen und erzählte ihnen, daß ich mit den Indianern in einem schönen Haus in den Bergen wohnen, daß es mir dort an nichts mangeln und ich sehr glücklich sein würde und daß es keine Gefahr für mich gebe. Und ich versprach ihnen, mich bald wieder zu melden und ihnen einen langen Brief zu schreiben. Bevor ich den Hörer einhängte, bat ich meinen Vater noch, meinen Koffer abzuholen, der im Flugzeug nach Stockholm unterwegs war.
Ich trat aus der Telefonzelle, schlang meine Arme um Daniels Hals, barg meinen Kopf an seiner Schulter und weinte bitterlich. Meine Eltern taten mir so leid. Und ich fürchtete mich sehr vor der ungewissen Zukunft, der ich entgegenging.
Daniel tröstete mich und versprach mir, daß er immer für mich dasein werde, wenn ich Unterstützung bräuchte, daß er kommen werde, egal wo ich mich gerade befände. Ich war froh und dankbar, einen solchen Freund zu haben.
Er erledigte einige Telefonate, kaufte ein paar Flaschen Wasser und etwas Obst als Proviant, tankte

den Wagen noch einmal voll, und dann traten wir die Reise an.
„Wohin fahren wir?“ fragte ich ihn, als wir die Stadt hinter uns gelassen hatten und der Chevrolet mit gleichmäßiger Geschwindigkeit über den Highway schnurrte.
„Ich bringe dich zunächst in ein Haus im Felsengebirge. Dort lebt eine alte Freundin von mir. Ihr Name ist Alice. Sie ist Ärztin und Therapeutin, engagiert sich sehr in der Indianerbewegung und arbeitet für eine Gefangenenhifsorganisation. Alice ist viel unterwegs, hält Vorträge über indianische Heilmethoden und Wege der Bewußtseinserweiterung, an denen vor allem weiße Studenten teilnehmen. Und sie stellt ihr Haus für die Zusammenkünfte verschiedener Arbeitsgruppen und Komitees zur Verfügung. Manchmal auch für Menschen, die ein bißchen Ruhe und Entspannung brauchen nach den harten Kämpfen, die das Leben einem beschert, wenn man sich mit Leib und Seele für etwas einsetzt. Es ist ein guter Ort, schwierig zu finden in der Abgeschiedenheit.“
„Sind Joseph und Cochise jetzt dort?“
„Nein. Sie halten sich irgendwo in den umliegenden Bergen auf. Aber in Alices Haus ist sicher jemand, der weiß, wo sie zu finden sind, und der dich zu ihnen bringen wird.“

Es war spät in der Nacht, als sich der Chevrolet mühsam die schmale, gewundene Straße ins Gebirge hinaufarbeitete. Eine Zeitlang hatten wir

noch die Lichter einer Stadt im Tal unter uns sehen können. Aber jetzt war es finster ringsum. Nur die Straße vor uns wurde von den Scheinwerfern des Wagens beleuchtet.
Schottersteine knirschten unter den Rädern, als wir in den Hof vor Alices Haus einfuhren. Daniel parkte den Wagen und schaltete Motor und Beleuchtung aus.
„Wir sind da!" bemerkte er, als ich keine Anstalten machte auszusteigen.
„Gut", sagte ich mit belegter Stimme.
Er lachte. „Sollen wir lieber wieder umkehren?"
„Nein! Ich kann's nur noch nicht ganz fassen, daß ich hier bin."
Wir stiegen aus. Steifbeinig von der langen Fahrt, gingen wir auf das Haus zu. In einem der Fenster sahen wir Licht.
Alice war selber zu Hause und öffnete uns die Tür. Wir setzten uns zusammen in die Küche, und sie reichte uns trotz der späten Stunde Essen und Trinken. Alice war Halbindianerin, eine große, kräftige Frau, etwa fünfzig Jahre alt, mit einer ruhigen, sicheren Ausstrahlung. In ihrem Gesicht spiegelte sich außergewöhnliche Willenskraft. Ich faßte auf Anhieb Vertrauen zu ihr, fühlte mich wohl in ihrer Gegenwart.
Daniel erklärte ihr, wer ich sei und weshalb wir gekommen seien. „Sie hält's einfach nicht aus ohne die beiden Gangster", witzelte er, „und sie glaubt fest daran, daß das Leben unter den Wilden genau das richtige für sie ist."
Alice lachte, aber dann schaute sie mich ernst an.

„Bist du dir darüber im klaren, was das für dich bedeutet?"
„Ich glaube", antwortete ich.
„Es wird nicht einfach werden."
„Das macht nichts."

Daniel verabschiedete sich am nächsten Morgen. Er mußte zurück zu seiner Arbeit.
„Besuche mich so oft wie möglich", bat ich ihn.
Er versprach es und wünschte mir viel Glück. Dann stieg er in den Wagen und fuhr davon.
Ich mußte auf einen Mann namens Leon Stillhunter warten. Er sollte mich zu Joseph und Cochise führen. Leon war Jäger, und er war gerade in den Bergen unterwegs. Wann er kommen werde, konnte niemand genau sagen. Mir blieb nichts anderes übrig, als meine Ungeduld zu bezähmen.
Ich nutzte die Zeit, um mich zu erholen und Briefe zu schreiben, saß den ganzen Tag draußen auf der Terrasse in der Sonne, genoß die Ruhe und den Ausblick auf die herrliche Landschaft. Um das Haus gab es einen verwilderten Garten. Zwischen prächtig blühenden Büschen, üppigen Blumen und alten Bäumen entdeckte ich ein sorgfältig gepflegtes Kräuterbeet. Hier zog Alice Medizinpflanzen, die sie nicht in der Wildnis sammelte.
Nach und nach lernte ich die Leute kennen, die sich in dieser Zeit in Alices Haus aufhielten. Fast alle waren Indianer. Sie arbeiteten gerade an einem Schulprojekt für indianische Kinder, das in

einer Stadtrandsiedlung verwirklicht werden sollte.

Mir wurde klar, daß ich so schnell wie möglich die indianische Sprache lernen mußte. Ein kleines Mädchen, dessen Vater an dem Schulprojekt mitarbeitete, lehrte mich geduldig die ersten Worte und Sätze.

Leon Still-hunter, der Jäger, kam am Abend des dritten Tages: Ein etwa vierzig Jahre alter, kleiner Mann, dem man sofort anmerkte, daß er in der Wildnis zu Hause war. Er besaß die geschmeidigen Bewegungen einer Katze und die leuchtenden Augen der Menschen, die gewohnt sind, in die Ferne zu spähen.

Als er erfuhr, wer ich bin und was ich vorhatte, nickte er bedächtig und willigte ein, mich am nächsten Morgen zu Joseph und Cochise zu bringen.

Leon, Alice, einige Gäste, die neu angekommen waren, und ich saßen noch lange in der Küche zusammen. Während die anderen sich unterhielten, dachte ich an Joseph. Morgen ..., morgen würden wir uns wiedersehen! Beim bloßen Gedanken daran, begann mein Herz stürmisch zu klopfen. Jetzt konnte ich es wirklich nicht mehr erwarten. Wie sollte ich bloß diese Nacht überstehen?

Nach und nach verabschiedeten sich die anderen und verschwanden in ihren Zimmern. Zum Schluß saßen Leon Still-hunter und ich alleine in der Küche. Schließlich erhob auch er sich und sagte gute Nacht. Er wollte eben zur Tür hinaus, als er zögerte,

sich noch einmal umwandte und mich ansah. „Wenn du nicht zu müde bist, kann ich dich noch heute nacht zu den beiden bringen." Er hatte meinen Wunsch erraten.
„Ich bin überhaupt nicht müde!" beeilte ich mich zu beteuern.
Er lächelte. „Also dann ..."

Der Weg führte durch steiniges Gelände bergauf. Ich war so aufgeregt, so voller Erwartung, und ich malte mir aus, wie das Wiedersehen mit Joseph und Cochise sein werde. Was würden sie sagen, wenn ich plötzlich vor ihnen stand?
Wir gingen schnell. Es war mir nicht schnell genug. Nach mehreren Stunden Marsch machte Leon Still-hunter Halt. „Dort ist es", sagte er und deutete nach vorn.
Ich konnte zwischen den Bäumen und Felsen nichts entdecken.
„Wo?"
„Noch ein kleines Stück geradeaus."
Bevor ich mich bei Leon bedanken konnte, hatte er sich schon umgedreht und war lautlos in der Dunkelheit verschwunden.
Ich lehnte mich an einen Baum und atmete ein paarmal tief durch. Dann ging ich langsam weiter. Der Wald lichtete sich, und ich erkannte in einiger Entfernung die Umrisse einer Rundhütte im silbrigen Schein des Mondes. Sie lag geduckt zwischen den Felsen, kaum von ihrer Umgebung zu unterscheiden. Die Wände und das kuppelartige Dach waren mit Steinen und Erde bedeckt.

Der Alte saß auf einem Holzklotz vor der Hütte und blickte mir ruhig entgegen.
„Da bist du ja", lächelte er, als ich vor ihm stand. Genau wie damals in der Wüste: Als hätte er gewußt, daß ich kommen würde. Seine blitzenden Augen verrieten, wie sehr er sich freute, und die unzähligen kleinen Falten schienen über sein Gesicht zu tanzen.
„Was machst du hier draußen?" fragte ich, obwohl ich die Antwort im voraus kannte.
Er riß die Augen auf und flüsterte geheimnisvoll, denn er wußte, daß ich seine Antwort bereits kannte: „Ich habe auf dich gewartet."
„Aber woher wußtest du, daß ich kommen werde?" führte ich das Spiel fort.
„Ich wußte es eben."
„Das verstehe ich nicht!"
Wir lachten beide.
Er blinzelte mir zu. „Ich wußte, daß dein Kriegergeist dich heute nacht zu uns zurückführen werde."
„Tatsächlich?" Ich machte kugelrunde, erstaunte Augen.
„Ja!" rief er. „Was denkst du? In diesen Bergen warten Abenteuer auf dich, Erlebnisse und Erfahrungen, die du dir in deinen kühnsten Träumen nicht vorzustellen vermagst!"
Er erhob sich von seinem Sitz, trat auf mich zu und schloß mich warm in seine Arme. „Willkommen, Mondtochter."
„Mondtochter ...?"
Der Alte nickte. „Der Mond hat deinem Haar sein

Licht geschenkt, als du auf die Erde kamst. Erinnerst du dich nicht? Er sagte, er schenke es dir, damit du am Tage nicht vergessen mögest, daß er in der Nacht wieder für dich scheinen werde. Mondlichthaar hast du. Ich war so glücklich, als ich es zwischen den dunklen Baumstämmen aufleuchten sah."

Ich küßte den Alten gerührt auf seine runzlige Wange. Er setzte sich wieder hin und lud mich mit einer Geste ein, mich neben ihm auf dem Boden niederzulassen.

Ich schüttelte den Kopf. „Wo ist Joseph?"

„Er ist nicht hier."

„Wo ist er?"

„Er ist fortgegangen."

„Wohin?"

„Ein Mann mit gebrochenem Herzen geht in die Einsamkeit, um seinen inneren Frieden wiederzufinden."

Ich senkte den Blick. Ich hätte ihn niemals alleinlassen dürfen.

Der Alte fügte lapidar hinzu: „Ich hab' ihm ja gesagt, daß du heute kommen werdest, aber er wollte mir nicht glauben. Nun hockt er wahrscheinlich irgendwo unter einem Baum, heult den Mond an und grämt sich fürchterlich. Und du stehst hier rum und wartest auf ihn. So ein Blödsinn, nicht wahr?"

„Ja, wirklich", lachte ich.

Cochise sah mich plötzlich ernst an. „Hast du dir das alles eigentlich gut überlegt?"

„Ich hab' nicht viel überlegt. Mein Herz hat entschieden."

„Es wird manchmal schwer sein für dich."
„Ich habe keine Angst mehr."
„Das ist gut."
Nach einer Weile fragte ich: „Was meinst du, wann wird Joseph wiederkommen?"
Der Alte zuckte die Schultern. Dann schlug er sich auf die Schenkel und sprang auf. „Ich leg' mich jetzt jedenfalls schlafen."
„Ich bleib' hier draußen, halte Wache und warte auf Joseph."
Er lächelte listig. „Du kannst etwas tun, um die Wartezeit erheblich zu verkürzen. Weißt du noch?"
Ich nickte.
Er ging in die Hütte hinein und knallte die Tür hinter sich zu.
Eine Zeitlang stand ich unschlüssig da, dann setzte ich mich auf den Holzklotz. Ich horchte auf die Geräusche der Nacht. Leise strich der Wind durch die Zweige der Bäume. Ein Vogel piepte im Schlaf. Manchmal raschelte es in den Büschen ringsum. In einiger Entfernung sah ich die Augen einer Katze aufglühen. Sie schaute zu mir, dann schlich sie geduckt davon.
Bald würde es hell werden. Der Himmel veränderte allmählich seine Farbe. Der Mond tauchte hinter den Baumwipfeln unter. Die Sterne wurden blasser. Ob Joseph sie jetzt auch anschaute? Und was mochte er dabei fühlen?
Ich erhob mich und lief unruhig vor der Hütte auf und ab. Neben der Tür stand ein Sack. Neugierig guckte ich hinein. Er war prall mit Schafwolle gefüllt. Ein Paar Lederstiefel standen daneben. Wem

die wohl gehören mochten? Am Ast eines Baumes, der sich über das Kuppeldach der Hütte streckte, hingen zahlreiche Kräuterbüschel zum Trocknen.
Ich ging um die Hütte herum. Ein Reisigbesen lehnte an der Wand. Und da war noch etwas. Ich trat näher und bückte mich, um besser sehen zu können.
Eine Trommel! Josephs Trommel. Ich streckte meine Hände nach ihr aus, hob sie vorsichtig hoch, nahm sie, hielt sie in meinen Armen wie den Geliebten.
Ich setzte mich mit der Trommel auf den Holzklotz. Zärtlich strich ich über das Fell. Dann probierte ich einen Schlag, ganz leise nur, damit ich den Alten, der in der Hütte schlief, nicht störte. Ich begann, die Trommel zu spielen, sanft und schwingend, einen einfachen Rhythmus – den Rhythmus, den mein Herz schlug, gleichmäßig und stark.
Als die Sonne aufging, löste sich am Waldrand eine große, schlanke Gestalt aus dem Schatten der Bäume, blieb stehen und lauschte zur Hütte herüber.